新时代文学批评丛书

吴义勤 主编

空间与叙事

丛治辰 著

山东文艺出版社

图书在版编目（CIP）数据

空间与叙事 / 丛治辰著. -- 济南 ：山东文艺出版社, 2024. 10. -- （新时代文学批评丛书 / 吴义勤主编）.
ISBN 978-7-5329-7274-6

Ⅰ. I206.7-53

中国国家版本馆CIP数据核字第2024RE5628号

空间与叙事

KONGJIAN YU XUSHI

丛治辰　著

主管单位	山东出版传媒股份有限公司
出版发行	山东文艺出版社
社　　址	山东省济南市英雄山路189号
邮　　编	250002
网　　址	www.sdwypress.com
读者服务	0531-82098776（总编室）
	0531-82098775（市场营销部）
电子邮箱	sdwy@sdpress.com.cn
印　　刷	山东华立印务有限公司
开　　本	710毫米×1000毫米　1/16
印　　张	13.75
字　　数	167千
版　　次	2024年10月第1版
印　　次	2024年10月第1次印刷
书　　号	ISBN 978-7-5329-7274-6
定　　价	59.00元

版权专有，侵权必究。如有图书质量问题，请与出版社联系调换。

开辟文学批评的新时代

——"新时代文学批评丛书"总序

吴义勤

党的十八大以来，中国特色社会主义进入新时代，中国文学也翻开了崭新的一页。置身新时代新征程，面对丰富的史诗性伟大实践，广大作家胸怀"国之大者"，牢记初心使命，深入生活，扎根人民，与时代共振，与人民共情，用心用情用功书写新时代的中国故事，展现中国人民昂扬的精神风貌，谱写了新时代文学的辉煌篇章。

文学批评与文学创作是文学发展的车之两轮、鸟之两翼，一个时代的文学发展既需要广大作家的笔耕不辍、创新创造，也需要批评家的积极呼应、理论引领。在新时代文学不断攀登高峰的历史进程中，新时代文学批评也发挥了至关重要的作用，取得了丰硕的发展成果，形成了独特的新时代文学批评景观。习近平总书记高度重视文学批评工作，近年来就繁荣新时代文学批评发表了一系列重要讲话，做出了一系列重要指示批示。我们策划这套"新时代文学批评丛书"，就是要全面学习贯彻落实总书记关于文学批评的讲话与指示批示精神，一方面旨在呈现新时代文学批评的基本样貌、发展成果，另一方面也希望从中获得推动文学批评发展的经验和启示，为推动新时代文学理论批评建设和新时代文学繁荣提供有益的镜鉴。

本丛书遴选的作者都是长期持续坚守在新时代文学批评现场并卓有成就的优秀批评家。从年龄结构上，他们涵盖了"60后""70后""80后"，这也是当下文学批评的主力军；从批评对象的文学门类上，覆盖了小说、诗歌、散文等多个当下最具影响力的艺术门类，可以说是对新时代文学的全面阐释和研究。通过这套批评丛书，读者一方面可以深入了解新时代文学批评的丰富实践，同时可以通过文学批评了解新时代文学发展的基本风貌和历史特征。

在内容上，本丛书侧重于遴选研究新时代文学的评论文章，以对新时代十年来具有代表性的作家作品、有广泛影响的新文学现象、引人关注的文学热点事件以及文学发展中存在的症候性问题为主要研究对象，是对围绕新时代文学展开的文学批评成果的一次全面梳理和集中展示。我们希望以出版批评丛书的方式，深入总结文学批评发展的历史经验，同时吸引更多研究力量来增强对新时代文学研究的力度和深度。

本丛书的出版要感谢山东出版传媒股份有限公司副总经理李运才、山东文艺出版社社长徐迪南，他们提供了非常多的支持和帮助，也提出了许多富有建设性的意见和建议。新世纪之初，我曾和山东文艺出版社共同策划出版了一套"e批评丛书"，在学术界产生了良好的反响。今年，又再次在山东文艺出版社出版这套"新时代文学批评丛书"，可谓是一种极为特殊也极为难得的缘分，也体现了山东文艺出版社多年来一直积极参与、支持中国当代文学批评事业发展的出版精神。在此，我代表丛书编委会向山东文艺出版社表示衷心的感谢并致以崇高的敬意。

两套丛书虽然出版时间不同，但在内容上又有着一种延续性和整体性。"e批评丛书"着力呈现的是二十世纪九十年代文学批评的发展成果，也是当时年轻的"60后"批评家的一次集体亮相。"新时代文学批评丛书"更侧重于展现新世纪尤其是新时代以来的文学批评成果，参与作者既包括了"e批评丛书"中的部分作者，又吸纳了"70后""80后"等新生批评力量。两套丛书虽然侧重点不同，但形成了一种巧妙的呼应，构成了一种互补关系，具有了批评史意义上的"整体性"，某种意义上，它们就是一种特殊形态的近三十年来中国文学批评的发展史。

当然，对于新时代文学批评成果的总结展示并不意味着我们回避当下文学批评存在的问题。新时代以来，随着时代语境和文学生态的不断变化，文学批评面临着更为复杂严峻的形势和挑战，文学批评如何更好地发挥作用，真正成为助推文学发展的"磨刀石"和"利器"？这是所有文学批评者面临的共同课题和任务。出版这套丛书，我们一方面意在梳理总结这一时段文学批评发展的成果和经验，同时也希望能够从中析出当下文学批评发展存在的一些问题，以史为镜，为未来更好地推动中国文学批评发展，更好地发挥文学批评引导创作、推出精品、提高审美、引领风尚的作用提供启示和帮助。

新征程是充满光荣与梦想的远征，新时代文学正在我们面前浩浩荡荡地展开，作为文学发展的重要一翼，中国文学批评也正在砥砺前行，积极开辟一个文学批评的新时代。

是为序。

目录

空间与叙事

第一辑 地方性写作

001　**第一辑　地方性写作**

002　何谓"东北"？何种"文艺"？何以"复兴"？
　　　——双雪涛、班宇、郑执与当前审美趣味的复杂结构

037　父亲：作为一种文学装置
　　　——理解双雪涛、班宇、郑执的一种角度

057　西藏能够"现代"吗？
　　　——当代西藏书写的脉络与困境

069　对话与共存：滇藏地区现代进程中的共同体问题
　　　——论范稳的藏地想象

087　洋装岂止是洋装　上海背后是中国
　　　——论禹风《大裁缝》

102　老街的拆毁与叙事的拼接
　　　——论王方晨《老实街》

119　第二辑　空间作为一种叙述方式

120　西藏：复杂的精神资源与艰难的形而上探求
　　　　——论宁肯《天·藏》

134　小说的三重美学空间
　　　　——论宁肯《三个三重奏》

146　上海作为一种方法
　　　　——论《繁花》

160　空间：作为叙事方式与时代精神
　　　　——论魏微《烟霞里》

181　第三辑　城与乡

182　死亡或超越：关于乡土的终极书写
　　　　　——论胡学文《有生》

195　作为"暗疾"的乡村
　　　　　——鲁敏的"东坝系列"与70后写作症候之一种

207　**后记**

空间与叙事

第一辑

地方性写作

何谓"东北"？何种"文艺"？何以"复兴"？
——双雪涛、班宇、郑执与当前审美趣味的复杂结构

〇、事件！

2020年初的双雪涛、班宇和郑执已经不仅仅是三位小说家，而且共同构成了一个事件。

2011年，双雪涛的小说处女作《翅鬼》（原名《飞》）获台湾举办的首届华文世界电影小说奖首奖，从此他开始认真创作小说。2015年，《平原上的摩西》在《收获》发表，双雪涛由此得到批评界前所未有的关注，并在此后持续处于关注之中；同一年班宇在"豆瓣阅读"初次发表小说，翌年以《打你总在下雨天：工人村蓝调故事集》获第四届豆瓣阅读征文大赛喜剧故事组首奖。2018年，同样在《收获》，班宇发表了《逍遥游》，引发差可与当年的双雪涛相比的热度，同年他的小说集《冬泳》也出版了，并在第二年为他赢得诸多荣誉；仍在2018年，双雪涛和班宇都参加了由"鲤""腾讯大家"和"理想国"联合主办的"匿名作家计划"，然而最终获奖的竟是比他们年龄还小，却比他们更早开始写小说的郑执。这让这位在新媒体文艺平台"ONE·一个"上已经小有名气的写作者，得到了更为严肃的对待。①——关于三位作家的履历，已经有不少论者详尽

---

① 在"一席"演讲时，郑执不无幽默也不无感慨地说："一席邀请我来的那个时间点，刚好是我在去年12月份的一个文章赛事上拿到首奖的第二天，所以不得不让我认为，社会有的时候稍微势利眼一点也没什么不好。"参见郑执：《面与乐园》，"一席"微信公众号2019年2月18日。

整理，相信还会有人持续整理下去，此不赘述。总之，即便从郑执最早开始创作小说的2006年算起，三位作家也不过用了不到十四年的时间就获得了批评家和媒体的高度认可；而如果从双雪涛声名鹊起的2015年算起，这个时间不足五年。在此过程中，关于他们的访谈与论述为数众多，几可与其发表字数等量齐观——这的确可以算是一个事件了。

而在2019年末谈及一年文学成就时，王宏图特意将这一跨年度的事件写入总结，尽管其讨论内容真正与当年度有关的只是班宇在《青年作家》发表的一个中篇小说。这一略显反常的追认，隐约透露出论者急于及时地将这一事件与时间铭刻在一起的冲动，这在某种程度上或许意味着，该事件已经具备了写入文学史的价值。① 这一判定或许并非哗众取宠。新世纪以来的中国文学版图与20世纪八九十年代相比多少显得琐碎，批评界已经很久无法提供如"寻根文学""先锋小说"那样清晰饱满的概念来对文学现场加以概括总结和引导规训了。除了底层叙述兴起、网络文学泛滥和科幻小说再认识等少数话题以外，大概只有乡土叙述—都市文学、小资写作和失败青年书写等几个从20世纪遗留下来的旧瓶可供装进新酒。至于70后、80后、90后等等这样不断衍生的代际命题，似乎至今也未得到有效的学理填充，从而沦为一种批评界的权宜之计，这在某种程度上恰恰证实了文学创作与批评的乏力。在此背景下，一个已经被反复讨论了五年并可能还将继续讨论下去的事件，理应在这一时段的文学记忆里占有位置。

三位年未不惑、写作几乎刚刚开始（这当然是相较于他们有可能展开的终其一生的漫长写作而言）的作家得到如此隆重的肯定，是否有些过誉了？他们写得真有那么好吗？这样的质询实际上是混淆了作为小说家个体的双雪涛、班宇、郑执和他们共同构成的事件。写得好不好与是否能够成为事件，二者之间并无必然联系；何况判断文学作品好与不好，本身就是可疑和令人感到尴尬的。文学批评家和理论家们曾经付出了艰苦的努力，力图使文学研究科学化和标准化，最终却不得不承认，"没有任何的

---

① 参见王宏图：《柳暗花明又一村——2019年文坛掠影》，《文汇报》2019年12月30日。

普遍法则可以用来达到文学研究的目的"①。不可否认的是，文学阅读和审美判断仍是一项或多或少依赖主观的精神活动。至少在作品的文学品质达到一定程度之后，孰优孰劣难免取决于读者的个人趣味。因此，小说写得好不好，当然得允许不同读者见仁见智。就我的个人趣味而言，我认为这三位作家都是非常优秀的小说家，他们每个人都有不止一篇作品深深打动了我；但要说他们篇篇都写得好，我也很难同意。双雪涛似乎也愿意承认，检视旧作，自己写过一些"做作"和"浅薄冰冷"的东西，但是对此他理直气壮地解释道："从另一个层面，我一直认为，写作需要一点任性的东西，放肆的东西，浅薄的东西，不那么贪图赞美，但是自己想写的东西。有时候，认真地走一些弯路，是有益的。"②这番挑战常识的表态其实是对读者的一种含蓄抵抗，它指出即便对于那些所谓"不好"的作品，也可以有更加复杂的认识。这无异于说：对作家而言，每篇作品都自有价值。但事实是，他们三人的作品并非每一篇都得到了认真而充分的讨论，甚至有些时候，小说家和批评家的意见并不一致③。而恰恰是这些作者和读者也许并不彼此认同的意见，在各自言说或有意不说之间隐隐呼应与交锋，于评判作品的同时透露出作品以外的信息，才共同交织形成了一个事件值得深入探讨的意义。

因此，对于文学作品优劣的判断并不稳定。张定浩对三位作家及其作品的判断可能就与我和双雪涛都不一样，他甚至因此而怀疑双雪涛等人是否确实拥有想象中那么广泛的读者："我接触到很多普通读者私下对于班宇和双雪涛的阅读感受都不好，但他们不会公开表达，或者说没有能力或没有欲望形成文章来表达，这个大家看一看豆瓣短评就能看出来，豆瓣短

---

① 〔美〕雷·韦勒克、奥·沃伦：《文学理论》，刘象愚等译，生活·读书·新知三联书店1984年版，第5页。

② 双雪涛、走走：《"写小说的人，不能放过那道稍瞬即逝的光芒"》，《野草》2015年第3期。

③ 在北京大学与鲁太光、刘岩对谈时，双雪涛就对评论界赞声一片的《平原上的摩西》表示了反省，尽管那可能是有意为之。参见鲁太光、双雪涛、刘岩：《纪实与虚构：文学中的"东北"》，《文艺理论与批评》2019年第2期。

评中有时会看到一些中肯的意见，但豆瓣长评就可能百分之九十都是五星好评，因为能写长评的，大多是书评人或评论家，还有一个宣传因素，以及评论界一窝蜂追捧新人的趋势，这些因素加在一起，也就使得这两本书的声誉超出了它们本来应有的水准。很多普通读者的看法某种程度上是被遮蔽的，这里面就有一个王小波说过的'沉默的大多数'的问题。"①张定浩的论证可能也有武断之处：对作品持否定意见的人不像喜欢作品的读者那么热情，因而懒于长篇大论，亦在情理之中。因此，豆瓣短评与长评的倾向差别或许与读者专业与否并不完全相关，而且豆瓣用户在多大程度上能够代表"普通读者"，似乎也尚可存疑。但图书销售记录一定程度上印证了张定浩的判断，从专事图书行业咨询、研究与调查的北京开卷信息技术有限公司提供的数据推算，双雪涛等人的作品销量尽管在文学类图书中已算表现优异，但与媒体和批评界给予的巨大热情相比，似乎仍令人感到失落。②因此，张定浩的论断仍是具有说服力的：文学事件的形成及形态，并不取决于作品质量，甚至与作品拥有为数众多的普通读者都关系不大，起关键作用的是专业读者。专业读者可以引导普通读者，左右事件走向，并且往往是由他们完成对事件的总结与升华，并将之嵌入历史当中。事实上，文学史早已为我们提供了足够多的证据：多少在文学史当中被重点讨论的作家与作品，如今看来乏善可陈，仅仅具有"文学史意义"；而张恨水这样销量巨大的作家，却在很长一段时间里都被文学史排斥在外。但是这并不意味着专业读者就可以构成一种宰制性的力量。事实上，从作家与作品中逃逸出来之后，文学事件也就逃逸出了任何一种宰制性的力量。它呈现为一种多元参与的对话状态，即便作品自身的质地，即便作

---

① 张定浩、黄平：《"向内"的写作与"向外"的写作》，《文艺报》2019年12月18日。

② "开卷"显示：截至2020年2月，双雪涛销量最好的作品《平原上的摩西》数据为20227，班宇《冬泳》为80265，郑执《从此学会隐藏悲伤》为17083。但是"开卷"的数据只涵盖新华书店和部分网店，因此，并不代表全部销量，大致应在此数据基础上乘系数3，或可接近真实数字。但即便如此，除《冬泳》外，三人作品销量都未突破10万。数据来源：openbook开卷，http://www.openbook.com.cn。

者本人的声音,都不过是众多声音中的一种。这诸种声音合奏齐鸣,不仅丰富了关于作家与作品的评判,而且未尝不是以一种压抑或替换的方式透露出那些普通读者的真实意见,从而表现出整个时代的审美趣味,乃至于政治、经济、伦理、情感等方方面面的信息。正如即便那些鲜活的文学现场被文学史盖棺论定,我们依然可以从文学史家的选择、遮蔽及叙述语调中摸索到历史的缝隙,并在文学史的反复重写中拼贴还原出生动复杂的记忆;在建构文学事件的种种言说之间,我们同样可以有所作为。抵抗宰制最好的办法,就是对那些专业读者的发言详加分析并提出疑问:他们到底倾诉了什么,又掩盖了什么?关于双雪涛、班宇和郑执,什么被有意无意地放大了,什么又被有意无意地忽略?而在强调和遗忘的背后,又有怎样可资讨论的话题?

一、东北……

或许首先应该提问的就是:为什么是这三个作家共同构成了事件?

将双雪涛、班宇和郑执捆绑在一起进行讨论,最直接的原因似乎是:他们都出身于辽宁省沈阳市铁西区,都在这个不足五百平方公里的区域里度过了他们的童年与少年时代。如此集中的空间分布当然引人注意,也不能不让他们的故乡感到与有荣焉。因此,"铁西三剑客"的名号不胫而走,甚至被写在了《人民日报》的文章引题里。在那篇报道里,作者指出:"三位作家的共性是生长的环境:大量的东北日常口语、俚语、谚语,还有方言特有的修辞方式和修辞习惯,都被他们融入了叙事和对话。由此,形成一种既带有浓厚的东北风味,又充满着时代特有气息的叙述语言,有点土、有点硬,又自然流畅。"[①] 而在文章落脚处,作者更将这三位铁西作家与地方公共文化建设的成绩联系在一起:"近年来,辽宁省图书馆建立'图书馆+信用+互联网+物联网'的公共文化服务新平台,……不同类型、不同规模的新型实体书店相继开业,构筑起一座座文化栖居的'最美空

---

① 辛阳、胡婧怡:《他们,在同一文学时空相逢》,《人民日报》2019年10月24日。

间'。"① 某一时期，图书馆与实体书店的完善与繁荣多大程度上滋养了双雪涛等人的文学创作难以考察，但无疑他们已经共同构成了故乡的一张文化名片。

共同的生长环境真的会造成相近的文学特性吗？的确，不难在他们的作品中找到相似之处。郑执的长篇小说《生吞》与双雪涛的《平原上的摩西》和《北方化为乌有》、班宇的《枪墓》在很多方面都能彼此呼应，以至于刘岩认为，"双雪涛的短篇小说《北方化为乌有》和班宇的中篇小说《枪墓》可以看作是郑执的长篇小说《生吞》的元小说"②；而走走在双雪涛小说里找到的那些一再重复的元素（大火、工厂、踢足球、打枪、艳粉街、残疾、抢劫、诗歌……），至少有一半在班宇和郑执的叙事中也都不断闪现。③ 但无论如何，他们之间的差异一定大过相像，甚至每个人的不同作品，都未必共享同样的特质。即以《人民日报》那篇报道谈及的叙述语言而论，双雪涛的早期作品《天吾手记》和《刺杀小说家》其实很难说自觉地使用了当地方言，相反，有一种浓郁的林少华译村上春树腔④，偶尔于字里行间辨识出的东北口音，倒会让人联想起那位在东北学习汉语的日籍乒乓球运动员福原爱。而即便在那些有意操作语言的小说里，双雪涛使用方言的方式似乎也与班宇、郑执有所不同。班宇的语言与全国人民已经非常熟悉的东北方言最为接近，他甚至乐于在小说里直接引

---

① 辛阳、胡婧怡：《他们，在同一文学时空相逢》，《人民日报》2019年10月24日。
② 刘岩：《世纪之交的东北经验、反自动化书写与一座小说城的崛起——双雪涛、班宇、郑执沈阳叙事综论》，《文艺争鸣》2019年第11期。
③ 参见双雪涛、走走：《"写小说的人，不能放过那道稍瞬即逝的光芒"》，《野草》2015年第3期。
④ 在《天吾手记》的后记中，双雪涛自己也谦虚地承认："当时迷恋村上春树，追求趣味，有时过头，有点轻浮。"与走走的访谈中，双雪涛也坦然表示："《融城记》和《刺杀小说家》，都是村上春树的产物。""融城记"即《天吾手记》原题。参见双雪涛：《天吾手记》，花城出版社2016年版，第293—294页；双雪涛、走走：《"写小说的人，不能放过那道稍瞬即逝的光芒"》，《野草》2015年第3期。

用赵本山的小品台词①，尽管那在有些论者看来，很可能是一种未必真实的景观语言②。而双雪涛并不大规模地使用方言词汇和语法，他更致力于将方言的内在韵味融汇到普通话中，从而消除不同方言区读者的阅读障碍。至于郑执，他的小说里尽管也有东北口音，但是对方言的使用恐怕还谈不上自觉。这或许意味着，仅就文学层面，将三人并置在一起缺乏足够的合理性。这种并置很可能是一种有意建构的想象。

而这一"想象的共同体"所指涉的区域还在不断扩大。《人民日报》那篇报道尽管在标题中还是以"铁西三剑客"来指称双雪涛、班宇与郑执，但文末所提及的公共文化服务已至少涵盖了整个沈阳；而当文章将他们三人放置在萧红、萧军以降的文学史脉络中加以讨论时，其实已经是在努力将其与更为广阔的地理范畴相联结。事实上，类似的联结存在于大量相关报道与论文当中。李雪早在2016年对双雪涛加以评论时，即以《城市的乡愁》为题讨论双雪涛小说的价值，这里所说的"城市"乃是指沈阳；但在文章中，李雪还提出了一个更为复杂的地理圈层结构："东北—沈阳—铁西区—艳粉街"③。双雪涛，以及后来的班宇和郑执，其意义因之从一条街膨胀到三省四盟。不过真正在学理层面将这三位作家与东北广阔大地联结在一起，恐怕还有待于黄平的论证。

在2019年底与张定浩的那次对谈中，黄平已经使用了"新东北作家群"的说法，而从他加之于这一概念之前的"所谓"一词判断，至少在私下里该称号已被频繁使用。④此时，黄平应该已经完成了《"新东北作家群"

---

① 参见班宇：《冬泳》，上海三联书店2018年版，第8页。
② 参见刘岩：《世纪之交的东北经验、反自动化书写与一座小说城的崛起——双雪涛、班宇、郑执沈阳叙事综论》，《文艺争鸣》2019年第11期。关于班宇小说里有意使用的东北方言，或者说"口语"，张定浩也从另外一个角度有所批评。参见张定浩、黄平：《"向内"的写作与"向外"的写作》，《文艺报》2019年12月18日。
③ 李雪：《城市的乡愁——谈双雪涛的沈阳故事兼及一种城市文学》，《当代作家评论》2016年第6期。
④ 参见张定浩、黄平：《"向内"的写作与"向外"的写作》，《文艺报》2019年12月18日。

论纲》，这篇宏论发表在 2020 年初的《吉林大学社会科学学报》，的确堪称纲领性的文章。或许是考虑到以区区三人代表面积超过一百四十万平方公里、人口过亿的东北，多少有些不合比例，在论文开头黄平特意提到了赵松的《抚顺故事集》和贾行家的"他们"系列；但文章主要讨论的对象，仍是双雪涛、班宇和郑执。其实将赵松和贾行家纳入论述之中，或许有画蛇添足之嫌，尽管他们也出身东北、书写东北，但细究其题材选择与书写方式，与双雪涛等人却大异其趣。如此一来，则有可能模糊"新东北作家群"这一概念的学理边界。事实上，如果不考虑所指的具体内涵，仅仅作为能指的"新东北作家群"并不是新鲜的概念。从 2011 年开始，《渤海大学学报》即提出"新东北作家群"的说法，并设置相关栏目加以研究；2015 年，该刊主编林喦已经发表文章对相关研究进行阶段性总结。但是被林喦等人纳入"新东北作家群"的作家有数十人之多，其操持的文体、写作的面向都大相径庭，只能说他们之间存在着同乡之谊，却在文学层面很少关联。① 与前述《人民日报》那篇报道的内在目标类似，这一系列研究更多表现出的是区域内文学从业者力图形成规模、共同推进地方文化建设的强烈诉求，这一诉求甚至可以被放置在 20 世纪 90 年代以来各地"文化搭台，经济唱戏"的潮流中加以考量。② 2017 年辽宁作家团访问吉林，举办跨省座谈会，也借用了"新东北作家群"这一名头。座谈的具体内容未见记录，但从参会作家名单来看，恐怕同样难以从中找到可供形成概念的共性。③ 2019 年李帅提出的概念"当代东北作家群"，其实与"新

---

① 参见林喦：《"新东北作家群"的提出及"新东北作家群"研究的可能性》，《芒种》2015 年第 23 期。

② 在谈及当代东北作家群研究的实践价值时，李帅指出：当代东北作家群乃是"东北经济政治振兴的隐形文化资本，而文化资本的富足和象征资本的突出，必然转化为社会资本与经济资本"。这一多少有些想当然的推论，显然渊源有自。参见李帅：《当代东北作家群的研究向度与价值》，《沈阳工程学院学报（社会科学版）》2019 年第 1 期。

③ 参见王禹琪：《辽宁省作家协会来吉交流》，《吉林年鉴》（2017）；雷宇：《举办"东北地域文化与新东北作家群"座谈会》，见中共辽宁省委党史研究室编：《中国共产党辽宁执政实录（2017 年）》，中共党史出版社 2018 年版。

东北作家群"大同小异。借由李帅的总结，我们得以更加深刻地认识到各地建构区域性文学共同体的巨大热情和持久努力。据他称，"（国内学术界）对小群体如辽宁儿童文学'小虎队'、大连海蛎子组合、铁岭女诗人群体等作家群体的研究已经相当丰富"。可惜的是，这些丰富的研究中提出的作家群体概念，似乎都未能产生特别广泛的影响，其原因或许正如李帅指出的：一个作家群体概念要想真正凝聚成形，不能仅仅突出"地域作家群体集束性出场或'亮相'"，而必须"以文化生态学视域中的'群落'相似性、文化地理学视域中的地缘相似性和社会心理学视域中的心理趋同性"联结起来。简言之，类似"新东北作家群"或"当代东北作家群"概念的提出，仅仅因为被收纳在概念之下的诸多作家出身同一地域是不够的，还必须找到他们在审美、文化等多个层面的共通之处。历史上以萧红、萧军为代表的"东北作家群"之所以成立，也不仅仅因为他们都生在东北，还因为他们都具有——或被论述为具有——相近的文学质地和精神追求。①因此，黄平也唯有以双雪涛、班宇、郑执三人为核心，提炼和强调他们的共同点，才能真正完成想象的建构和概念的形成。但与此相应，这样做也必然面临三重遮蔽的风险：一则，双雪涛等三人不合乎这一概念内涵的创作，难免会遭到一定程度的压抑；二则，被林喦和李帅论及的数十位东北作家乃至于更多的作家，都将被排斥在关注范围之外；而更为重要的是，仅仅是双雪涛、班宇和郑执有关东北的书写，而且仅仅是他们书写中被"新东北作家群"这一概念所选择过的那些，会被视为合理的"东北故事"，除此之外，有关东北的一切，都将在这一论述范式中化为乌有。

那么，黄平以双雪涛、班宇、郑执三人为核心，提炼出来以供确定"新东北作家群"这一概念边界的共性，到底是什么呢？李帅曾经展望"当代东北作家群"研究的意义，认为"从实践价值上说，当代东北作家群与东北老工业基地振兴息息相关，既能产生经济价值，又能产生社会效益"②。

---

① 参见李帅：《当代东北作家群的研究向度与价值》，《沈阳工程学院学报（社会科学版）》2019年第1期。

② 李帅：《当代东北作家群的研究向度与价值》，《沈阳工程学院学报（社会科学版）》2019年第1期。

黄平同样将"新东北作家群"与东北老工业基地联系在一起，但是反其意而用之。黄平表示："'新东北作家群'所体现的东北文艺不是地方文艺，而是隐藏在地方性怀旧中的普遍的工人乡愁。这也合乎逻辑地解释了这一次'新东北作家群'的主体是辽宁作家群，或者进一步说是沈阳作家群。如果没有东北老工业基地90年代的'下岗'，就不会有今天的'新东北作家群'。"①事实上，早在2017年黄平庄严宣告《平原上的摩西》标志着"新的美学原则在崛起"时，他就已经相当自觉地指出，"作为历史事件的'下岗'"对于这篇小说极为重要，那意味着某种"共同体的破碎"，并决定了小说的叙事形态。继而，黄平谈到"平原"，将之视作小说为破碎的共同体提供的黏合剂："'平原'在初始的瞬间铭刻了作为生命本质的爱与美，在历史时间中铭刻了对于被侮辱与被损害的共同体的体认。"回到双雪涛和黄平都着意强调的1995年，我们当然很容易理解那破碎的共同体指涉着什么：庄德增和李守廉都曾是国有企业的工人，从这一年开始才分道扬镳。正如与张定浩对谈时黄平明确表示的："我不认为'东北'是一个纯粹的地域范畴，我更愿意将其理解为被地域所遮蔽的'阶级'范畴。"②通过这样的转喻，黄平将"双雪涛、班宇、郑执—铁西区—沈阳—东北"的链条进一步延伸，接上了"阶级"，并由此可以指向更为宏大的命题。刘岩就曾经论证，"只有转义为一种超越其地方性的历史，'这个工业城市'作为'悬案'的意味才得以充分显现，沈阳就是社会主义普遍历史的寓言"③——经过诸多论者尤其是黄平的论述，生于沈阳的刘岩所习惯聚焦的这座城市，其实已经可以与东北其他任何一座工业城市乃至整个东北进行语意置换，所以那句话的意思等于是："东北就是社会主义普遍历史的寓言。""东北"二字因此得以面向不可穷尽的空间与时间范畴展开其意义，以至于我们不得不在它后面加上省略号作为后缀。

---

① 黄平：《"新东北作家群"论纲》，《吉林大学社会科学学报》2020年第1期。
② 张定浩、黄平：《"向内"的写作与"向外"的写作》，《文艺报》2019年12月18日。
③ 刘岩：《双雪涛的小说与当代中国老工业区的悬疑叙事——以〈平原上的摩西〉为中心》，《文艺研究》2018年第12期。

黄平认为"阶级"的范畴被地域遮蔽了，但是如前所述，在他为"新东北作家群"确立了学理边界之后，"东北"的所指在不断延伸的同时也必然遭到"阶级"的遮蔽——东北这块土地连同它的所有历史都仅仅被凝聚为一个创伤性体验的时刻。① 然而即便只讨论那一时刻，就真的只有"创伤"这一种理解角度吗？黄平没有解释《无赖》当中的老马算不算工人阶级，他的"创伤"只与外在的、不可抗拒的历史变迁有关吗？——对于历史上关于那一创伤时刻的主流解释（或者"新自由主义的霸权想象"？），具体该予以怎样的回应呢？关于遮蔽的一个更为复杂而有趣的案例是刘岩的相关研究。从 2018 年对《平原上的摩西》的研究，到 2019 年对双雪涛、班宇、郑执的综论，刘岩都对命名与言说当中的遮蔽保持足够警惕。在他看来，仅仅认为《平原上的摩西》写出了工人阶级的创伤时刻其实是将小说与《铁西区》等影片等量齐观，恰恰窄化了双雪涛的意义；因为经过阐释话语的运作与现实社会的变迁，《铁西区》所展示的老工业区及工人阶级面貌，已然被消费社会景观化，"被挪用和收编为意识形态再生产的材料"。如果说赵本山的乡土喜剧让全国观众误将东北人认作"都市外乡人"，而忘记了即便在世纪之交，东北仍是全国城市化率最高的地区；那么《铁西区》等影片同样"以孤立封闭的工业生产及其简单再生产的空间"塑造了"东北＝老工业区"的认知谬误。而"'老工业区'由此与'都市外乡人'悖谬性地彼此意指，自动遮蔽了社会主义历史中形成的工人阶级的有机城市"。而在刘岩看来，双雪涛等三位作家的价值，并不在于简单地抒发工人阶级的历史乡愁，而在于复原了那座有机城市，重新使工人阶级成为城市中活跃而生动的元素，从而打破了"区域景观化的历史再现逻辑"。刘岩的洞见的确打开了更为开阔的论域，令考察双雪涛、班宇和郑执的学术视野在时间上追溯至计划经济时代东北最美好的历史时期，同时在空间上下沉到工人阶级的日常生活，并试图在新一代作家的精神内面寻求能够超越历史而前行的力量。但是他的论述仍旧无法脱出"东北—阶级"的阐释框架，而其逻辑起点仍在那个共同体破碎的创伤时刻："20

---

① 参见张定浩、黄平：《"向内"的写作与"向外"的写作》，《文艺报》2019 年 12 月 18 日。

世纪90年代到21世纪初的历史创伤是老工业区悬疑叙事的缘起"①。当他循此阐释框架,将《平原上的摩西》中的蒋不凡视作"城市治安维护者",并进而指认为"主流的城市叙述者"时,尽管极为漂亮地论述了工人阶级如何从城市的主人沦落为危险的他者,却消除了理解蒋不凡这个人物的其他一切可能:他还是一个大龄未婚的单身男子、同事的好兄长、尽职尽责却丢了佩枪的公安干警,后来还成为长久依靠年迈父母照料的植物人。而在刘岩力图颠倒以"都市外乡人"面目呈现的东北人形象时,是否意识到的确需要追问在东北那些工业城市之外,农民如何生活,而他们不可让渡的尊严何样存在?

为什么明知必定造成遮蔽,仍要提出概念并严格确定其边界?黄平给出了自己的理由,但他令人颇感意外地采取了现身说法的感性方式:"不管是双雪涛还是班宇,他们小说里都写了一个情节就是九千元的学费,我们都知道20世纪90年代九千元学费意味着什么。这个事情在东北是真实的,我也交过类似的学费,压力也非常大。对于他们的小说,我这个读者的感受是真实的。"②在此之前,黄平也表示:"不愿强化共同体经验来论证自己的看法,但不得不说'平原'对于出生在'东北平原'上的我们,不是一个晦涩的象征。这里的'东北'不仅仅是地理空间,更是以地理空间转喻被粉碎的共同体。"③这是一个学者少有而可贵的动情时刻,或者说,坚定的立场和共同体意识。在具体的对话与辩论中,情感和立场都是不容置疑和拒绝论证的,但我们不得不追问:是否情感动机足以构成论者持类似阐释框架的唯一理由?像黄平一样成长于东北的论者具备这

---

① 刘岩:《双雪涛的小说与当代中国老工业区的嫌疑叙事——以〈平原上的摩西〉为中心》,《文艺研究》2018年第12期。另参见刘岩:《世纪之交的东北经验、反自动化书写与一座小说城的崛起——双雪涛、班宇、郑执沈阳叙事综论》,《文艺争鸣》2019年第11期。

② 张定浩、黄平:《"向内"的写作与"向外"的写作》,《文艺报》2019年12月18日。

③ 黄平:《"新的美学原则在崛起"——以双雪涛〈平原上的摩西〉为例》,《扬子江评论》2017年第3期。

样的情感动机或可理解,但仍有不少与东北无关且不应对那一创伤时刻保有记忆的批评家和媒体人,也于无意识间将"东北—阶级"作为阅读和阐释双雪涛等人作品的预设。尤其难以解释的是王德威,尽管就祖籍而言他也可以算作东北人,但成长于台湾省而工作在美国。很显然,他并未分享那种创伤记忆,却同样以国有企业改制和工人下岗为讨论的切入点,尽管对创伤时刻何以发生的理解与黄平、刘岩或有不同,但王德威对于小说中人物的遭际似乎也并不缺乏理解之同情。[①] 这至少提醒我们,"新东北作家群"这一概念的特殊指向,除了情感动机之外,一定肇因于其他可供分享、传递和学习的元素。

事实上,关于黄平所说的那个共同体破碎的时刻,知识界早有讨论,并形成颇为可观的理论资源。1999年,在与佩里·安德森对谈的时候,汪晖追溯了20世纪90年代中国知识分子群体的分化,尤其是"新左派"(尽管汪晖更愿意称之为"批判知识分子")的产生。汪晖认为,其产生的背景一方面是1992年之后"日常生活和文化的所有结构和内容"都被"南方谈话"唤起的"商业化大潮席卷而去",这使部分知识分子感到幻灭;而另一方面,则正是市场扩张的重要内容表现为"非国有化"。这里所说的非国有化或私有化,指的正是国有企业改制。汪晖认为这一过程造成了当代中国最大的社会危机,因此,有必要对"自发私有化"或"新自由主义"予以批判,而是否"将私有化或'国企分家'设定为不能质疑的目的",也成为"左翼知识群体与'新自由主义'及其妥协形式的真正区别之所在"。在汪晖的追溯中,我们依稀可以辨认出熟悉的话语和逻辑,黄平动情地表述自己的共同体认同时,刘岩迫切地召唤对工人阶级有机城市的公正记忆时,不正和汪晖的诉求不谋而合:"我们必须要回头审视中国社会自从1949年以来的历史和变化,……它同时也包含了许多其他内容——很多人们仍然珍视的东西。"[②] 或许只有以20世纪90年代以来中国知识界的立场分化为背景,才能够更加深刻地理解黄平、刘岩等人赋予

[①] 参见王德威:《艳粉街启示录——双雪涛〈平原上的摩西〉》,《文艺争鸣》2019年第7期。

[②] 汪晖:《别求新声:汪晖访谈录》,北京大学出版社2009年版,第16页。

"新东北作家群"的特殊内涵，也才能够理解为什么"从李陀到王德威，不同美学立场的批评大家都著文肯定这一批作家的文学探索"①。

基于此，"新东北作家群"大概可以算是在新世纪之初的"底层叙事"之后，又一个被深深打上"新左派"思想烙印的文学事件——这或许提醒我们在对"新东北作家群"保持持续关注时，可时时以"底层叙事"的经验教训作为参照。"底层叙事"的发轫之作和最重要代表《那儿》（曹征路），同样围绕国企改制和工人下岗展开叙述，一时之间引发诸多讨论，甚至久不关注文学现场的学者亦为之振奋鼓呼，由此引发了书写底层与苦难的热潮。但随着讨论深入，论者却围绕知识分子是否有资格为底层代言而展开激烈争论②；以此为背景，黄平关于个人经验的动情表述，以及黄平在内的多名论者对双雪涛等人工人阶级子弟身份的强调③，或许并非无的放矢——那成功地解决了小说家和批评家为工人阶级代言的立场问题。但"新东北作家群"毕竟不是"底层叙事"，前者身处更加复杂的社会现场和文化生态之中，因而呈现出更为暧昧的面貌。这种暧昧复杂的一个直接表现就是，"不同美学立场的批评大家"都能在双雪涛等人的创作中找到自己欣赏的审美趣味：李陀认为"新世纪里成长、成熟起来的一代青年作家，很多人都在追求或者倾向于现实主义写作"④，并将班宇作为例证；而王德威则从双雪涛的写作中发现"他明显受到现代主义风格的影响"⑤。

---

① 黄平：《"新东北作家群"论纲》，《吉林大学社会科学学报》2020 年第 1 期。

② 参见南帆等：《底层经验的文学表述如何可能？》，《上海文学》2005 年第 11 期；吴亮：《底层手稿》，《上海文学》2006 年第 1 期。

③ 参见黄平：《"新东北作家群"论纲》，《吉林大学社会科学学报》2020 年第 1 期；刘岩：《世纪之交的东北经验、反自动化书写与一座小说城的崛起——双雪涛、班宇、郑执沈阳叙事综论》，《文艺争鸣》2019 年第 11 期；李雪：《城市的乡愁——谈双雪涛的沈阳故事兼及一种城市文学》，《当代作家评论》2016 年第 6 期。

④ 李陀：《沉重的逍遥游——细读〈逍遥游〉中的"穷二代"形象并及复兴现实主义》，"保马"微信公众号 2019 年 5 月 10 日。

⑤ 王德威：《艳粉街启示录——双雪涛〈平原上的摩西〉》，《文艺争鸣》2019 年第 7 期。

另一个更为耐人寻味的表现是：在讨论双雪涛的时候，黄平不能不提及王小波。双雪涛自称是"王小波的拥趸"①，而黄平本人也从不掩饰自己对王小波的喜爱②——事实上，出生于20世纪80年代的文学从业者，未曾被王小波深刻影响过的恐怕为数不多，1997年王小波逝世之后的"王小波热"几乎席卷了整个阅读界。如黄平所说，那同样是一种深刻的情感记忆。然而吊诡之处在于，无论黄平如何努力将"纯文学"的王小波与"王小波热"及其背后"历史的密谋"剥离开来，仍难于否认：之所以彼时刚刚浮出水面的自由主义会选择王小波来加以"塑造与生产"，实因其种种叙述与言说中，的确流露出浓郁的自由主义气息——他跟"新左派"的差异一定比"自由主义"大得多，对于他生前已经开始的国企改制与工人下岗，他未置一词。③

这样的复杂暧昧甚至吊诡，同样可以在汪晖的追溯中找到解释："被归纳在'新左派'之中的一些知识分子理论上也汲取了大量的自由主义的因素，而被归纳在'自由主义'范畴内的知识分子也包含了偏左和偏右的差异。"④时至今日，无论"左"还是"右"，在其来源、构成与诉求上，或许都远比汪晖二十余年前所讲述的更为复杂。对于年轻一辈知识分子而言，恐怕没有人能够简单以"左"或"右"的立场、阵营来表达自己的良知与真诚。更常见的是，他们在生活趣味、文学审美和公共事务等不同方面，可能表现出完全不同的立场；甚至在同一事件推进的不同时刻，立场也不尽相同。在此意义上，他们全都深刻理解和精熟掌握了左翼经典理论的精髓：世界是复杂辩证而变动不居的，具体问题需要具体分析。

而这也再一次提醒我们，即便是"东北—阶级"的阐释框架，也可以包含广泛而复杂的课题：黄平和刘岩的立论就不尽相同。而随着事件推进，共享同种思想资源的论者也难免进一步发生分化。这让"东北"这一概念不仅朝向未知的空间和时间指涉无限敞开，而且还将在意义赋值的层面越

---

① 双雪涛：《我的师承》，《文艺争鸣》2015年第8期。
② 参见黄平：《十年：作为"神话"的王小波》，《中国社会导刊》2007年第8期。
③ 参见黄平：《十年：作为"神话"的王小波》，《中国社会导刊》2007年第8期。
④ 汪晖：《别求新声：汪晖访谈录》，北京大学出版社2009年版，第12页。

走越远。

二、"文艺"

既然前文中指出，王小波之所以会被自由主义选择，乃是因其本身包含了自由主义元素；则或许在此必须回答：双雪涛、班宇和郑执被置于"东北—阶级"的阐释框架下讨论，是否由于他们的写作中也的确存在着与这一框架相合之处？答案当然是肯定的。双雪涛就曾明确表示，自己写作的出发点是："东北人下岗时，东北三省上百万人下岗，而且都是青壮劳力，是很可怕的。那时抢五块钱就把人弄死了，这些人找不到地方挣钱，出了很大问题，但这段历史被遮蔽掉了，很多人不写。"[①]班宇在谈到自己的小说为什么总是聚焦工厂工人时，也表示："我对工人这一群体非常熟悉，这些形象出自我的父辈，或者他们的朋友。他们的部分青春与改革开放进程关系密切，所以其命运或许可以成为时代的一种注脚。"[②]而郑执在"一席"演讲时，也详细讲述了"穷鬼乐园"的那些穷鬼，把对父亲个人的悼怀上升为对整个"东北"的悲悯[③]。三位作家的确都写了不少衰败的老工业区和过得不顺心的下岗工人，不过在谈及自己小说的题材时，他们其实很少像上文引述的那样明确表达立场态度，而基本止于承认自己对那些人、那些事、那一区域和那一时刻比较熟悉。而当相关讨论一再地围绕着东北、阶级与创伤时刻展开，他们便明显表现出想要逃离这些标签的冲动。这种逃离甚至直接表现在创作层面：2019年，双雪涛最新的小说集《猎人》几乎是在有意地抹去笔下的东北色彩。黄平对此多少有些不以为然。[④]刘岩或许认为，双雪涛、班宇和郑执对于工人阶级有机械

---

① 鲁太光、双雪涛、刘岩：《纪实与虚构：文学中的"东北"》，《文艺理论与批评》2019年第2期。

② 朱蓉婷：《班宇：我更愿意对小说本质进行一些探寻》，《南方都市报》2019年5月26日。

③ 参见郑执：《面与乐园》，"一席"微信公众号2019年2月18日。

④ 参见黄平：《"新东北作家群"论纲》，《吉林大学社会科学学报》2020年第1期。

市的书写乃是其创作的最重要价值,并将不断召唤后来的书写者,而一旦如双雪涛《武术家》那样的文本呈现出某种复杂性,则有可能造成"前景的不确定性"——但是很显然,作家们未必这么想。[①]其实这无可厚非:优秀的批评家和学者致力于阐释提炼,而有出息的作家总是想要突围出去,这是相当正常而健康的文学生态;唯有在这样的互动中,作家和批评家才能构成一种良性关系,持续不断地为彼此提供创新动力。至于逃跑得漂亮不漂亮,《武术家》这样的作品写得好不好,尤其是,逃跑之后的前景如何,过早定论难免显得武断,而且很容易再次陷入见仁见智的莫衷一是。更加值得探讨的,或许是他们采取了怎样的逃跑路线,以及何以做这样的选择。

在北京大学"我们"文学社举办的一次活动中,鲁太光、双雪涛与刘岩的对谈就极为有趣,颇耐分析。[②]除主持人鲁太光的开场白之外,双雪涛是第一个发言者,看似应该起到破题的作用,却不得不面对已经预设的活动主题:"文学中的'东北'"。对此,双雪涛轻描淡写地表示,之所以写的东西多与东北有关,不过因为生于斯长于斯,"是一个无法选择的命运";他强调,对于东北的认识不应该是固定不变的,而"对于一位作家而言,他写作的材料是一个问题,但更重要的是他看待材料的方式和处理问题的方法"。由此,双雪涛硬生生地将话题转到小说技术的层面,转到纳博科夫。但是之后发言的是学者刘岩,他再一次把话题拉回了东北,不无揶揄地指出:此前双雪涛分明表示过"想反映一点东北人的思想、特有的行为习惯,尤其是几个大工厂",但是"当今天越来越多的批评家和媒体以'东北'这样一个标识来塑造你作为小说家的形象时,你似乎要从这种定型化的塑造中挣脱出来,强调自己不是在记录、反映真实的东北。这就形成了一种悖论"。面对这个尖锐的问题,双雪涛承认写作时难免要调动自己熟悉的历史,但是当媒体和专家朋友们对此过分关注时,作为作

[①] 参见刘岩:《世纪之交的东北经验、反自动化书写与一座小说城的崛起——双雪涛、班宇、郑执沈阳叙事综论》,《文艺争鸣》2019年第11期。

[②] 参见鲁太光、双雪涛、刘岩:《纪实与虚构:文学中的"东北"》,《文艺理论与批评》2019年第2期。

家他就难免有所警惕。他再一次努力把话题从小说的材料转向小说的技术,并强调自己"在写作里面得到的最大的愉悦可能还是虚构的愉悦,一些精神的乐趣"。而后,他特别提醒读者,"从小说里认识真正的客观世界是比较困难的,在小说里更重要的是认识到精神世界"。作为主持人的鲁太光在此时起到了重要的调和作用,他说自己的确在《天吾手记》里读到了"不屈不挠的故事、精神",进而指出双雪涛的小说有两个面向,其一是"世界瓦解、粉碎的过程",其二是"很强的救赎意味"。此外,鲁太光也特别指出双雪涛对艺术性的重视。世界的瓦解粉碎、精神层面的救赎和小说艺术性,鲁太光的发言几乎涵盖了之前刘岩和双雪涛涉及的所有方面。在这样的缓冲之后,双雪涛谈起文学对于自己而言的意义。他提到了经典作家的名字,提到了自己的阅读,也提到了此前的工作,但却偏偏并未涉及媒体和批评家们关心的那个"东北"。他特别说道,对于自己的小说,鲁太光、刘岩乃至于所有读者都可以有自己的解读,他无法预料也无法控制。而在他看来,写作处理的是"人和意义的关系"。在这组关系里,当然有"铁肩担道义"的责任,但是"道义很重要,妙手也很重要",至少对他个人而言,最难的是要"对自己写的这点字负责任"。接下来双雪涛主要谈的是自己对文稿近乎强迫症般一再修改,则基本可以确定这里他所说的"负责任"大概仅就"这点字"本身即文学内部而言。接下来发言的刘岩表示要"接着说一点自己的阅读感受",但实际上并没有"接着"双雪涛的话讲,而是重振旗鼓,又一次顽强地回到了沈阳,回到了艳粉街。刘岩谈到《平原上的摩西》中对艳粉街地理位置的有意错置,谈到作为警察的蒋不凡丧失了正确理解下岗工人李守廉的能力,谈到在小说的诸多叙事声音中唯独缺少了案件当事人李守廉的经验表述,也谈到《北方化为乌有》的元小说写法,然后他对双雪涛提出了问题:"无法直接呈现的父亲的声音和消失的北方、消失的社群的关系,在你的小说创作里,是不是一个有意识的连接?"刘岩所谈到的几个问题,在他的那篇研究双雪涛的论文里皆有涉及,这篇文章在座谈当时应该已在编发过程中,并将于次月正式刊出。在文章中,他以强劲的理论武器和绵密的学术修辞将他对双雪涛发问时提到的那些零散元件,组装成精致的话语装置。在他看来,小说中艳粉街位置的有意错置乃是双雪涛将沈阳从消费社会的意识形态化想象中"脱嵌"而出的努力,其目的是尝试复原那个工人阶级的有机城市;蒋不凡对李守廉的误判,印证了下岗工人已经成为自己城市的他者;但未能发言的李守廉,尽管只能在警察、资本家和知识分子的叙述中以他者身份出现,丧失了发声的机会,却在一定程度上将自己的经验和思想传递给了女儿李斐,从而构成对话的可能。① 刘岩的繁复论证是否当真合乎双雪涛的创作意图姑且不论,至少我很怀疑,在缺乏以上讨论前提的座谈现场,双雪涛真的能够理解刘岩问题所涉及的全部内涵吗?他们两人的话语结构与思维方式显然大相径庭。因而意料之中,双雪涛的答复非但不合乎刘岩在论文中设立的框架,甚至有些答非所问。他简单地在一般意义上谈了两句父亲形象与父子关系,便表达了悔于少作的意思:"说到《平原上的摩西》和《北方化为乌有》,我觉得这两部小说写得有点问题,这两部小说写得有点机巧,尤其是《北方化为乌有》。这个题目虽然比较容易被人记住,但我稍微有点武断。"这与其说是在反省过去的自己,不如说是在反对批评家们对他的指认。在此之后的两轮对话基本围绕着双雪涛的写作和发表展开,直到鲁太光突然提到双雪涛小说中的红旗广场和广场上的毛主席像。这一次,其实能够明显看出双雪涛对刘岩的解读是认同的,但或许仍是因为学者与作家发言方式的差异,二者的意思依旧存在着微妙区别。刘岩操持精巧的理论话语,雄辩地阐释出双雪涛小说对某种蕴含复杂历史经验之底层情感结构的揭示,其视野朝向国家历史;而双雪涛则以一种典型的小说家叙述语调,从自己与父母的经验谈起,兜兜转转,还是将书写广场与雕像的理由归因为自己对特定环境和特定环境中人熟悉。

——发生在北京大学的这整场座谈就像是阐释者与作者之间一场惊心动魄的追逃游戏:刘岩努力把双雪涛讲进一个"东北—阶级"的宏大历史叙事里;而双雪涛则扭头向两个方向逃跑,一个方向是某种纯粹的"文学性",另一个方向是个人的精神世界。其实不仅仅是双雪涛向这两个方向

---

① 参见刘岩:《双雪涛的小说与当代中国老工业区的嫌疑叙事——以〈平原上的摩西〉为中心》,《文艺研究》2018 年第 12 期。

逃跑，班宇和郑执也有过类似的表述①，而且不少论者也的确是沿着这两个方向展开他们对于双雪涛、班宇和郑执三人的研究。事实上，像刘岩这样几乎完全聚焦在理论命题与现实关怀的研究者少之又少，绝大部分论者尽管以"东北—阶级"为阐释框架，却往往只是以此为论述的起点或背景，最终仍要落实在文学层面讨论三位作家的价值：要么从"文学性"角度探讨双雪涛等人在小说技术方面的成就与贡献，要么褒扬他们在作品中赋予小说人物的尊严和精神力量，要么则兼而有之。② 就此而言，座谈中那场追逃游戏就不仅仅是发生在阐释者与作者之间，还发生在一种话语与另外一种话语之间。那么在双雪涛等人的自述与研究者的阐释中浮现出来的两个逃跑方向，或许也指向左翼话语之外，造成双雪涛、班宇和郑执这一文学事件的其他思想资源。考虑到三位作家对于前一种话语避之唯恐不及，却并未拒绝对后一种话语的指认，则显然至少对于写作者而言，后者更具有吸引力，因而也更有可能造成内在的盲视。

双雪涛等人及其大量研究者热情奔向的两个方向，构成他们于无意识间认定为"文学"之物的基本轮廓，那完全可以在贺桂梅所说的"纯文学"意识形态中找到渊源③，并在20世纪80年代以来中国当代文学的更迭与反复中找到具体线索。如果依贺桂梅所说，文学/政治的二元结构乃是

---

① 参见曾璇：《班宇：小说要勇于尝试 抵达语言和事物的最深处》，《羊城晚报》2019年4月15日。

② 譬如王德威和黄平的相关论文，就非常典型。参见黄平：《"新的美学原则在崛起"——以双雪涛〈平原上的摩西〉为例》，《扬子江评论》2017年第3期；王德威：《艳粉街启示录——双雪涛〈平原上的摩西〉》，《文艺争鸣》2019年第7期。再如：木叶肯定了双雪涛小说的语言成就，并指出其小说中有某种"内在的光源"；李德南认为"双雪涛既发挥了小说介入现实的功能，又意识到他是在写小说，并没有完全忘却艺术的自律"；田耳同为小说家，更是主要从写作技艺的层面讨论双雪涛的小说。参见木叶：《我们总是比生活既多些又少些——读双雪涛》，《上海文化》2016年第11期；李德南：《最初的爱情 最后的仪式——读双雪涛的〈安娜〉》，《创作与评论》2014年第17期；田耳：《瞬间成型的小说工艺——双雪涛的小说》，《上海文化》2015年第7期。

③ 参见贺桂梅：《"纯文学"的知识谱系》，《"新启蒙"知识档案——80年代中国文化研究》，北京大学出版社2010年版。

"纯文学"首要的认知框架,那么先锋文学是一个标志性的节点。在此之前的中国当代文学,无论是书写一种政治,还是另一种政治,抑或是以文化替代政治作为文学的填充物,都不如先锋文学来得彻底。它根本不再考虑在内容层面"写什么",而转向关注"怎么写",并由此在对以政治为核心的他者之排斥中塑造出某种纯粹的"文学"概念。以此为参照或许更容易理解,为什么双雪涛等人那么不愿意认同自己作品的价值在于书写了东北和工人阶级,而一再表示自己对"怎么写"更为关心。他们几乎每个人都曾经谈及先锋作家如余华对他们的深刻影响[1],而双雪涛和黄平共同热爱的王小波,尽管因迟到太久而未被归入先锋作家的行列,但至少在小说形式上与先锋作家们有着同样对复杂的追求。

但是如贺桂梅所说,先锋文学始终存在着一个严重的问题,就是"在完成一种语言秩序的革命时,并没有更多地关注与当代中国历史与现实的关联"[2]。以所谓的世界文学传统为话语背景的单纯形式实验,因为无法对现实问题予以有效回应,而难以满足长久以来已然形成的中国读者阅读期待,显然不足以支撑文学的持续发展。因此,即便是先锋文学最热情的支持者,也不得不承认,"面对人物和故事,先锋派注重形式的叙事方式并没有释放出充足的艺术能量",于是不得不"在90年代完成了对故事和人物的复归"。[3] 仅仅在形式层面运行的先锋文学实际上终结了,或者说转型了——如有些学者理解的那样,幻化为其他形态。[4] 但无论如何,先锋文学之后的中国当代文学都不得不以先锋文学为前提。徐则臣就曾经

---

[1] 参见双雪涛:《我的师承》,《文艺争鸣》2015年第8期;孙磊:《班宇〈越过冬天的小说〉》,金羊网·金羊文化2019年4月15日,http://culture.ycwb.com/2019-04/15/content_30239646.htm。

[2] 贺桂梅:《"新启蒙"知识档案:80年代中国文化研究》,北京大学出版社2010年版,第163页。

[3] 陈晓明:《中国当代文学主潮》(第2版),北京大学出版社2013年版,第360页。

[4] 参见谢有顺:《历史时代的终结:回到当代——论先锋小说的转型》,《当代作家评论》1994年第2期;张清华:《先锋的终结与幻化——关于近三十年文学演变的一个视角》,《文艺研究》2016年第4期。

明确表示，"所有好小说都需要一种先锋精神"①，21世纪"中国可能出现的好小说应该是：在形式上回归古典，在意蕴上趋于现代"②。就此而言，先锋文学的偃旗息鼓并不仅仅是因为内部创新能力不足，更因为其历史任务已经完成。无论是终结了还是转型了，先锋文学都不以失败告终，而是被讲述成某种常识，从而构成新的意识形态。

而随着20世纪90年代文学外部环境的变化，尤其是市场经济的繁荣，人文精神大讨论又不无吊诡意味地为这一意识形态提供了新的他者，将与商业有关的文化生产也明确地驱逐出这意识形态，从而大致完成了对所谓"纯文学"的定义。"纯文学"的概念边界看起来是泾渭判然的，通常来说那包含着对以下等级差序的认同：刻意为配合政治而写的文学当然是浅薄庸俗的；与商业资本关系密切的影视文学、通俗文学同样也不入流；对于外在世界的关注与思考或许应该算作文学的一部分，但必须以所谓的艺术性为前提，如果二者不能得兼，则"文胜于质"总好过"质胜于文"。因此，双雪涛、班宇和郑执不仅对"东北—阶级"的标签颇感不适，也总是委婉而坚决地撇清自己和影视工业之间的关系。尽管承认"电影不是文学的敌人"，双雪涛仍然强调二者是两码事，而自己对于电影而言只是外行和观众③；班宇也表示自己"写小说的初衷，几乎没有考虑过影视化，……影像是在创立或复制语言，小说却可以抵达语言"乃至"一切事物的最深处"④；至于郑执，在"一席"演讲介绍自己"缺钱的时候就会写剧本"时，更是分明透露出一种不得已而身在曹营的委屈与不甘⑤。这

---

① 马季：《徐则臣：一个悲观的理想主义者》（对话），《大家》2008年第4期。
② 徐则臣：《小说的可能性》，《文学港》2005年第2期。在接受《北京青年报》采访时，双雪涛表达了和徐则臣完全相同的看法，而采访者在提问时，直接将双雪涛指认为"先锋文学写作者"。参见唐山：《双雪涛：从不想最终会下一个什么蛋》，《北京青年报》2019年9月20日。
③ 参见《电影不是文学的敌人》，"单读"微信公众号2018年1月10日。
④ 曾璐：《班宇：小说要勇于尝试 抵达语言和事物的最深处》，《羊城晚报》2019年4月15日。
⑤ 参见郑执：《面与乐园》，"一席"微信公众号2019年2月18日。

倒并不是说这三位作家深深服膺于"纯文学"的自我想象,从而拉斯蒂涅般地非要挤进那个所谓的"文化精英"阶层,毕竟双雪涛就曾经颇为不屑地表示过,很多"自称是纯文学"的作品,"其实是很乏味的东西"①。但是当他凭借着后来被视为类型文学或青春小说的《翅鬼》赢得台湾的文学奖金,开始盘算自己的未来文学之路时,想的恰恰是"我又不是写网络文学的,我得给文学期刊投稿"②——那分明证实了"纯文学"的意识形态已经牢固地内化在他的认知结构当中。

  双雪涛心理活动中的"文学期刊",是"纯文学"得以持续存在并发挥作用的重要载体。它们都是官方主办的刊物,但是在20世纪80年代特殊的历史诉求下,实际上是体制内的文学期刊与一批青年作家,以"文学现代化"为旗号共同完成了"纯文学"的革命。因此,自那以后,尽管文学期刊仍然承担着文艺宣传的任务,尽管在局部仍会存在政治与文学的张力关系,但是文学期刊的编辑们大致都已经接受了80年代文学变法的成果。③更何况到了20世纪90年代,市场经济与大众文化才是"纯文学"更加危险的敌人。于是文学期刊代表"纯文学",与商业气息浓重的其他文学形态针锋相对,便成为大部分写作者理所当然的认识。但是体制内刊物毕竟要求对中国现实有所反映,而且1984年《国务院关于对期刊出版实行自负盈亏的通知》颁布之后,市场化趋势下的文学期刊也不能不考虑普通读者的文学趣味和需求。可以说,"纯文学"从高度精英化的形式实验向书写现实撤退,既是贺桂梅所指出的文学内部规律使然,也与文学期刊所承受的外部压力不无关系。20世纪90年代以来新写实主义、新历史小说、底层叙事和非虚构的潮流,某种程度上都可以视为这内外因共同推动的产物。但是身处体制之内又要兼顾阅读市场惯性的文学期刊难免求稳

---

  ① 双雪涛、三色堇:《双雪涛:写小说是为了证明自己不庸俗》,《北京青年报》2016年9月22日。

  ② 淡豹:《养成作家》,界面新闻2017年1月5日,https://www.jiemian.com/article/1053713.html?_t=t。

  ③ 参见叶祝弟:《纯文学刊物的式微与先锋派小说的终结》,《理论与创作》2005年第9期。

多于求变，从而使其所愿意容纳的"纯文学"很容易呈现出一种同质化的疲惫状态：具有事件意义的作品一旦出现，大量平庸的跟风之作便蜂拥而至，《那儿》之后哀鸿遍野的"伪底层"苦难书写①，至今络绎不绝。疲惫的"纯文学"当然不能令人满意，于是必定又有关于创新的呼喊，可是像20世纪80年代那样的风云变幻未免过于刺激，因此，最好的创新不过是题材上无伤大雅的微调：看惯了乡土风情，繁华都市便足以令人耳目一新；读多了小镇青年，可以把笔尖轻轻一抬，挪到县城。在此逻辑之下，双雪涛、班宇和郑执受到"纯文学"界的欢迎简直顺理成章。一定程度上他们的书写也可以被纳入"底层叙事"这个已被认可的稳妥的小传统当中，但是他们还提供了新的空间场景，他们还真诚热忱，他们还有讲述故事的立场，他们还在艺术上颇有追求。同样在此逻辑之下，双雪涛在小说集《猎人》中"去东北化"的努力其实值得肯定，尽管力求创新未必一定得离开"东北"，但有创新的野心总比甘于自我重复要好。

不过"纯文学"的疲惫状态还不仅仅来自创新的惰性，更根本的原因或许是王德威所说的：对于"神性"的思考在当代中国文学里已成为"久违了的题材"②。中国当代文学长久在一种对历史总体性的笃信中展开，这让它从一开始就获得了某种宏大而刚健的力量。但是当"纯文学"从紧缚中松绑，也就必然同时从历史总体性中跌落，自此之后，再难找到一个足够达成共识的信念来填充精神空白。足够达成共识的信念好还是不好？一定要在某种总体性下进行文学创作吗？这些问题当然都可以长久探讨，而且恐怕难有定论，但是王德威所谓"神性"的缺位似乎的确容易使文学陷入一种琐碎、绵软、犹疑、颓废的气质——新写实主义中的现实只能一地鸡毛，新历史主义让时间迷失了方向，底层叙事里的《国际歌》也只剩下两个虚弱的字节③。其实无须比较这样的气质与宏大刚健孰优孰劣，任

---

① 参见丁智才：《当前文学底层书写的误区刍议》，《当代文坛》2005年第1期。
② 参见王德威：《艳粉街启示录——双雪涛〈平原上的摩西〉》，《文艺争鸣》2019年第7期。
③ 此指曹征路故意取《国际歌》中"英特纳雄耐尔"末尾两字的谐音，作为《那儿》的标题。

何一种气质独占文学版图过久都难免遭人厌腻。因此，近年来失败青年书写中一败涂地的颓丧，令论者再次迫不及待地呼唤某种具有超越性的精神力量：金理期待郑小驴《可悲的第一人称》中那个小娄，能够通过劳动完成"主体修养的内在建设"，寻找到人类真正联合的可能①；而李雪则为蔡东笔下的人物凭借自我反省而完成主体重建深感欣慰，哪怕那看上去很像是对现实的逃避②。双雪涛、班宇和郑执的小说对于日常生活的关注、对于历史事件与场景的虚构、对于边缘人群的关切，使他们当然可以被放置在"新写实小说—新历史主义—底层叙事—失败青年书写"的脉络中加以理解，但是令人眼前一亮的是，他们极为自觉也极有华彩地写出了那些小人物的尊严。论者往往喜欢将这种尊严归之于阶级，或者归之于宗教，但其实也可以如双雪涛所说，那就是一个写作者对个人精神世界的重视。无论如何，它满足了"纯文学"长久以来的期待。

但是，仅仅停留在一般所谓的"纯文学"概念中，能够完满地理解双雪涛、班宇和郑执吗？双雪涛对"纯文学"的表态早已证明，尽管无法外在于"纯文学"的意识形态去理解文学场域的构成，但是对这一意识形态作家并非没有反省。论者早已指出，和以往青年作家相比，双雪涛等人的出场"更多地受到市场化媒体的支持"③，而这种出场方式其实通向三十年来文学史发展的一条隐在的线索。20世纪90年代以来涌现的类型小说、网络文学、青春写作等潮流，由于与大众文化、消费市场与新兴媒体联系紧密，并获得了巨大的商业成功，因而长久以来隐隐遭到"纯文学"排斥，被目为低人一等的"亚文学"。但双雪涛等人对待它们的态度显然与"纯文学"有所不同。班宇和郑执都曾参与由《中华文学选刊》组织的一次"当代青年作家问卷调查"，在回答"科幻、奇幻、推理等类型文学，非虚构写作以及互联网时代种种新的写作实践，是否正移动着文学的边界"这一

---

① 参见金理：《失败青年故事的限制与可能——以〈可悲的第一人称〉为例》，《中国现代文学研究丛刊》2018年第5期。

② 参见李雪：《大城小事·浮城旧梦——蔡东小说阅读札记》，《小说评论》2019年第6期。

③ 黄平：《"新东北作家群"论纲》，《吉林大学社会科学学报》2020年第1期。

问题时，两人的回答惊人相似，都认为文学不应该存在边界。①而双雪涛也早就表示过，不应将小说分为纯文学和类型文学。②尽管早已改旗易帜，但是类型小说、网络文学和青春写作的影子，始终浮现在他们的文字之中。论者并非没注意到这一点，但有趣的是，经过阐释会发现，那些"亚文学"的元素总是可以被纳入"纯文学"的认知当中：张元珂将双雪涛的校园题材小说视为一种"反类型的青春写作"③；在刘岩看来，双雪涛之所以采取悬疑叙事来结构小说，正和他的写作对象和写作目的吻合④；而徐勇指出双雪涛的成长小说指向的并非个体而是社会现实的思考，也让我们恍然大悟，原来刘岩、黄平对双雪涛等人工人子弟身份的强调在为他们提供了底层代言资格的同时，也顺便抹除了他们青春写作的色彩。⑤这提醒我们，"纯文学"的概念边界很可能只有在下意识表明立场的时候是泾渭判然的，细究起来却暧昧模糊，并且始终处在不断变动当中：近年来科幻小说不是已经为"纯文学"作家们提供了新的实验场地？而在麦家、须一瓜、弋舟等人的创作中，早已能够读出悬疑推理小说的潜在影响。所谓"亚文学"未尝不可以对"纯文学"产生建设性作用，双雪涛、班宇和郑执的写作再次证明了这一点。这使得由他们三人构成的这一事件所涉及的层面，必须从知识界、文学界延伸至大众文化领域，而我们也因此格外需要将"文艺"一词置于双引号中。

---

① 参见《当代青年作家问卷：班宇×大头马×董夏青青×郑执》，"中华文学选刊"微信公众号2019年5月9日。

② 参见双雪涛、三色堇：《双雪涛：写小说是为了证明自己不庸俗》，《北京青年报》2016年9月22日。

③ 张元珂：《反类型的青春写作——双雪涛中短篇小说论》，《创作与评论》2014年第17期。

④ 参见刘岩：《双雪涛的小说与当代中国老工业区的悬疑叙事——以〈平原上的摩西〉为中心》，《文艺研究》2018年第12期。

⑤ 参见徐勇：《成长写作与"小说家"的诞生——双雪涛〈聋哑时代〉阅读札记》，《鸭绿江》（上半月刊）2015年第5期。

三、复兴？

引入大众文化的视域，我们会发现，本文讨论的文学事件实际上可以视为一个更大事件的组成部分。正是在双雪涛、班宇和郑执全部浮出地表为人所知的 2018 年底，网络上有一个说法开始流行，叫作"东北文艺复兴"。网友们评出了"东北文艺复兴三杰"：唱歌的"宝石 Gem"（本名董宝石，网友们更喜欢称呼他之前的艺名"老舅"），抖音上拍短视频的老四，还有写小说的班宇。这个阵容里居然没有为视频主播留一个座席多少让人感到诧异，毕竟"重工业烧烤，轻工业直播（或喊麦）"已经成为东北尽人皆知的俗语，甚至不止一次出现在论文当中[①]。"复兴"必然指向一个曾经的辉煌时刻，但是找来找去似乎只能追溯到赵本山的乡土喜剧，然而正如有人已经指出的：如果提到赵本山，那么从一年一度的春晚小品到连绵不绝的《乡村爱情》，几十年来东北文艺何曾衰落过？与工业东北的衰落形成鲜明对照的是，东北的大众文化领域始终如火如荼。将作家放在这样的背景下，或许会让"纯文学"的拥趸颇感不适，但事实上双雪涛和班宇在写小说之前已经写了多年影评和乐评，而郑执的本职工作也应该算是编剧，因此，很难说他们是从文学界"出圈"，还是"跨界"来写作。并且这种复杂的身份恐怕还将继续下去：双雪涛来到北京之后，"最常聚的都是电影人"，小说的电影版权也险些被打包收购[②]，这也很可能是班宇和郑执可预期的未来。

重要的并不是这三位作家应该属于文学界还是娱乐圈，而是他们让我们更加清醒地认识到，时至今日，所谓"纯文学"的概念不但一直面向大众文化和娱乐市场敞开着，而且边界日益遭受冲击。一个极富标志性意义

---

① 参见谢雯：《历史社会学视角下的东北工业单位制社会的变迁》，《开放时代》2019 年第 6 期；张丹：《困顿之城的文学想象——谈双雪涛的城市文学创作特色和经验》，《芒种》2018 年第 12 期；赵艺：《"80 后"文学的变局——双雪涛小说论》，硕士学位论文，华东师范大学中国现当代文学专业，2019 年。

② 参见吴呈杰：《双雪涛 像小说家一样存在》，《人物》2017 年第 12 期。

的事件是易烊千玺对班宇小说集《冬泳》的推荐。2019年2月21日，在移动社交软件Instagram上沉默了两个月之久的人气艺人易烊千玺突然发图晒出班宇的小说集《冬泳》。当天上午9时22分班宇即在自己的新浪微博对易烊千玺表示感谢，并"祝大家早日拥有今冬最后一款时尚单品"。无论这是不是经纪公司或出版商策划的行动，客观上都的确令《冬泳》立刻引起广泛关注。班宇"到长沙、南京的书店做活动，不少易烊千玺的粉丝过来参加"，网上购物平台也纷纷在《冬泳》的商品页面注明"易烊千玺推荐"。"网络上甚至有人调侃：'易烊千玺是文学的大救星，拯救了严肃文学！'"① 而班宇的图书销量能够远超被批评家关注多年的双雪涛，易烊千玺的推荐恐怕也是原因之一②。事实上，这并非易烊千玺第一次推荐文学图书，余华的《活着》能够在2018年登上虚构类畅销书榜首，就被认为与当年世界读书日易烊千玺的力推有关，易烊千玺是否拯救了严肃文学虽难定论，但至少可以说左右了部分粉丝的阅读趣味。③

另一个影响范围略小但更加耐人寻味的事件是第二届"宝珀理想国文学奖"引发的争议。"宝珀理想国文学奖"由在国内知识界小有名气的民营出版品牌"理想国"和瑞士高级制表品牌"宝珀Blancpain"携手创办，旨在发掘和鼓励优秀并具潜力的青年华语作家。该奖对参评作品的要求中明确表示，无论"纯文学"还是"跨类型的犯罪、推理、科幻等

---

① 参见李颖迪：《班宇：人在故乡里漂泊》，《智族GQ》2019年9月刊；《有人说易烊千玺拯救了严肃文学？！粉丝：买的书确实比以前多了很多》，"TFBOYS易烊千玺"搜狐号2019年3月14日，https://www.sohu.com/a/301190478_157121。

② 至少从"开卷"提供的数据看，《冬泳》的月销量在2019年2月出现了跨越式提升，从1月份的1685册增长到5940册，且直到2019年2月也未低过4000册。或许同样值得关注的是，2019年11月该书销量迎来峰值，暴增到11530册。而就在前月6日，以《野狼Disco》火遍网络的董宝石与班宇在GQ Talk对谈，12日，董宝石在微博（"宝石Gem"）透露正和老四一起拍《野狼Disco》MV，"东北文艺复兴三杰"的说法也许就是从这时候开始不胫而走。数据来源：openbook开卷，http://www.openbook.com.cn。

③ 参见《有人说易烊千玺拯救了严肃文学？！粉丝：买的书确实比以前多了很多》，"TFBOYS易烊千玺"搜狐号2019年3月14日，https://www.sohu.com/a/301190478_157121。

均可参加"。或许正因为此,每届评委尽管人数不多,构成却相对多元:2018年首届评委团中既有作家金宇澄、唐诺等,也有因参与凤凰卫视《锵锵三人行》节目而广为人知的学者许子东,以及音乐制作人、主持人高晓松;而2019年评委除学者黄子平、戴锦华和作家张大春、路内以外,还有知名电影导演贾樟柯。2019年10月25日,该奖第二届获奖名单在北京揭晓,作家、编辑、翻译家黄昱宁凭借小说集《八部半》获得首奖,颁奖词中透露出的仍旧是浓郁的"纯文学"趣味,强调"文学修养""短篇小说的形式"和"西方现代小说传统"。①然而大概就在颁奖礼刚刚结束的当天下午5时22分,贾樟柯在微博贴出班宇《冬泳》的封面图,并附文字:"今年读过的最好的小说。"当晚10时18分,贾樟柯微博转发关于颁奖礼的官方报道,配发文字:"我的票是投给《冬泳》的。"班宇于晚7时04分回复并转发贾樟柯第一条微博表示感谢("感谢贾导,我提一杯,心思全懂,都在酒里。");深夜11时49分回复并转发贾樟柯第二条微博("望周知。我对自己与朋友们的未来只有一个期许,如贾导一般,永不油腻。"),言辞间似已暗有所指;翌日凌晨0时10分在贾樟柯第二条微博下回复浙江文艺出版社上海分社社长曹元勇并转发(曹元勇:"无论投给谁,都是投给宝珀的。"班宇:"作为资深出版人与获奖作品的出版方,曹老师这话啥逻辑,具体讲讲。别无论了,咱论一论。");而后在一小时内连发三条微博宣示战斗姿态("奖当然不是非我不可,从未这样想过。各部作品都优秀。但有人愿意为我站出头,我也不能缩起来当王八。基本礼仪,还请谅解。"),并为夸奖自己"爷们儿"的粉丝点赞。最终,在回复"写下去,这最重要"的建议时,班宇明确指出:"这不涉及任何写作问题。所以不必在日后的作品上见,就只在今天的微博上干。"如果允许仍以我的个人趣味来说,《八部半》和《冬泳》其实都是难得的佳作;奖只有一个,最终结果就难免具偶然性。班宇显然也深知这一点,

---

① 颁奖词为:"黄昱宁展现了很丰富的文学修养,以洞彻的世情与人情观察使短篇小说的形式深度生动展现。不同类型作品于焉也示范了作者打通西方现代小说传统与中文写作的卓越能力。"参见《2019宝珀理想国文学奖首奖揭晓》,"理想国 imaginist"微信公众号2019年10月25日。

因此强调"各部作品都优秀",但他仍然如此愤愤不平,这不能不让围观者怀疑其中必有蹊跷。在媒体追问下,同为评委的路内不得不在微信朋友圈发言澄清,表示"就我的观察,本届终评时没有内定",进而指出偶然性之所以存在,恰恰是因为没有内定,并拉来上届评选结果作为例证——2018年该奖得主王占黑同样是凭借第一部作品集折桂的黑马,进入决选名单的还有成名已久的作家阿乙、张悦然,以及双雪涛。① 内情究竟如何无从查证,不过经此一役,"宝珀理想国文学奖"、两届获奖作家和获奖作品,以及由"理想国"出版的《冬泳》,都更加为人所知。在这剑拔弩张而扑朔迷离的事件中唯一可以追问的或许是:何以在围观者看来,评委中特意设置的非"纯文学"代言人贾樟柯对文学的判定会比黄子平、戴锦华、张大春和路内更值得信赖?难道贾樟柯的朋友韩寒不是早就提醒过大家,"民间高手"不大可能与"专业人员"抗衡吗? ②

——似乎很容易印证我们此前的论断:"纯文学"正日益遭受大众文化(或许还包括背后资本运作)的侵入,第二届"宝珀理想国文学奖"的颁奖词不过是"纯文学"的一次勉力阻击。但是事情或许并没有那么简单。即以易烊千玺为例,即便"热爱文学"只是经纪公司出于营销考虑而建构的"人设",这不反而意味着"纯文学"仍然拥有不可小觑的象征资本?而贾樟柯的情况就更加复杂。在"纯文学"与大众文化的二元对立结构中,贾樟柯很可能被视为大众文化甚至背后资本的代言人——贾樟柯的电影如今早已获得资方认可,而截至2020年3月18日,由他拥有疑似实际控制权的企业有九家,注册资本总额达人民币2866.2038万元③。但是迄今为止,贾樟柯始终被看作是一位文艺片导演,他也从未否认自己对

---

① 参见聂丽平:《宝珀理想国文学奖揭晓后,班宇发微博质疑引发争议》,新京报网·文化 2019 年 10 月 28 日,http://www.bjnews.com.cn/culture/2019/10/28/642629.html。

② 参见韩寒:《我也曾对这种力量一无所知》,"韩寒"微博账号 2018 年 1 月 12 日。

③ 数据来源:天眼查,https://www.tianyancha.com。另参见聂伟:《一个概念的熵变:"第六代"电影的生成、转型与耗散》,《文艺研究》2012 年第 2 期。

"纯文学"的热爱[①]。只是文学与电影毕竟是不同的艺术门类,"先锋文学"式的形式实验很难直接为电影借鉴,可以说,贾樟柯"文艺片导演"的固化形象主要是因为他在早期作品《小武》《站台》《任逍遥》中,极富风格地表现了那些底层社会的边缘人物。在双雪涛、班宇和郑执那里,对于"写什么"的强调被认为多多少少损害了其"纯文学"性,而在贾樟柯这里却让他显得"文艺"。这看上去有些矛盾。但我们早已论证,并不存在一个"纯文学"的本质,而必须结构化地理解这一概念。在电影工业内部存在着另外的二元对立:贾樟柯所关注的题材,以及由此而发展出的纪录片般粗粝的电影语言,使之与当时已经占据主流的"第五代"导演那种色彩饱满的宏大叙事格格不入;而其在执导之初所能掌握的公共资源极为匮乏,使得早期几部电影的拍摄与传播都处在非常规态,这更增添了"地下"和"小众"的色彩。因此,与主旋律电影相比,贾樟柯显得更具知识分子立场;而与商业电影相比,他则更富精英文化的趣味。正是在这样的意义上,贾樟柯与"纯文学"站在了一起。

这或许也可以用来解释"东北文艺复兴"。董宝石与班宇在 GQ Talk 对谈时反复回忆的那个游荡在录像厅、游戏厅和迪厅的少年身影,不正是另一座城市另一个时代的小武?而"智族 Life"微信公众号发布对谈记录时为董宝石配发的那些与计划经济时代遗留建筑的合影,似乎有意营造出一个巨大世界对倔强个体的压抑感,像极了贾樟柯电影画面的风格——只是像素高了很多。而"东北文艺复兴"不约而同地对小人物的关注,以及有意无意表露出的"草根"姿态与艺术风格,也同样与创作者的社会处境有关:董宝石就坦言自己之所以创造出"老舅"的人设,源于没能参加第一季《中国有嘻哈》而产生的挫败感[②];而亦有论者指出,构成"东北文

[①] 这位语文教师之子"从小体现出文学天赋,中学时已经在《山西文学》发表小说,高中时创办诗社。即便没考上大学,山西作协也愿意吸纳他为成员"。考进北京电影学院,他读的也是文学系,多年之后仍对入学初谢飞老师"一定要学好文学"的告诫记忆深刻。参见陈波整理:《寻找电影之美——贾樟柯十年电影之路》,《北京电影学院学报》2008 年第 6 期。

[②] 参见《GQ Talk| 董宝石对话班宇:野狼 disco 不是终点,我要用老舅构建东北神奇宇宙》,"智族 Life"微信公众号 2019 年 10 月 9 日。

艺复兴"重要基础的网络直播从业者之所以数量如此庞大，乃是因为如今东北地区就业机会稀少，而这些年轻人又缺乏过硬的人脉关系。① 以此言之，"东北文艺复兴"很可能与赵本山毫无关系，也无意回应东北历史上任何一个文艺繁荣的时刻，而只是用"文艺复兴"的方式和口号反讽地表达了对"经济振兴"的强烈渴望和巨大焦虑。这样内在于现实背景、创作过程与文本形态之中的二元对立结构，一定也会让受众在接受"东北文艺复兴"时多少感到某种挑衅的隐秘快感；正如世纪之交的大学校园里，那些贾樟柯早期作品的观众在从互联网上下载资源或以学术名义内部观影时，会因为正在触碰某种禁忌，而产生一种浪漫的自我想象。在相当程度上，正是这种浪漫的自我想象，让贾樟柯完成了最初的象征资本积累。

但是近二十年过去，当年小众的地下导演已经成为大众文化的传奇；"东北文艺复兴"掀起了席卷互联网的全民狂欢；而那些因《小武》泪流满面的清癯大学生应该已经长成了大腹便便的中年人，如今他们怎么也找不到那些经常变更网址的免费电影资源，如果要看电影，他们宁可多花点钱走进大学时代还未充分发展起来的商业影院，不过更多时候他们可能会选择瘫在沙发上刷抖音短视频。——在这个过程中，还有什么被悄然改变了？或许可以从那首让董宝石一夜成名的《野狼disco》里找到答案。《野狼disco》当然也应该被视为"东北文艺复兴"的代表作，某音乐软件里关于它最热门的一条评论是："东北现实文学，工人阶级rapper（说唱歌手），劳动人民艺术家。"看上去，这完全可以被"东北—阶级"持论者拿去作为对双雪涛、班宇和郑执的评价。然而吊诡的是，至少从歌词来看，既找不到"劳动人民"，也找不到"工人阶级"，甚至如果抛去方言的因素，"东北"的痕迹都微乎其微。按道理讲，《野狼disco》讲述的时代的确应该与双雪涛等人小说里的时代高度重合，但是在这个尴尬的迪厅搭讪故事里，令黄平念念不忘的共同体破碎时刻的痛感被挡在了喧嚣的音乐和暧昧的灯光之外，所有抒情都由BP机、大哥大和港台娱乐构成的记忆碎片来拼成。大众文化的逻辑丝毫不理会左翼话语的关切，批评家们思

---

① 参见谢雯：《历史社会学视角下的东北工业单位制社会的变迁》，《开放时代》2019年第6期。

考"东北"时呈现出来的历史意识、理论深度与道德良知,被大众文化轻易地抹除了,代之以主要由自嘲和怀旧构成的情感抚慰。同样的情况也发生在贾樟柯这里:随着那个时代日渐远去,越来越少的观众会去追问为什么电影里的县城那么破败而那些年轻人又几乎全都无所事事,更多大概只是在那些卑微的爱情故事里轻轻抚摸自己的青春伤痕。因此,将双雪涛、班宇和郑执的写作命名为某种"乡愁"其实存在危险,在脱离了具体论述语境之后,这样的命名会让他们被同样的情感结构复制与改写。不过没关系,他们大概根本就很难逃脱这一命运。

或许有必要重新提及张定浩与黄平的那次对话,事实上对话的缘起也与第二届"宝珀理想国文学奖"引发的争议有关。张定浩对所谓"新东北作家群"持有的不同意见,正是因该事件才有感而发;而黄平的看法与他又略有不同,于是就产生了对话的必要。当然,他们的讨论早已超越了事件本身,但也让我们因此看到所谓"纯文学"内部的探讨如何与大众文化现场交叠在一起。在对话接近结束的时候,两人似乎终于在对某种"中产美学"的否定上达成共识,但共识很快就出现了缝隙。张定浩认为反"中产美学"不一定要"反智",不一定要有意塑造"猥琐形象"去贬损"善与美",那其实是靠着塑造特定的形象或表达特定的立场来讨好读者,"只不过是用一种虚伪替代另一种虚伪";黄平则指出问题在于中产写作垄断了对善与美的诠释,这种诠释傲慢地断定写工人共同体就不会是好的文学。张定浩与黄平在此问题上的共识与分歧来自他们对"中产美学"这一概念认识的差异。他们都同意这是一种虚伪的美学,是有意讨好的美学;但是在张定浩看来,这种不真诚是能力问题,是作者在艺术上不够下功夫;黄平则认为,这所谓的"艺术"本身就包含了一个共同体对另一个共同体的视而不见。[①] 而既然两人不尽相同的指责都可以在"中产美学"这同一个概念下展开,是否也意味着,其实广义而言,两人所持有的观念都是"中产美学"的一部分?

事实上,中国知识界和文学界对"中产美学"的警惕由来已久,可以

---

① 参见张定浩、黄平:《"向内"的写作与"向外"的写作》,《文艺报》2019年12月18日。

一直上溯到现代文学时期。而与本文直接有关的，是从世纪之交重新开启的持续讨论，20世纪90年代以来另一个被压抑的"亚文学"传统"小资写作"便与此有关。"中产"和"小资产"经常被混为一谈，在社会学意义上，它们的确难分彼此。南帆曾经对这一问题予以考证辨析，他指出，尽管中产与小资产的社会学涵义时常重叠，但是两个术语聚焦的层面并不一致：通常情况下，中产保守、刻板、循规蹈矩；小资产浪漫、狂热、波希米亚。但是，如果就近而言，南帆所做出的区分，与其说是指同一批人中两种不同文化表现的群体，不如说是这一批人同时具备的两面性。因此，在一般的讨论中，"中产美学"与"小资审美"往往还是被混同使用，围绕着它们的言说聚讼纷纭，却大致都认可以下三点。[①] 其一，"中产"或者"小资产"在当下并非阶级身份而是文化身份，某种意义上，正是对"中产美学"或"小资审美"的认同使一个人成为"中产"或"小资产"。其二，"中产美学"或"小资审美"已然构成当前社会的一种审美趣味。第三点与南帆以区分的方式所描述的这一人群的复杂性有着密切关系：他们极其渴望并善于将异质性的审美趣味吸纳为自己的审美趣味，并使之合情合理——与此同时，也庸俗化。依照这一认识，则无论是"纯文学"的审美趣味，还是"新左派"的理论资源，都可以被"中产美学"不可餍足的胃口消化，成为大众文化的一部分。否则我们便很难理解，双雪涛所热爱的余华、王小波与村上春树，是怎么成为"小资"阅读的热门的——难道他们不是"纯文学"作家吗？第二届"宝珀理想国文学奖"那洋溢着"纯文学"气息的颁奖词套用在他们身上毫无违和，只是当用于村上春树的时候，需要把"中文写作"改成"日文写作"。

借用"中产美学"或"小资审美"来整合与阐释聚集在双雪涛、班宇和郑执身上的种种言说及背后复杂的脉络，或许会令人感到不快，但其实这并非悲观的结论。某种意义而言，"中产美学"或"小资审美"的确呈现出也持续制造着审美趣味的复杂构成。承认这一点，便能够心平气和地

[①] 参见何平等：《当下文学中的"小资情调"和"中产阶级趣味"》，《文艺评论》2005年第6期；朱国华：《中国人也在诗意地栖居吗？——略论日常生活审美化的语境条件》，《文艺争鸣》2003年第6期。

接受：不仅仅是双雪涛、班宇、郑执，也不仅仅是本文所涉及或未来得及涉及的任何一方事件参与者，或许我们每一个人都置身其中；相应地，每一个人也都应对当前的审美趣味负有责任——尽管本文也同意张定浩所说，总有一些人一些力量，发挥了更为积极的作用。所以，到底主流文化与审美趣味将会变成怎样的面目？最终东北文艺又将以何种形态复兴？这样的问题目前不会有答案，却呼唤着每一个人更加自觉的责任担当和更加谦虚理性的审美实践。

（原发表于《中国现代文学研究丛刊》2020 年第 4 期）

父亲：作为一种文学装置
——理解双雪涛、班宇、郑执的一种角度

一、为什么不可以是"父亲"？

双雪涛、班宇、郑执三位同样出身于沈阳铁西区的 80 后作家，近年来成为文坛聚讼纷纭的关注热点，已是不争的事实。地方文化宣传部门、文学评论界和大众文化领域当中的诸多力量有意无意形成合谋，往往将这三位作家并置讨论，称为"铁西三剑客""新东北作家群"，或作为"东北文艺复兴"的一部分。这让"东北"这一元素无可避免地从其作品中凸显出来，笼罩着几乎一切相关讨论。而对于这三位作家最有力的研究者，则莫过于黄平和刘岩，这两位同样出身东北的青年学者都曾不止一次撰写宏文，对双雪涛等人予以介绍、褒扬、分析和阐释，在确立三者文学地位方面可谓厥功至伟。某种程度上，正是这两位学者的研究工作，进一步为"东北"赋予了特定的学术内涵，明晰了从"东北"理解双雪涛、班宇和郑执的学理框架。他们不仅使这三位作家的地理意义超出了相对狭小的铁西区，将之与整个东北的广阔土地联系在一起，并且指出他们最为重要的价值乃是写出了 20 世纪 90 年代国企改制、工人下岗的创伤时刻。正是在空间与时间的这一特殊交汇点上，黄平和刘岩认为双雪涛等人钩沉出了"东北"的历史，描绘出波澜壮阔而耐人寻味的社会结构变迁，修复了有机的社会主义工业城市空间。在此框架之下，三人作品中最值得关注的人物当然是那些在社会转型期被迫离开国有工厂的工人，最动人的抒情也当然是有关这些下岗职工的喟叹和对于特定历史背景下"东北"的乡愁。

但与学术界和批评界的热情形成鲜明对照的是，至少双雪涛和班宇都对这样的理论阐释不甚领情。他们一方面反复提醒批评家在题材之外，也应对其小说技艺方面的追求有所关注——"对于一位作家而言，他写作的材料是一个问题，但更重要的是他看待材料的方式和处理问题的方法"①；另一方面则极力解释，之所以会集中地书写东北和东北的下岗职工，不过是因为对这些素材天然熟悉——"我就是一个东北人，在东北生活了三十年。……所以天生就决定了我写东西大部分都与东北有关，这是一个无法选择的命运，我是一个被选择，被推到一个素材充满东北意味的写作者的角色中来的"②。关于双雪涛等人对自己小说技艺的刻意强调，我在另一篇相关文章中已有所分析③，此不赘述；而这里令人尤感兴趣的是，当解释何以"东北"宿命般成为自己不可逃避的小说素材时，三位作家几乎无一例外地提到了"父辈"甚至直言"父亲"。班宇曾经表示："我对工人这一群体非常熟悉，这些形象出自我的父辈，或者他们的朋友。"④双雪涛也明确谈及自己对父子关系的强烈兴趣："我对父子关系比较感兴趣，因为父子关系是一种意味深长的关系，这个关系可以扩展到很宏大的程度，比如故乡，也可以收缩到具体的家庭中，所以对父子关系我比较愿意去尝试、探索。"⑤相比之下，郑执较少谈及自己的创作，但是他在"一席"平台的那次演讲，简直就像是对双雪涛这番表述的最好注脚。

---

① 鲁太光、双雪涛、刘岩：《纪实与虚构：文学中的"东北"》，《文艺理论与批评》2019年第2期。

② 鲁太光、双雪涛、刘岩：《纪实与虚构：文学中的"东北"》，《文艺理论与批评》2019年第2期。

③ 参见丛治辰：《何谓"东北"？何种"文艺"？何以"复兴"？——双雪涛、班宇、郑执与当前审美趣味的复杂结构》，《中国现代文学研究丛刊》2020年第4期。

④ 朱蓉婷：《班宇：我更愿意对小说本质进行一些探寻》，《南方都市报》2019年5月26日。

⑤ 鲁太光、双雪涛、刘岩：《纪实与虚构：文学中的"东北"》，《文艺理论与批评》2019年第2期。事实上，双雪涛不止一次谈及父亲对自己写作的影响。参见双雪涛：《我的师承》，《文艺争鸣》2015年第8期；双雪涛、走走：《"写小说的人，不能放过那道稍瞬即逝的光芒"》，《野草》2015年第3期。

演讲中郑执讲了两个故事，一个关于自己的父亲，一个关于"穷鬼乐园"。① 这一演讲结构无异于将具体家庭中的"父亲"扩展出去，达至对于东北、时代乃至于整个世界的理解与悲悯。而一旦意识到在三位作家的自述中，"父亲"出现得如此频繁，我们就不难对他们的创作有新的发现：在双雪涛和班宇的小说里，几乎每一篇都有"父亲"的形象，并或隐或显地扮演了对小说而言极为重要的角色，至于郑执，则甚至专门为父亲创作了一部长篇小说《我只在乎你》。或许在对比当中更容易理解这一现象的意义。有论者曾对班宇目前为止唯一的小说集《冬泳》②做过统计，发现以下岗职工题材为主流的作品"在班宇的创作整体中，占不到半数；而如果稍微深入地对以这类题材为主流的作品做内容分析的话，我们同样不难发现，班宇以'下岗'事件为线索或以'下岗工人'为主人公的作品中，他所关注的又绝不仅仅主要在于社会变革及其负面影响"③。而在双雪涛的小说集《猎人》中，作者显然有意抹除自己的"东北"标签，以至于黄平与刘岩都多少表示了担忧，但除《松鼠》一篇之外，"父亲"仍顽强地未从双雪涛的小说中离场。那么，为什么一定要从"东北"及其特定历史时刻角度去理解双雪涛、班宇和郑执呢？为什么不可以是"父亲"？

当然，论者其实也并未完全忽略"父亲"。张思远的《双雪涛小说中的父与子》即专门探讨双雪涛小说中的父子关系——尽管就我目力所及这乃是唯一的篇章——但实则只是从父子关系切入论题，着重讨论的仍是"父亲"们作为国有工厂下岗职工的身份和宏大历史加于他们的命运，对单纯家庭意义上的"父亲"反而所言甚少。④ 这相当程度上代表了研究者们谈论双雪涛等人小说中的"父亲"或父子关系的常规方式。事实上，黄平、刘岩、周荣、李雪、杨立青都曾论及这一话题，但无一例外地对

---

① 参见郑执：《面与乐园》，"一席"微信公众号 2019 年 2 月 18 日。

② 就在本文写成交稿的同时，班宇第二本小说集《逍遥游》出版上市，因此，未将之纳入讨论范畴。

③ 石磊：《后先锋、地域文化与口语化写作——班宇近年小说初探》，《延河》2020 年第 1 期。

④ 参见张思远：《双雪涛小说中的父与子》，《文化学刊》2019 年第 2 期。

"父亲"做了理论化或隐喻性的处理,将之视为某一特定人群的代表,或历史转折的(往往是沉默的)代言人。① 只有方岩将"父亲"放置在日常生活与宏大历史之间,视为小说之虚构投向宏大历史的诱饵,然而归根结底,其鹄的仍然在历史而非"父亲"。② 倒是一些或许尚未被理论、方法与术语充分武装的在读研究生,会在无意间跳出既定论述逻辑,从双雪涛等人小说有关"父亲"与家庭的书写中,感受到直接的审美冲击。譬如:吴玲发现,双雪涛小说中的青春悲剧,几乎都是肇因于家庭缺失、父母缺席③;而杨雪晴则发现,"父一辈"身上总是凝聚了宽厚、仁和的美好品质④;当然,还应该加上此前已经提及的张思远。这似乎恰恰证明了,唯有将"父亲"与下岗职工的身份、共同体破碎的时刻联系起来,才能够在学术体系中为之命名,证明话题的重要性和论者的训练有素。但反过来也可以质诘:学术话语是否也在一定程度上压抑了文本丰富的审美可能?在诸多研究者中,将理论武器操持得最为熟练者大概得说是刘岩,其强劲的理论阐释能力,以及在理论背景下条分缕析进行文本分析的本领,令人深为折服。然而在眼花缭乱、欲罢不能之余,却又不能不感到一丝隐约的狐疑。我在此前的相关文章里,曾经论及刘岩对双雪涛《平原上的摩西》中蒋不凡的理解,认为仅仅依照某种理论预设将其视为"城市治安维护者"未免稍显简单,事实上"取消了理解蒋不凡这个人物的其他一切可能:他

---

① 参见黄平:《"新的美学原则在崛起"——以双雪涛〈平原上的摩西〉为例》,《扬子江评论》2017 年第 3 期;刘岩:《双雪涛的小说与当代中国老工业区的悬疑叙事——以〈平原上的摩西〉为中心》,《文艺研究》2018 年第 12 期;周荣:《班宇的"分身术"》,《青年作家》2019 年第 1 期;李雪:《城市的乡愁——谈双雪涛的沈阳故事兼及一种城市文学》,《当代作家评论》2016 年第 6 期;杨立青:《双雪涛小说中的"东北"及其他》,《扬子江评论》2019 年第 1 期。

② 参见方岩:《诱饵与怪兽——双雪涛小说中的历史表情》,《当代作家评论》2017 年第 2 期。

③ 参见吴玲:《青春的艰难与成长——双雪涛小说的成长叙事分析》,《呼伦贝尔学院学报》2016 年第 1 期。

④ 参见杨雪晴:《东北平原上的小人物书写——以双雪涛〈平原上的摩西〉为例》,《鸭绿江》2019 年第 16 期。

还是一个大龄未婚的单身男子、同事的好兄长、尽职尽责却丢了佩枪的公安干警,后来还成为长久依靠年迈父母照料的植物人"①。两位白发斑驳的老人,日复一日地,或许是步履蹒跚地照料他们曾经英武如今却动也不能动一下的儿子,最终仍然白发人送黑发人,但母亲竟常年收藏着儿子带血的衣物。这对于理解蒋不凡这个人物和理解这篇小说,难道毫无意义吗?此种情况非止一端,在《世纪之交的东北经验、反自动化书写与一座小说城的崛起——双雪涛、班宇、郑执沈阳叙事综论》中,刘岩曾经引述《聋哑时代》中的一段文字,认为这是两个初中生在"谈论一位势利的老师,事实上也在谈论90年代阶层分化过程中形成的新的身份话语"②:

她说,孙老师调查了你家的成分。我说:成分?她说:这是我听她和别的老师说的。我说:你怎么听见的?她说:你管不着,她说你家是工人阶级,扶不上墙。我说:什么叫扶不上墙。她说:我也不知道,你千万别和人说是我说的,把你语文作业交了吧。我说:……老子从小翻墙就不要人扶,你跟孙老师说,我忘带了。

的确,这段对话很容易令人意识到其中涉及的阶层身份问题,尤其是作者特意选用了"成分"这样一个颇具年代感的词语,更于沧海桑田之间营造出一种反讽效果。但是这两个初中生并不仅仅是在"谈论一位势利的老师",也是在谈论李默的家庭。当一个刚读初中的孩子,听到别人——而且是师长——如此轻蔑地评价自己的家庭、自己的父亲和母亲,他会有怎样复杂的感情?他又会如何做出反应?这将对他产生多么持久的影响?小说叙述刻意制造了一种情绪上的压制,在本应使用问号和叹号的几处代之以冷静或冷漠的句号,但恰恰在这种有意的压制当中,我们分明可以感觉到一种无法言说的情感风暴,冲决了李默与世界原本单纯明净的关

---

① 丛治辰:《何谓"东北"?何种"文艺"?何以"复兴"?——双雪涛、班宇、郑执与当前审美趣味的复杂结构》,《中国现代文学研究丛刊》2020年第4期。

② 刘岩:《世纪之交的东北经验、反自动化书写与一座小说城的崛起——双雪涛、班宇、郑执沈阳叙事综论》,《文艺争鸣》2019年第11期。

系。这不重要吗？或许这两例当中的情感表达都过于隐晦了，令文本解读本就可以有多种角度；但是在同一篇论文的第三节，刘岩还引述了班宇《逍遥游》的最后一段，那当中复杂的抒情明白无误地包含着父女之间那种疲倦而深沉的温情，但刘岩依然对此未置一词，只是忙于讨论这一段落的语体问题。当然，这其实无可厚非。事实上刘岩在这一节谈及的几乎所有文本都与父亲有直接关系，但是他都置之不理，因为在这里他想要处理的主要是语言问题。任何一篇学术研究文章，都一定有其自身的问题意识和论述逻辑，当文本无法被纳入其中的时候，论者难免有所选择、割舍与遮蔽。论文的目标往往是确定而单一的，而小说的言外之意则势必旁逸斜出，因此，没有任何一位论者有能力在一篇文章中穷尽其对于文本的理解。不过正因如此，我们当然也有充分的理由从既有常规的讨论方式和学理框架中跳出，选择另外的角度去理解双雪涛、班宇和郑执，别有凸显与遮蔽。比如，谈谈他们小说中的"父亲"。

二、"父亲"的叙事功能、抒情功能与认知功能

说双雪涛和班宇几乎每篇小说里都有"父亲"的形象，或许会招致相当多质疑：至少，在双雪涛的处女作《翅鬼》里，那些有如奴隶的翅鬼不是被视为妖祟的弃儿吗？所以他们不是无父无母的吗？但是无父无母，并不代表小说就和"父亲"没有关系。事实上，双雪涛笔下的不少人物都处在一种无父无母的状态，但"父亲"依然构成小说中不在场的重要在场。被赶出家门的命运，使得翅鬼们孤独、压抑、怨愤，这恰恰印证了"父亲"的重要性。同样，《大路》里的"我"和小女孩、《聋哑时代》里的安娜、《走出格勒》里的老拉，要么父母双亡，要么亲情冷漠，等同于无父。如果不是无父，她们不会流离失所，不会性格变异，也不会过早地混迹社会甚至走上死路。正如翅鬼们如果双亲在堂，又怎会郁积那么强烈的反抗意志，凝聚那么牢固的内部团体，想要逃出雪国并最终导致这个畸形王国覆灭？就此而言，在这些作品当中，"父亲"尽管缺席，却分明是小辈人物得以成立的基础，是小说叙事的根本动力。

不在场的"父亲"尚且能够起到如此作用，则在场的"父亲"对小说

叙事的影响可想而知。在《天吾手记》这个"沈阳—台北"双城故事中，作者在小说篇幅近半的心脏位置埋下了一个隐秘，正与"父亲"有关。天吾的父亲嗜酒而暴戾，安歌的父亲则长期对亲生女儿进行"一些性上面的'探索'"，正是这两个父亲，或直接或间接地塑造了天吾的性格，并决定了他的职业选择与人生走向：若非安歌不能忍受自己的家庭而出走失踪，天吾恐怕不会成为一名刑警，则整个故事也就不会开始。甚至，我们还可以在同样离家出走的安歌和小久之间发现某种似隐若现的联系，令小说中两座城市的关系都因此显得更加微妙。

《翅鬼》和《天吾手记》的创作都有外部动因，前者是为了向台湾的一个文学奖投稿，后者是应邀完成一项写作计划。在这两部"奇幻类型小说特征"明显的作品中，双雪涛或许只能以一种曲折隐晦的方式投射自己的个人情感。而几乎就在同时，双雪涛还写了《聋哑时代》，这是他真正因郁积已久的情绪而创作的作品，双雪涛因此认为它非常重要，写出了自己"当时最想说的是什么"①。《聋哑时代》写的是初中校园生活，主人公当然是少男少女，双雪涛以中篇小说连缀的结构，分别书写了刘一达、高杰、许可、吴迪、安娜、霍家麟、艾小男等七名人物，当然在他们背后，还有一个作为叙述者的"我"——李默。这样的小说，完全可以将故事展开的场景限定在校园之中，但《聋哑时代》的故事却是从"我"的父亲和母亲开始讲起；而在讲述那些初中生的青春成长期间，家庭也不断出现在故事的背景当中。徐勇曾经指出，双雪涛这部早期作品尽管看上去和很多80后作家的青春叙事有所相像，但无以否认表现出独特的品质。徐勇将特质归因于小说对某种层面的学校教育之反思与批判②，但其实类似反思在80后其他作家如韩寒那里早已有之。事实上，最初一批80后写作者浮出水面的一个重要背景，正是20世纪90年代末有关语文教育问题的大讨论，因此，相关反思本就是80后作家记录成长故事的题中应有之义。依

---

① 双雪涛、走走：《"写小说的人，不能放过那道稍瞬即逝的光芒"》，《野草》2015年第3期。

② 参见徐勇：《成长写作与"小说家"的诞生——双雪涛〈聋哑时代〉阅读札记》，《鸭绿江》（上半月刊）2015年第5期。

我之见，《聋哑时代》的特别之处其实恰恰在于，双雪涛在校园之外还写了家庭。尽管着墨不多，但是小说中的父亲与母亲，的确构成了那些少男少女人格形成的重要因素，也由此成为小说叙事的内在驱动力量，在一些重要的关节处改变了小说走向，起到结构叙事的作用。徐勇将《聋哑时代》中的家庭视为学校教育的同谋，认为它们"一起构成一种坚硬的现实或秩序"。但这似乎并不完全符合事实：安娜、霍家麟、艾小男等人的父母或许可以照此理解，但"我"的父母和"我"之间的关系则远为复杂，那当中很少暴力与压抑，而更多温情与负疚。徐勇其实也已经敏锐地注意到，《聋哑时代》的文学性或许与作者对学校教育的反思并无关系，而来自叙述者本身与其所叙内容之间的反讽张力。——"他（李默）努力过，并对自己没能按照父母的要求上进深感歉疚，对不起父母辛苦挣来的血汗钱，但他又并不想太过委屈自己，结果变成了一个'庸碌无为'、不好不坏、不苟且又不上进的'中间地带'的人。"——这样无奈的负疚，不能不让我们想起前文引述过的那段对"一位势利的老师"的讨论，从中不难想象，李默的父母很可能也有着同样无奈的负疚。而这无奈的负疚，不正是家庭当中时时发生又足以令人动容的情感？将"他人"的父母与"自己"的父母区别对待，很可能并非有意设计，而是由于作家在创作早期使用第一人称叙事时，难免下意识产生一种恍惚感，不知此身何身，因而对"他人"的父母容易做概念化的塑造，而叙及"自己"的父母时多少带有些复杂混淆的感情，其中反而可能包含着双雪涛自己在当时也不能了然的隐秘心理。

几年之后，双雪涛回顾自己的创作时表示，对《聋哑时代》"没有自悔少作的感觉"，因为那种不管不顾撕开生活痛感的莽撞或许不复重来。①创作者的早期勇气固然可贵，不过懵懂与蹒跚终归难免，双雪涛本人也承认，《聋哑时代》和《天吾手记》其实还算不得成熟②，更遑论《翅鬼》。毋宁说，《聋哑时代》不过是双雪涛开始自觉面对自我经验的创作。因此，

---

① 参见双雪涛、走走：《"写小说的人，不能放过那道稍瞬即逝的光芒"》，《野草》2015年第3期。

② 参见双雪涛：《我的师承》，《文艺争鸣》2015年第8期。

我们也可以理解,为什么在这早期的三部小说里,"父亲"在叙事层面的作用是那么暧昧吊诡:一方面,的确不难发现,其在小说结构与人物塑造等诸多方面,发挥了近乎决定性的作用;但是另一方面,其实从小说中挖去家庭因素,叙事依然可以成立,或许会略显单薄,但还不至于破碎瓦解。家庭是多余而重要的,离开它小说叙事依然完整,但是有了它小说又变得迥然不同。或许,正是在这样原本可有可无但作家一定令之必有的怪异之中,恰恰隐藏了小说家真正的内心诉求——那才是双雪涛真正想要讲述的故事。

因此,伴随双雪涛越来越以专业态度对待文学创作,"父亲"在他的小说里也变得日益重要。在他迄今为止被讨论最多的小说《平原上的摩西》中,作为父亲的李守廉是小说里唯一不曾发言但却是事件谜底的人物,论者往往将他的沉默与工人阶级的处境联系起来,认为那象征了工人尚无力反抗"全球化和市场自由主义的抽象理想"[①];但沉默不也是东方式父亲的典型性格特征吗?——尤其是当这个父亲处在那种无奈的负疚之中,明白自己未能给家人足够优渥的生活却又无能为力的时候。小说中那桩作为故事核心的命案,正是李守廉在这样复杂的情绪之下,为了在女儿面前保持体面,以及为了保护女儿,而造成的意外。其实除了李守廉,庄树的父亲与傅东心的父亲,也同样构成这篇小说叙事的重要动力。而双雪涛那篇经常作为东北老工业基地寓言被提及的作品《北方化为乌有》中,同样是父亲的死亡之谜在牵动着整篇小说的叙述。另外一篇和工人阶级几乎没有关系的小说《跛人》里,如果没有火车上那个奇怪的中年人对自己父子关系的讲述,情节的转折就根本不可能发生,小说也就不知道会沿着漫长的铁路线延伸到什么地方。而在《冷枪》里,双雪涛则对"父亲"之于小说结构的作用,进行了更为细致而含蓄的处理。读者很容易认为这篇小说乃是基于棍儿和老背两个人物展开,但其实有关他们的种种细节只是填充了小说的表层,真正对叙事起到决定性作用的并非这二人中的任何一位,反倒是几乎没有出场的棍儿的父亲:中学时代的棍儿之所以那么肆无忌惮、

---

① 黄平:《"新的美学原则在崛起"——以双雪涛〈平原上的摩西〉为例》,《扬子江评论》2017年第3期。

有恃无恐,正是因为父亲颇有家资;进入大学,棍儿之所以有所收敛,也是因为入学前父亲语重心长地和他谈了话,还有家道中落的事实;至于小说结尾,当他举起拐杖抡向那个作弊者时,有多少情绪是因为老背,又有多少是因为同样被这个社会推来搡去的父亲呢?——在后来谈及这篇小说时,双雪涛说,棍儿这一举动的动机乃是"一种很久以来的对无规则世界的狂怒","这个无规则世界处处在伤害着他(包括老背和他的父亲)"。①双雪涛特意加上了这个括号,分明在提示我们,这篇小说中"父亲"之不可或缺。

　　行文至此我们不难发现一个有趣的变化:从什么时候开始,双雪涛小说中的"家庭"逐渐被"父亲"取代了?《聋哑时代》里的那些人物还大都父母双全,而在《跛人》当中,那个中年人其实是在召唤两个孩子回到家庭,但小说中用"父亲"替代了家庭。后来双雪涛大部分小说里的母亲,要么几乎没有存在感,要么与家庭貌合神离(譬如《平原上的摩西》中庄树的母亲傅东心),要么根本就早早逃离了家庭(譬如《平原上的摩西》中李斐的母亲)。最具代表性的例子莫过于《走出格勒》,那当中的父亲常年在狱,其实与儿子和家庭殊少瓜葛,这位母亲也并未弃家远走,而是独力抚养儿子成人,娶妻成家。然而小说却是以写给父亲的信开始,以父亲的回信结束,父亲的身影始终游荡在小说的字里行间,挥之不去——再一次,如果没有"父亲",小说是难以成立的。一个常年见不到父亲甚至从未得到父亲回信的儿子,何以对"父亲"如此念念不忘?我们当然绝对无法相信,东北的女性都像双雪涛(其实还有班宇和郑执)笔下的人物那样不负责任,会因社会变迁、家庭变故而动辄一走了之——这势必会引得女性主义者群起而攻之。习惯从双雪涛等人小说中读出"东北"乡愁的论者则或许会说,那只是因为"父亲"最典型地代表了工人阶级的形象,而非母亲。但是这样的论调恐怕同样难为女性主义者所容,而且那显然是严重低估甚至侮蔑了新中国成立以来男女平权的巨大成就,还会招致大部分左翼知识分子的猛烈攻击。当然,这一因素当中很可能包含了作家的个人

---

① 双雪涛、走走:《"写小说的人,不能放过那道稍瞬即逝的光芒"》,《野草》2015年第3期。

经历：双雪涛和郑执都过早地失去了父亲，并都曾表示，父亲的去世对自己的创作产生了重要影响①。（死亡，这是能够迸发出多么强烈的表达诉求和抒情意愿的可怕黑洞！更何况是父亲的离世。）但是这不能解释，为什么在班宇的小说里，"父亲"同样扮演了举足轻重的角色，而母亲则同样会跑到南方，还"坚持穿着貂"打麻将。②或许这其中的原因既未必那么具有普泛意义，也不那么偶然，而与三位作家的性别和写作时的年龄有关。儿子与父亲的关系总是极为微妙，或许曾经有过弗洛伊德称之为"弑父"的叛逆时期，但最终每个儿子总是多多少少会带着父亲的样子。性别因素让他们难免接受同样的社会规训，形成相似的情感方式，从而让儿子逐渐对父亲有所理解与认同，尤其在儿子自己也已为人父的时候——双雪涛、班宇和郑执都出生在20世纪80年代，现如今他们逐渐感受到家庭的负荷与生活的压力。其实不仅仅是儿子，女性在步入社会之后似乎也难免对父亲多些同情。那可能并不仅仅因为子女在此时本就趋于成熟，还因为客观而言，在长久的文化传统中，父亲的形象的确更偏显社会性，因此，当一个人开始感受到世事艰辛的时候，便比较容易将心比心，理解"父亲"。更何况与此同时，那个好像永远能够为子女遮风挡雨的男人，通常也开始迈入衰弱的老年。朱自清的《背影》其实早已告诉我们，恰恰是那个严厉苛责而身形高大的"父亲"形象在残酷的社会现实中坍塌的时刻，才是父子情深的时刻。父亲近乎唠叨的叮嘱关怀和一封封家书，都不如那个肥胖笨拙的背影，更能够让儿子长久怀念，瞬间冲决情感的闸门。这就可以解释，为什么在双雪涛等人所塑造的"父亲"形象中，最为动人的正是那些社会意义上的失败者。

因此，之所以"父亲"会在双雪涛等人的小说中起到那么重要的作用，甚至可以被视为结构、组织、推进叙事的基础元件，实是因为其强大的抒情能力。一个最为典型的例子是班宇的《盘锦豹子》。在东北方言里，一个人被称为"豹子"，往往意味着他脾气火暴或者说血气方刚，在所

---

① 参见双雪涛、走走：《"写小说的人，不能放过那道稍瞬即逝的光芒"》，《野草》2015年第3期；郑执：《面与乐园》，"一席"微信公众号2019年2月18日。

② 参见班宇：《盘锦豹子》，《冬泳》，上海三联书店2018年版。

谓"社会青年"里也属于心狠手辣、敢打能冲的一类。小说中"盘锦豹子"当然指的是主人公孙旭庭，但是读者恐怕很难将此人物和这一方言词语联系起来。在家庭生活中，孙旭庭不仅谈不上脾气火暴，甚至可以说是唯唯诺诺、委曲求全，即便小姑离家而去，连"我"的奶奶和父亲都深感不安的时候，他也毫无暴怒的意思；而在公共生活中，他是一个肯吃苦、爱钻研，却任由世道摆布的老实工人。这样一个人物，当从盘锦老家来的朋友在他的婚礼和他父亲的丧礼上喊出他的绰号时，听到的读者总会以为是耳朵出了问题，或者，是作者有意在制造一种反讽效果。但小说结尾，他手持菜刀冲出家门，终于让我们明白原来作者和那些盘锦的朋友都诚不我欺，孙旭庭果真曾是"豹子"样的人物。这近乎欧·亨利式的结尾让整篇小说陡然立了起来，显然是因为一种强劲的抒情力量。孙旭庭那咆哮疯狂、情绪迸发的时刻，一下子将他此前的萎靡神态统统驱除，让我们明白他绝非窝囊之人，长久以来种种表现，不过是因为他太过在乎他的家庭。如果不是最终的翻转将小说中埋藏的压抑情感全部激活，那么孙旭庭将像其他任何一个父亲一样正常但缺乏光彩地生活着，直到死去。他的爱那么内敛，以至于无人了解。因此，直到那时，他的儿子才看到了一个完整的父亲，彻底地理解了他，并与之紧紧拥抱在一起。班宇于此极为精准地写出了东方式的父爱，那是一种持久隐忍又相当惊人的感情。

以"父亲"作为抒情元件，双雪涛等人的小说由此呈现出一种内敛而刚硬的气质。他们的作品既不像那种纯然基于社会分析的小说一样过于理论化，缺乏抒情意味，又不会过于情感泛滥，而有一种与东方式父爱相类似的格调：看似散漫，实则深情，举重若轻。这一美学特质或许也是这三人的作品会获得读者和批评界好评的一个重要原因。这样的抒情并不仅仅发生在小说结构的关节处——事实上，那种过分戏剧化的处理方式，反而不合于此种抒情的气质——与"父亲"有关的情感往往静水深流，需要从字里行间细细寻索，就像《盘锦豹子》里孙旭庭弥漫于整篇小说的父爱，很容易在粗疏的阅读中被忽略过去。又譬如那部看似是为一群弃儿立传的《翅鬼》里，"父亲"也并非只以缺席的方式发挥作用：寒的父亲不是就不顾朝廷禁令，偷偷传他功夫吗？在寒下井之前，那寥寥八个字"不求争锋，只求保命"的教诲里，又隐藏着怎样无奈而负疚的感情？令人尤感温暖的，是寒显然体会到了父亲的深情并有所呼应，在临死之际，他还要特别声明："记住我的父亲姓林，我本该叫林寒。"父子之间这种内敛到甚至有些病态的情感方式，为这部过分依靠想象力和情节冲突的类型小说增添了重量，价值远远超过作者有意构造的那段矫情的恋爱，甚至某种程度改写了贯穿于整部小说的兄弟情谊——林寒的诀别遗言告诉我们，命名是如此重要，因为那是父亲的权力，因此，赋予"我"名字，引领"我"解放的萧朗，真的只是朋友而已吗？[①] 这一疑问或许足以和《翅鬼》的写作动机、发表地点联系起来，触及作者创作时的隐秘意图，令这部看似简单的小说绽放出更深的意味。

不过关于"父亲"，双雪涛最值得一谈的作品应该还是《大师》。双雪涛曾坦率地表示，这篇小说正写在自己对创作极为纠结犹疑的关键时刻，并且与已经故去的父亲有着直接关系，那其中凝聚了他对于父亲的无限怀念。[②] 但是如果单从人物塑造得正面不正面、高大不高大着眼，恐怕根本看不出双雪涛对小说里这位父亲的感情多么积极：那是一个彻头彻尾的失败者，而且他的失败恐怕和20世纪90年代东北社会结构的变化没什么关系——在国企改制之前，他不是就已经被发配到没人愿意去的仓库当管理员了吗？而在遭到妻子抛弃又被迫下岗之后，他更是迅速堕落为一个嗜酒的废人，过了一年，甚至连棋也不下了。尽管如此，整篇小说依然是围绕"父亲"展开叙事，在一些细节处，也依然从"父亲"或父子关系中迸发出动人的情感力量。譬如小说开篇处，那次言短意长的对饮；譬如父亲近于精神失常时，还是"固执地穿着"儿子的校服，"好像第一次穿上那样"；譬如小说结尾处，在连输三局之后，颓废已久的父亲终究还是儿

[①] 命名对于《翅鬼》这部小说的重要性，可以从双雪涛的自述中看出。在小说的前言中，双雪涛表示，在开始创作之前，他脑海中已经有了关于小说的不少元素，但迟迟无法动笔，"直到出现了一个词语叫作'名字'，于是就有了小说的第一句话，'我的名字叫默，这个名字是从萧朗那买的'。到现在为止，这句话还是我写过的最得意的开头"。参见双雪涛：《翅鬼》，广西师范大学出版社2019年版，第1—2页。

[②] 参见双雪涛、走走：《"写小说的人，不能放过那道稍瞬即逝的光芒"》，《野草》2015年第3期。

子最后的依靠。不过与众不同的是，这一次，小说不是依靠抒情性的力量来支撑和推动叙事，而是采用了父子关系的另外一种形态：教诲。尽管那次父子对饮简直就像是一场生命的接力传递，一场酒喝完，父亲越来越需要被照顾，而儿子则日益独立，甚至父亲在棋摊上的名声，也逐渐被儿子领走；但是小说中处处回荡着的，仍是父亲教诲儿子的声音。父亲说，"无论什么时候，用过的东西不能扔在那，尿完尿要把裤门拉上，下完棋的棋盘要给人家收拾好，人这东西，不用什么文化，就这么点道理"；父亲说，"有时候赢是很简单的事，外面人多又杂，知人知面不知心；想下一辈子，一辈子有人和你下，有时候就不那么简单"；父亲说，下棋是下棋，不能挂东西；父亲说，"在学校不要下棋，能分得开吗"；父亲说，"叫一声吧"，叫这和尚一声"爸"吧……如果说，成为废人也可以算是某种意义上的死亡，那么显然，即便"父亲"已然故去，也将持续深度地参与"儿子"的生命：以上父亲的所有教诲，都一字不落地铭刻在"我"的性格与行为当中。从而也可以说，从另外一个角度来看，这篇小说是儿子的成长小说。甚至，"父亲"的教诲从一开始就超出了小说文本的边界。在谈及《大师》时双雪涛表示，这篇小说之所以重要，乃因为这根本就是身处人生艰难时刻的他，以小说的方式向父亲发出的呼救：

> 写《大师》的时候，我正处在人生最捉襟见肘的阶段，但是还是想选择一直写下去。有一种自我催眠的烈士情怀。当然也希望能写出来，成为一个被承认的写作者，但是更多的时候，觉得希望渺茫，也许就无声无息地这么下去，然后泯灭。那这个过程是什么呢？可能就变成了一种献祭。我就写了一个十字架，赌博，一种无望的坚定。因为我的父亲一辈子下棋，当然故事完全不是他的故事，但是他为了下棋付出之多，收获之少，令我触目惊心。比如基本上大部分时间，处在不那么富裕的人群；没有任何社会地位，只是在路边的棋摊那里，存有威名。但是一到他的场域，他就变成强者，享受精神上的满足。当时他已去世，我无限地怀念他，希望和他聊聊，希望他能告诉我，是不是值得。当时已无

法做到，只能写个东西，装作他在和我交谈。①

如果说，小说真的可以是作者借以认识世界的工具，那么至少在《大师》当中，"父亲"构成了最为重要的认知元件。事实上，如果我们愿意承认，无论是否包含着性别权力的不对等，客观而言，或至少在双雪涛等人的情感结构中，父亲较之母亲更偏显社会性，那么基于这一认识在小说中想象出来的"父亲"，其抒情的功能就不可避免地要与认知功能纠缠在一起，"父亲"的动人时刻，也就往往是"儿子"开始认识这个世界的契机。在双雪涛《无赖》中，当父亲被迫搬迁，对儿子说，"但凡爸有一口气，就不让你受委屈"时，是何等抒情，又让儿子何等清晰地感受到这个世界的冷硬。在《盘锦豹子》里，孙旭东不也是在孙旭庭遭到妻子离弃之后才痛改前非的吗？这或许就是为什么，这些在我看来是书写"父亲"的小说，同样也可以作为分析东北社会变迁的好样本。也正是因为"父亲"的叙事功能、抒情功能和认知功能如此复杂地纠缠在一起，我将之视为双雪涛等人小说中一种基础性的文学装置。

三、"父亲"这一装置颠倒了什么

柄谷行人在《日本现代文学的起源》中使用"装置"一词的时候，讨论的其实并非审美问题，而是认知问题。他认为在他称之为"装置"的"风景"中，隐藏着某种颠倒或遮蔽的机制：日本现代文学中的风景被认为是不言自明的，但实际上人们只不过是遗忘了它的起源。事实上，那种风景是在日本引入西方的透视法/现代性之后，被悄然替换而出现的，在这一过程中，重要的不是风景，而是被透视法生产出来的想象风景的"内面之人"。然而，尽管只有以西方的透视法才能得到日本现代文学意义上的风景，但一改传统观念采用透视法的那个观察者，却往往躲在视点背后，不

---

① 双雪涛、走走：《"写小说的人，不能放过那道稍瞬即逝的光芒"》，《野草》2015年第3期。

被发现。在讨论这一替换的时候,柄谷行人相当巧合地也举了与"父亲"有关的例子,来说明何以在当时唯有夏目漱石意识到了这一问题:"漱石幼年时代当过养子,直到一定的年龄他一直把养父养母视为亲生父母。他是被'取代'了的。对他来说,父子关系决非自然的,而只能是可以'取代'的。"①本文使用"文学装置"一词来指称双雪涛等人小说中的"父亲",倒实在并不打算那样残忍地否定"父亲"之不言自明性,但的确认为,围绕有关"父亲"的书写与理解,同样存在着一定的颠倒与遮蔽。

那么在双雪涛等人的小说中,"父亲"这一装置颠倒了什么呢?以柄谷行人的论述作为参照,则"父亲"亦可被视为一种外部风景,乃是从"儿子"这一内面透视而得的产物。柄谷行人所用的"透视者"这一隐喻,如果对应于具体的小说文本,则大概可以类比为小说的叙述者。的确,当我们下意识地沿着叙述者的讲述,将所有关注都聚焦在"父亲"身上时,其实已经掉进了叙述者悄然设下的陷阱,从而往往忽略父子关系的另外一方,那就是"儿子"。从前引双雪涛访谈中的那段回答不难看出,书写"父亲"的动机其实并不在于表达父亲,而出自解决儿子问题的必要。就此而言,双雪涛早期的三部作品,可以说提供了他后来所有小说有关"父亲"的母题:寻找、理解、成长。而"父亲"作为失败者的形象,与"儿子"的处境恐怕也不无关系。双雪涛的《间距》《北方化为乌有》和班宇的《枪墓》多少提示我们,是怎样的"儿子"在怀念他们的"父亲"。假如从小说中拿掉与"父亲"有关的元素,则这些小说基本可以归入典型的"失败青年"故事。如果说曾经的国企改制让"父亲"陡然间从主人翁的身份跌落,一蹶不振;则"儿子"们甚至从来不能理解什么是"铁饭碗",只能无止境地在资本搭建的繁华都市里漂泊。回忆"父亲"当然也不会改变这些青年并不如意的命运,只是为这样的命运增添了历史感,那反而更令人感到一种宿命般的沮丧。"父亲"在此不仅仅是"儿子"建立理解与认同的支点,还是"儿子"借以抒情或者说宣泄的出口,是"儿子"在属于他们自己的浮华与苦难中想要紧紧抓住的最后依靠。郑执的

---

① 〔日〕柄谷行人:《日本现代文学的起源》,赵京华译,生活·读书·新知三联书店 2003 年版,第 7 页。

《我只在乎你》将这样一种意图结构呈现得尤为明显，他直接采用了双线叙事，让"父亲"与"儿子"的青春相互交叠，彼此印证：同样桀骜不驯、意气风发，又同样遭到世界的痛击。不同的时代为这些男人提供的压抑或有不同，但是压抑本身并无二致，正是在同样遭受压抑的境遇中，"儿子"理解了"父亲"。因此，过分凝视双雪涛等人小说中涉及的那一"东北"历史的创伤时刻反而会造成盲点，他们三人写的并非历史故事，而是当下记忆。

沿着叙述者的视线去理解双雪涛等人小说中的"父亲"，还会造成另外一重遮蔽，那就是，双雪涛、班宇和郑执写的是"父亲"，而不仅仅是"失败的父亲"。因为叙述者"我"的父亲往往是那个失败的角色，很容易让人错误地以为，那些在社会结构变动中被甩出体制的人，才是三位作家叙述的目标。但其实他们也写过不少享受改革开放红利而先富起来的"父亲"，甚至在一些作品中，这样的"父亲"还是小说关键性的组成部分，比如《冷枪》，比如《平原上的摩西》，比如《跷跷板》。这些成功者的子女似乎总是对这样的"父亲"不以为然，抵触、叛逆，拒绝"父亲"为他们安排好的人生，这又很容易让人错误地以为其中多少透露了作者本人对既得利益者的态度。但是那些失败者的"儿子"们，又何曾体贴呢？班宇《肃杀》中的肖树斌为了儿子几乎倾尽所有，最终只能选择毫无道义地消失，他的儿子会比《平原上的摩西》中那个"富二代"庄树更令人感到欣慰吗？"父亲"与"儿子"之和解，取决于后者的成长，而非前者的社会地位。对"父亲"的抗拒，大概没有比《我只在乎你》当中的冯子肖更加激烈的了——尽管法网恢恢，冯劲的走私王国破产乃迟早之事，但冯子肖的任性毕竟直接加速了这一过程——可是最终，他仍然选择了回到父亲身边。其实抛去热血少年的偏执，以罔顾公义的理性从父子关系与社会结构的角度分析，不难理解为什么冯劲会选择让儿子的好友苏凉去进行那场危险的交易，而瞒过冯子肖：任何父亲都希望自己的儿子能够平安生活、不犯险境，无论他自己是不是双手沾满他人血汗的冒险者。因此，《冷枪》中父亲对棍儿的劝说，《平原上的摩西》中庄德增要求庄树不做刑警的谈判，也就都不难理解。从中也不难看出，即便是那些成功者也同样怀有深深的不安全感。某种意义而言，他们或许也并没有我们所想象的那么"成功"。对此表现得最为复杂深入的,当属双雪涛的《跷跷板》。那位成功的"父亲"最终只愿意相信身为普通工人的"我",意味着曾经同为工人阶级一分子的他,对于过往时代保持着怎样美好的记忆和执着的信赖;因而在他对我诉说的那些真假难辨的呓语里,一定埋藏了那一时代终结时刻极为复杂的负罪情绪。然而尽管负罪,却必须杀伐决断,其中的原因直接指向"父亲"对家庭的责任和对子女的庇护:在一个不进则退的时代,一个"父亲"不择手段地想要让自己的家人过上幸福生活,似乎也并非不可理解之事。甚至可以说,恰在这当中,埋藏着至为残酷而深沉的父爱。在剧本《哥本哈根》中,纳粹德国的物理学家海森堡悲愤地抗议:"人们更容易错误地认为刚巧处在非正义一方的国家的百姓们会不那么热爱他们的国家。"[1]同样,人们也往往愿意相信,一个在公共生活中缺乏道德感的父亲不会那么热爱自己的子女,或者子女理应不那么尊敬这样的父亲,但这样的想法显然都是荒谬的。因此,对于《跷跷板》那个令人迷惑的结尾,我们或许可以有一个略带布尔乔亚意味的解释:那是作者双雪涛以小说中近乎"儿子"的视角书写对"父亲"给予理解之后,实在不忍心将"父亲"的罪恶推到极致,因此,只能让那桩发生在共同体破碎时刻的凶杀案徘徊在幻觉与现实之间。

不过,仅仅将我们对成功者"父亲"的忽略归因于叙述者,其实有欠公正。文学可谓弱者的事业,无论作者还是读者,都难免有意无意对身处弱势的人物倾注更多关心。更何况,社会当中的成功者总是少数,因而阅读双雪涛等人小说的我们,即便不至于是失败者,大概率也不会是成功者,以人性而论,便更愿意在心里的天平上偏向失败的一方。黄平在讨论双雪涛等人创作的时候,就不惜现身说法:"不管是双雪涛还是班宇,他们小说里都写了一个情节就是九千元的学费,我们都知道20世纪90年代九千元学费意味着什么。这个事情在东北是真实的,我也交过类似的学费,压力也非常大。对于他们的小说,我这个读者的感受是真实的。"[2]很显然,

---

[1] 〔英〕迈克·弗雷恩:《哥本哈根》,胡开奇译,《剧本》2004年第10期。
[2] 张定浩、黄平:《"向内"的写作与"向外"的写作》,《文艺报》2019年12月18日。

黄平绝非是以一个既得利益者子女的身份来讨论他所谓"新东北作家群"的。事实上，尽管他与刘岩共享着近似的话语资源，但在具体的论述形态上却存在着微妙的差异。作为沈阳人，刘岩未必不对双雪涛等人的故乡书写心有戚戚，但他高度自律地坚持在一个严密自足的理论框架内讨论问题，将个人情感尽量摒斥在外；而黄平则不惮溢出学理范畴，个人感情始终萦绕着整个论述逻辑，从而实现了一种有情的文学批评。就此而言，黄平对双雪涛等人的发言本身亦足可以视为一种有感而发的创作。

而如果将黄平的论述同样视为一种创作，便不难发现，他对于双雪涛等人小说中"父亲"的理解不乏可观之处。在讨论双雪涛《平原上的摩西》时，黄平坦然承认："第一次阅读这篇小说时，最为感动的就是小说隐含的'父'与'子'的和解。"只不过接下来，黄平对"父亲"做了颇具隐喻意味的描述，将当代小说中的"弑父"看作是告别集体主义时代的审美表征，从而令双雪涛等人小说中的"父亲"与"下岗职工"的身份更为紧密地联结在一起，似乎这三位年轻作家写作"父亲"的最重要价值不在"父亲"本身，而在于理解历史："下岗职工进入暮年的今天，他们的后代理解并拥抱着父亲，开始讲述父亲一代的故事。"① 在《"新东北作家群"论纲》第二节，黄平同样极为准确地引述了《大师》与《盘锦豹子》中父子情深的时刻，令人几乎能够在相关论述中读出属于他个人的抒情。但他终究只是将这一讨论作为引言，而后导向更具学理化的分析："他们的小说，在重新理解父辈这批失败者的同时，隐含着对于单向度的新自由主义现代性的批判。"② 诚然，在当前学术生态当中，无论"东北"还是"下岗职工"，似乎都远比"父亲"更具学理价值，也更容易获得学理支撑。但是黄平的论述路径仍让人对他乃至对包括刘岩在内的所有论者都产生疑问：究竟他们是在历史的总体性框架下注意到了"父亲"，还是因为"父亲"而发现了历史？在对于双雪涛等人小说的理解层面，是否还存在着另一重颠倒？一种或许更近于柄谷行人本意的颠倒。

---

① 黄平：《"新的美学原则在崛起"——以双雪涛〈平原上的摩西〉为例》，《扬子江评论》2017年第3期。

② 黄平：《"新东北作家群"论纲》，《吉林大学社会科学学报》2020年第1期。

四、走出"东北"的可能性

当然,无论上述问题的答案是什么,显然双雪涛、班宇和郑执所书写的"父亲"都很难与20世纪90年代发生在东北的社会结构变动完全脱开关系——尽管并非所有小说都一定如此,比如那篇《跛子》。应该承认,在谈论他们笔下的"父亲"时,要绕开"东北"并非易事。因此,我无意质疑黄平、刘岩等人研究的有效性;事实上,他们的论述相当精彩,极富洞见和启发性。一定程度上,本文另立议题的一个重要原因,恰恰是他们的话语过于强大——如果这种论述路径成为理解双雪涛等人小说的唯一方式,会不会反而限定了他们创作的价值?和我一样并不生长于东北的读者,以及对黄平所谓"共同体破碎"时刻并无记忆的读者,不也同样能够因他们的小说而生发感触吗?

之所以选择"父亲"作为理解双雪涛、班宇和郑执的一种角度,正因为作为非东北籍的读者,我从这三位作家的小说中获得的直接感动的确并不来自国有企业改制和工人下岗,而来自"父亲"和父子关系。文学研究作为一门科学,固然应该充分学科化和理论化,但研究对象所给予的感性体验,也理应得到研究者足够重视。如此,则意味着对文本多义性的尊重,或可借此打开更为广阔的论域——文学研究不正是在文学作品的推动与刺激下,才得以不断深入开掘的吗?因此,围绕"父亲"的话语资源相对匮乏,或者说略显过时,可能反而是相关研究的契机。正是文本中那幽暗不明的地带,在召唤着研究者向更深远的所在迈进。就此而言,关注双雪涛等人小说中的"父亲",意义并不仅仅在于"父亲"本身,更为重要的是跟随"父亲"走出"东北",去触及有可能被单一话语遮蔽的其他可能:比如性别,比如认同,比如小说技艺,比如更长时间段的集体心理结构……即便是讨论"历史",也未必一定只能从"东北"切入。当然,较之这样的愿景,本文的论述还过于粗疏,诸多话题未来得及充分展开,只希望能够为理解双雪涛、班宇和郑执打开一条小小的岔路,期待着会通向令人惊喜的未知世界。

(原发表于《扬子江文学评论》2020年第4期)

西藏能够"现代"吗?
——当代西藏书写的脉络与困境

西藏在行政层面从属于中央政府,当然由来已久;但在文学想象层面真正成为汉语写作的论题,却是在1949年中华人民共和国成立之后。即是说,西藏文学是在当代中国才正式成为汉语文学的一个重要组成部分,西藏作为独特的文学题材也才开始大规模出现在汉语写作当中。由于西藏在自然风貌、地缘政治、民族宗教及风土人情上的独特性,1949年之后西藏题材的文学创作始终非常活跃,80年代以后甚至形成某种文学上的"西藏热",至今仍未消退。可以想见的是,50至70年代的西藏想象、新时期的西藏想象与新世纪之后的西藏想象,当然大相径庭。不同时代的不同社会结构、文化格局与思维范式,以及写作者个人的民族身份、政治立场与写作态度,都必然造成文学中的西藏形象不断发生变动。文学当中面目各异的西藏,当然未必真实反映了现实的西藏,甚至与现实的西藏相去甚远;但恰恰在想象与现实的张力当中,为我们打开了探知关于西藏的复杂集体心理结构之可能。正因为此,谈论关于西藏的书写,目的当然不在于从中了解西藏是什么样,乃在于了解西藏被想象成什么样。也由于同样的关系,本文并未选择散文和诗歌,而主要以小说这一更具虚构性且更为丰富混杂的文体作为考察对象。

和文学想象中歧义多出的西藏形象构成鲜明对照的,是批评话语中的西藏之匮乏与单一。以理论预设粗暴肢解文学,使之沦为理论的注脚,非但不能丰富我们对于西藏的认知,反而势必加剧对西藏的误解。因此,本文尽可能避免简单操持理论,而选择从文本出发,以寻求新的解释框架。

一、徐怀中《我们播种爱情》：在意识形态的二元结构之外

徐怀中于 1955 年至 1956 年创作的《我们播种爱情》，是新中国成立之后第一部反映藏族生活的长篇小说，也是 50 至 70 年代西藏现实题材的文学创作中最为出色的作品。小说以进藏干部在西藏更达地区筹建农业站，建立国营农场的过程为主线，广泛表现了进藏干部和藏族各阶层同胞的工作与生活图景，歌颂了民族团结政策及社会主义力量在西藏的发展壮大。

国内在 50 至 70 年代获得较高声誉的文学作品，后来往往被认为政治理念过分介入文学创作，因而一定程度上显得单调，削弱了文学品质。的确，与《我们播种爱情》同时代的文学创作，大多带有鲜明的意识形态色彩，以党的政策为写作依据，以阶级斗争为构造矛盾的线索，在唯物主义史观的指导下重述历史和刻画现实。有趣的是，《我们播种爱情》在题材选择方面的独特性，恰恰使其得以跳出严格的意识形态规范，呈现不同面目。1950 年 5 月，大致就在徐怀中随军进藏的同时，中央批准西南局关于与西藏地方政府谈判的条件，称"西藏现行各种政治制度，维持原状，概不变更。达赖活佛之地位及职权，不予变更，各级官员照常供职"，"对于过去亲英美和亲国民党的官员，只要他们脱离与英美帝国主义和国民党的关系，不进行破坏和反抗，一律继续任职，不究既往"。[1] 这就决定了《我们播种爱情》不可能像当时大部分小说那样，以阶级斗争的二元对立来构造故事情节，而必须对西藏历史上客观存在的剥削阶级保持相对宽容的态度。正如徐怀中自己在后记中所说："对于贵族和宗教上层人物，也着重是表现了他们在大势所趋下逐步倾向于进步的一面。这一点，现在看来也仍然是切合党的民族政策和斗争需要的。"[2]

---

[1]《中共中央批准西南局关于与西藏地方政府谈判的条件》，见中共中央文献研究室编：《建国以来重要文献选编（第 1 册）》，中央文献出版社 1992 年版，第 248 页。

[2] 徐怀中：《我们播种爱情》，中国青年出版社 1979 年版，第 374—375 页。

由于不得不淡化阶级斗争历史,《我们播种爱情》必须以另外的方式确认社会主义制度优越性,这恰恰成就了《我们播种爱情》,使它具有独特价值。同时代其他小说由于过分强调阶级斗争,而未能全面呈现的社会主义制度的其他内涵,被《我们播种爱情》充分揭示出来。中国共产党是代表了最先进生产力发展方向的现代型政党,共和国政权的合法性不仅仅在于打败了与中国人民为敌的阶级敌人,更体现在党能够领导中国进入现代,建设一个富强民主的现代国家。《我们播种爱情》讲述的,正是在刚刚和平解放的西藏地区,如何建立现代的农业、工业和商业的故事。小说中真正令藏族同胞深刻认识到党的优越性的,是党带来的现代的生产技术,以及由此而发生的一系列天翻地覆的改变。拖拉机和播种机带来的高效率,使藏民认识到了现代的力量,连一直迷信自己的生产本领的藏族农民斯朗翁堆都在现代生产的感召下祛除了自己的偏见,甚至改变了过去盲目迷信鬼神的观念。而女土司格桑拉姆同样是在共产党带来的现代气息的感召下,走出她的古堡,真正担任起宗本的责任。她的第一次出场是在康藏公路的剪彩仪式上,这格外具有象征意义:现代公路的开通,意味着因地理环境长期封闭的青藏高原,真正向祖国大家庭、向世界敞开怀抱,可以说这是西藏进入现代的标志。"我们播种爱情",首先要"播种"的是现代生产与现代生活方式,之后才有可能收获藏汉团结的"爱情",才有可能使"我们"这一概念不断扩大,从党领导的进藏工作队,到勤劳贫苦的藏民,再到身居要位的土司与活佛。

因此,由《我们播种爱情》所开启的当代文学中的西藏书写,所讲述的重点并不在于中心与边缘的对峙,而始终在于西藏之传统与现代的关系。西藏这样一个具有独特民族构成、风俗习惯和宗教信仰的区域,究竟是否需要现代,如何进入现代,是此后西藏题材文学作品还将不断回答的问题。

二、马原与扎西达娃:重构古老神秘的西藏

由于西藏的地缘特殊性,在20世纪50至70年代间,能够用汉语进行文学创作的大多是如徐怀中一样的军旅作家,这一时期的作品也基本与

《我们播种爱情》呈现出大体相似的面貌。直到中国文学发生重大变革的80年代，50至70年代带有浓厚意识形态色彩的文学创作受到广泛质疑，几乎所有作家都开始努力探索文学新的可能。这种探索突出地表现在两个方面：其一是理念上的去政治化，摆脱政治对文学的过分影响，转而挖掘民间文化、地域文化和民族文化作为文学的内在驱动力；其二是技术上的多元化，摆脱单一的现实主义文学观念，从强调"写什么"转为关注"怎么写"，广泛吸收西方各文学流派的经验，尤其是现代主义的经验，丰富文学创作的手段和技法。而由于雪域高原的独特地理风貌与藏族的独特文化气质，这两方面探索在西藏题材的文学作品中得到最为充分的发挥：论地域文化与民族文化，大概没有哪一个地方，比西藏更为完整地保留了自身独特的民族习俗与宗教传统；而西藏文化中的神秘元素（这种神秘又因其地与汉族地区相比地理位置之遥远与文化差异之巨大而被格外放大），又为西藏题材的文学作品超越日常逻辑，掺入虚幻诡谲的想象提供了充分的理由，为文学创作突破传统现实主义原则提供了文化基础。在这一时期涌现的大量写作西藏题材的作家当中，马原和扎西达娃无疑是最为出色的。前者因对西藏文化之向往而进藏工作八年之久，凭借对西藏文化的奇幻书写而改变了汉语写作面貌，堪称当代文学超越现实、打开想象的第一人；而后者更是以藏人身份，深入挖掘和展示了藏文化的神秘内核。

马原的中篇小说代表作《冈底斯的诱惑》，以电影"蒙太奇"般穿插闪回的方式，将三个相对独立的故事拼接在一起。三个故事都不像传统的故事那样有开始、有高潮、有结局，而总是在不该转折的时候发生转折，又以一种意想不到的方式结束：由三个汉人和一个藏族猎人组成探险队去寻找野人，在对野人踪迹和高原奇观进行漫长的渲染之后，小说却将探险过程三言两语草草带过，作者声称短暂的探险经历足够三个汉人各自写一整本书，却有意隐藏了故事最富戏剧性的部分；三个进藏工作的汉人相约去看天葬，但是因为风俗禁忌，天葬之行遭到阻挠而草草结束，就像一场不知为什么出发又不知从哪里回家的旅程，那些本应引出很多故事的人物和细节被作者非常克制地一一按住，让整个故事显得既平淡无味又似乎隐藏玄机；至于说唱艺人顿珠的故事，更像是将第一个故事中某个汉人所写的小说硬生生插入叙述当中,同样,故事中最传奇的部分被一笔带过,作者似乎有意要把西藏的神秘写得像是每天都会发生般平常。这是典型的马原式小说:有意消解故事本身的戏剧性,而依靠叙述技巧来制造阅读乐趣,追求一种超越现实逻辑的艺术效果。如果说这三个故事有什么共同之处的话,或许恰恰在于它们都是那么欲言又止却又饱含可能,而这正是马原所希望塑造的西藏形象:一种不可拒绝却又难以捕捉的神秘诱惑。

扎西达娃的代表作《西藏:系在皮绳扣上的魂》同样是一篇相当富有想象力的作品,而藏人身份又令扎西达娃较之马原对西藏的神秘文化有着更为复杂的体认。帕布乃冈山区一派现代景象,"这里的人们正悄悄享受着现代化的生活",桑杰达普活佛将结束转世成为最后一代活佛,似乎也暗示了现代文化对藏传佛教的侵入。但小说的叙述者却通过对活佛的采访将自己一篇未完成的小说诡异地插入现在的讲述当中,故事顿时转入遥远的过去,或者说虚幻的空间,转入对古老经书所记载的"人间净土"香巴拉的追寻当中。被插入的故事中塔贝和琼处于未知目的的旅行像是一个远古的神话故事,但旅途中不时出现的现代场景又使时间显得混乱。在小说结尾,琼和塔贝终于走出小说,与叙述者走到了一起。塔贝在临死之前似乎终于找到了他所要寻找的西藏的原始记忆,而这记忆却与电视和广播中传出的洛杉矶第二十三届奥运会开幕式重叠在一起。扎西达娃不断让现代世界与古远记忆相碰撞,使当下生活与西藏历史随意地卷在一起。在这样混杂的声音里追寻"香巴拉",使扎西达娃笔下西藏的神秘性较之汉人马原一厢情愿的建构更加真实,也更加坚固,带着一点固执,又带着一点伤感。

经过马原和扎西达娃的叙述,《我们播种爱情》中那个现实的、急需现代化的西藏变得更加复杂多元了,西藏的宗教、历史、传统文化被召唤出来,成为西藏最具魅力的部分。这几乎遮蔽了50至70年代西藏题材文学中所呈现的西藏形象,而塑造出一个颇具异样文化风味的神秘西藏。在其影响下,西藏文化独特与神秘的一面,至今都是汉语写作想象西藏最重要的部分,可以说决定了后来写作西藏的方向。如果没有马原和扎西达娃的开拓之功,很难想象《尘埃落定》这样的作品可以横空出世。

三、阿来《尘埃落定》：在古典与现代的边缘

若论当代中国以西藏为题材的文学作品中流传最广、读者最多、影响最大、声誉最隆的，大概非阿来的长篇小说《尘埃落定》莫属。小说于1998年出版，至2008年销量即已超过一百万册，至今依然畅销，并被译为英、法、德文等十五种文字，在世界范围内得到广泛肯定。2000年，《尘埃落定》因视角独特，"有丰厚的藏族文化意蕴"，荣获第五届茅盾文学奖，被认为是历届茅盾文学奖获奖作品中最实至名归的一部。

与马原和扎西达娃虔诚敬畏的那个莫测高深的西藏有所不同的是，阿来笔下的西藏更具世俗性。那些藏民虽然身穿藏袍，信奉佛教，在古老相传的种姓制度下坚守各自的本分，但本质上他们与世界上其他任一地区的人都无不同，一样充满了世俗欲望，陷入对权力与财富的角逐当中。多年后谈到《尘埃落定》的创作动机时，阿来首先强调的就是"权力"。的确，《尘埃落定》中土司与土司之间、土司的儿子们之间、土司与汉人之间无休无止的权力争夺是小说最具有情节张力的所在。权力主宰着小说中写到的康巴藏区，甚至宗教的力量都不可与之抗衡，《尘埃落定》中的土司不信奉佛陀，只信奉枪支和银圆。

这样丰沛的世俗气息显然与阿来精心选择的叙事角度有关，他让他的藏区故事发生在最为微妙的时间和最为微妙的地点。《尘埃落定》的故事发生在承前启后的民国时期：古典时代已经破碎，而现代又面目不清。因此这正是一个挣扎混沌的时期，是欲望丛生的时期。故事发生的地点在四川康巴藏区，若以行政划定的西藏自治区为西藏的范畴，则《尘埃落定》竟不能算是西藏题材的小说。但这一点早被读者甚至研究者有意无意地忽略了：它的影响如此巨大，已经使人难以忽略。小说的叙述者这样描述他所在的土地："汉族皇帝在早晨的太阳下面，达赖喇嘛在下午的太阳下面。我们是在中午的太阳下面还再靠东一点的地方。这个位置是有决定意义的。它决定了我们和东边的汉族皇帝发生更多的联系，而不是和我们自己

的宗教领袖达赖喇嘛。地理因素决定了我们的政治关系。"①阿来有意选择了汉藏文化的边缘地带展开他的故事,似乎以此来丈量某种权力关系,但实际上不应忘记,空间的不同实际上也代表了时间的不同。康巴藏区正好处在交界的地方,处在那个古老传统的西藏文明与现代相交接的前线阵地。

小说还为自己选择了一个颇有意味的讲述者:麦其土司在酒后和汉族太太所生的傻瓜儿子。傻瓜总是处在清醒与疯狂之间,而他的身上又流着藏汉混合的血液,因此这个讲述者也和故事发生的时空背景一样,处在一种边缘的境地。或许这正是为什么,这个傻子总是表现出超出常人的预见性,做出最符合历史趋势的选择,从而在与他的聪明哥哥的权力角逐中一度处于上风。没有人会比他更清楚地明白,身处这样剧烈变动的时代、矛盾汇聚的空间,土司的统治早已风雨飘摇,现代的脚步已越来越近,亘古不变的社会形态不可避免地要走向瓦解了。因此,当罂粟随着汉人的现代军队第一次出现在西藏的土地上时,傻子就已经嗅到了腐朽没落的气息、不祥的死亡气息。而当他好战的哥哥在南方依然用古老的方式通过战争来征服其他土司的时候,傻子则在北方将用于军事的堡垒敞开,变成市场,让每一个土司都可以到这里来自由交易,康巴地区第一个边境贸易市场出现了,通往内地的道路修好了,甚至连金融系统也逐渐形成,曾经的军事堡垒逐渐成为一座繁荣的商业城镇。尽管在小说的最后,一切传奇都淹没在历史的偶然当中,但傻子在北方的作为,分明向我们呈现了藏区走向现代的另一种可能的道路。而较之权力故事,这样一种可能性从无到有的构建过程,其实才是《尘埃落定》真正深入藏族历史隐秘的所在。以此观之,用权力视角理解这部小说,未免小看了它,将它的深度降低到官场小说层面;对西藏身处古典与现代边缘时的多重可能之探索,才真正构成这部小说的伟大之处。

从《尘埃落定》的阅读快感当中,我们仍可轻易辨认马原和扎西达娃的潜在影响。小说那种华美的叙事风格,以及富有神秘主义色彩的飘忽感,

---

① 阿来:《尘埃落定》,人民文学出版社2000年版,第18页。

都有赖马原和扎西达娃所迷恋书写的藏文化的神奇底蕴作为支撑。但是阿来并无意营造一个文化上的异度空间,而是用世俗精神与权力逻辑重新阐述历史。在权力面前,西藏似乎也并不特殊。更为重要的是,阿来以新历史主义的笔法,改写了重要历史时刻藏族地区的际遇与选择。真正使土司制度统御下的传统西藏社会形态趋于瓦解的,或许并非某种政治势力或军事力量,而是现代以及因现代而引发的那些隐藏于传统当中的权力欲念。

四、从《水乳大地》到《莲花》:空洞的能指

尽管长期居住在云南,与西藏的关系并不紧密,但范稳或许是阿来之外写作西藏的作家中最为知名者。他花费数年时间深入藏族地区,在田野调查和宗教史研究方面下足功夫而写成的长篇小说《水乳大地》于2004年出版,很快就受到评论界的广泛好评,被认为是《尘埃落定》之后西藏题材小说中最杰出的作品,同时市场销售成绩也颇不俗。《水乳大地》之后,他又先后创作《悲悯大地》和《大地雅歌》,构成"藏地三部曲",成为富有影响力的西藏题材写作者。

在这些书写西藏的作品中,《水乳大地》无疑是最为厚重且富有才情的代表作。小说展示了澜沧江一个小小的峡谷地带被多种宗教与理论影响的生活,演绎了一出错综复杂的信仰传奇。藏族人的藏传佛教、纳西族的东巴教、西洋传教士带来的基督教,他们的信徒各自秉持自己的信仰,与在马克思主义指导下的共产党人,在这狭小的谷底既展开血与火的冲突,又有水乳相交的融合。从20世纪初到20世纪末,整整一个世纪的西藏历史,就伴随着宗教之间的争夺与妥协又紧张又舒展地呈现在人们的面前,其间穿插着西藏的异样风情、严酷的自然环境和生命的艰险与瑰丽……当一个世纪过去,几种曾经剑拔弩张的信仰已经混杂在一起,难分彼此,此时任何争斗都显得可笑了。第一代基督教徒的曾孙被认定为活佛,而曾经打砸教堂的青年成了"文革"之后第一个神父,最富戏剧性的是曾让峡谷里的人们闻风丧胆的土匪泽仁达娃一家:泽仁达娃本人皈依佛门,成为最忠诚于活佛的喇嘛;他的妻子将自己的余生献给基督,成为一个修女;而他们的儿子木学文,却作为共产党在这一地区的专员回到家乡。重要的不

是这个宗教或那个信仰，重要的是宗教本身、信仰本身，以及人们内心的安宁。正如活佛对神父所说："宗教庇护一切。"在新世纪的最初几年，在世界上每一寸土地都不可逆转地被拉入全球化进程中去的时刻，范稳以《水乳大地》询问多元文化在藏区并存、融合的可能，恰逢其时，这也是评论界对这部小说赞誉有加的原因。

但小说之所以赢得一般读者的广泛青睐，成为市场宠儿，却可能与其中竭力渲染的藏地情调不无关系。以密宗法术漂浮在空中的喇嘛，有鬼神助阵的战斗，以及如魔咒般吸引年轻的爱人殉情的山坡……范稳似乎有意要把藏区写得带有神话蛮荒的色彩，峡谷中的人们甚至直到世纪末，仍不知飞机为何物，仍用原始宗教的观念去认识世界万物。这样刻意的渲染正符合了很多读者的猎奇心态：那些每天被禁锢在一个乏味的都市里工作、生活的人，总是幻想着远方，有意无意把那个遥远的西藏当作浪漫的所在，一个圣洁、神秘、充满诱惑的异地空间。他们心目中的西藏正是范稳笔下这个原始蛮荒，不知现代为何物的模样。如果说扎西达娃是借藏文化之神秘试图重建某种文学主体性和身份合法性的话，那么从20世纪80年代到新世纪，时移世易，曾经的文学革新力量一经与阅读时尚合谋，恰恰足以成为某种媚俗之物，从而丧失内在的饱满。

将范稳西藏书写中的这一层面发挥得淋漓尽致的，便是安妮宝贝的《莲花》。2006年，安妮宝贝以西藏为题材的长篇小说《莲花》出版，首印六十万册迅速告罄，至今仍在不断重印当中。如此惊人的市场成绩使这部小说已成为不能回避之作：或许它比其他任一小说都更能告知我们，在人们谈论西藏的时候到底在谈论什么。

然而极为有趣的是，在这部小说中我们几乎看不到西藏。依然是典型的安妮宝贝式的故事：温柔斯文的成功男人与桀骜不驯的个性女子；不断的人生错误；不可磨灭的精神损伤；旅行；若有若无然而不可忘怀的情感；诸多时尚符号。和本文此前论及的几部作品不同，《莲花》根本无意处理历史，也无意处理任何宏大命题，甚至无意处理西藏。尽管《莲花》通篇都在写西藏旅行故事，尽管西藏作为心灵安放之所在书中被不断提及，但实际上西藏不过是安妮宝贝把玩的诸多时尚符号之一。小说中的人物，或许还包括读者们和作者本人，只是想借这个符号来疗治或假装疗治自己生活于现代都市而遭受的种种精神创伤,至于这个符号到底是什么,它有着怎样的历史内涵,怎样的现实诉求,又有着怎样的未来命运,人们都不关心。将《莲花》中的故事搬到另外一个遥远而"文艺"的旅游胜地,对故事本身毫无损伤。这或许在某种程度上恰恰表征了消费文化下"西藏热"的真相:每个人都在向往西藏,每个人都希望到西藏走一趟,但是他们越是频繁地把西藏挂在嘴上,越是把西藏塑造成一个神秘的、异样的、圣洁的所在,越可以完全不顾西藏的现实。西藏在这样的追捧中,已成为一个毫无意义的空洞能指。它不是更加清晰了,而是更加被遮蔽了。

五、一个有待回答的问题

经由对最具代表性的作家作品的考察,不难发现,新中国成立以来写作西藏题材的文学作品,几乎无一例外都自觉不自觉地在回应同一个问题。这个问题无关乎政治,甚至无关乎民族,这是每一个被迫进入现代的民族都必然要面临的问题。在这个问题面前,无论汉族还是藏族,其实都怀有同样的困惑,也进行着同样的探索。这个问题就是:一个有着独特气质的古老民族,如何进入现代?如何平衡民族自身文化的独特性与现代一体的文化形态之间的关系?基于此,我想以一部中篇小说作为结尾,这绝非一篇有名气的小说,也不见得多么优秀,但却将这个问题以非常有趣的方式提了出来。这篇小说是范稳的《蓝色冰川》,首发于《佛山文艺》2006年第23期。

两个所谓的"驴友"暂时告别都市的中产生活,到雪山寻求别样的生命状态。像所有那些把西藏当作旅游符号来消费的人一样,他们面对雪山和冰川,面对淳朴、善良、富有原始生命质感的康巴汉子尼玛,打开了自己内心最阴暗的一面,重新体验了现代社会中久违的神圣感和敬畏感。但他们也像所有那些把西藏当作旅游符号来消费的人一样,回到城市便将西藏抛诸脑后,所有承诺与深情都不复回忆,似乎那次旅行不过是茶余饭后可供吹嘘的资本。小说的深刻之处在于:如围城一般,城里人想到藏区去,藏区的人也想走出来。尼玛来到城市里寻找这两个当年共过生死的同伴,多少有些投奔的意味,他深深的失望和疑惑是可以预料的:他不知道自己从小生长的雪山，对于他们来说无非是一场好梦，浪漫和刺激都与现实无涉。尼玛希望他的城里朋友帮助他在冰川下建一个网吧客栈，吸引更多的游客来看冰川，但是城市白领白芸却完全不能想象拥挤的游客塞满西藏的冰川美景，那让她觉得西藏不再是她心目中的西藏了。因此，白芸对尼玛的计划坚决反对。白芸对尼玛的质问显得如此理直气壮，而在我看来，尼玛的回答更需要我们一再思考：

"……那是一条多么脆弱而美丽的冰川啊，它不能毁在你们这代人手里。你明白吗？"

尼玛听得发愣："可是，可是要是不来游客，我们怎么赚钱？这两年村庄里家家都在盖新房子，都是靠牵马当向导挣来的钱啊。"

白芸的口气忽然变得有些严厉："你们只考虑自己挣钱，冰川谁来保护？"

尼玛被白芸的话吓住了，嘟噜道："那……那你要我们怎么办呢？冰川又不能当粮食吃。"

"尽自己的爱心吧，尼玛，我反对你建那个网站。你招徕越多的游客，我越为那条蓝色的冰川心疼。谁都去冰川雪山糟蹋那里的环境，那藏区还有什么神秘感？"

尼玛深感委屈。这叫什么话？我们藏族人从来都把远方来的客人当亲人看待，从来都是献上最洁白的哈达，捧上最热乎的酥油茶，倒出最醇香的青稞酒。哪个藏族人会拒绝一个客人的造访呢？当初是谁愣要爬到冰川上去？自己都能去，别人就不能去了么？保护冰川，为谁保护呢？要是你们这些背包客不来，村里人除了放牛才上去，谁会去惊动冰川啊？

……白芸问尼玛和卓玛的关系怎么样了？尼玛回答说，因为我给游客当向导，挣钱比以前多了，卓玛已经重新喜欢上了我。

白芸不客气地说："你为了自己的爱，不惜牺牲冰川的宁静吗？"

尼玛也不客气地问:"难道我不该爱卓玛吗?"

尼玛的问题或许现在依然无解,需要不同立场的人们共同去寻找答案:是不是为了保持游客心目中西藏的神秘感,或是保持有些人认为的民族特色,西藏人民就不要追求幸福,不要有网吧,不要提高生活水平,不要现代了呢?

(原发表于《东吴学术》2016 年第 1 期)

对话与共存：
滇藏地区现代进程中的共同体问题

——论范稳的藏地想象

一、藏地

当代汉语小说对藏地的书写，肇始于徐怀中的《我们播种爱情》。小说素材得自徐怀中在西南军区政治部工作，并在修筑康藏公路的连队担任指导员时的经历见闻。这条康藏公路，无论在现实里还是在小说中，都是神秘古老的藏地向现代世界敞开的通途。以此为范本，20 世纪 50 至 70 年代的藏地书写多是军旅文学，聚焦点当然在于如何解放遭受压迫和剥削的藏族同胞，改变他们的处境，改善他们的生活。而这些作品所呈现的藏地，尽管也不乏边地少数民族风情，却并不显得格外奇异和过分陌生：这片由阳光、圣湖与雪山构成的高原，是共和国领土无差别的一部分；对于高原的书写和想象，是共和国革命叙事和民族想象的一种地方性表达。直至 20 世纪 80 年代，以马原为代表的一批汉族知识分子来到西藏，在拉萨形成了一个活跃而亲密的文学群体，并在彼此交流当中率先开始了后来被命名为"先锋派"的文学实践。在这些实验性的作品中，藏地独特的自然风貌、风土人情、宗教文化，成为形式实验的重要支撑。在当时看来相当古怪的叙事手法和在大部分汉语读者看来极具异质性的藏地风情相映成趣，同生共长。很有可能的是，假如不以藏地为书写对象，马原那种具有冒犯性的虚构不会那么容易得到认同，并进而启发其他汉语作家亦将各自的在地经验转换成一种"神奇"的叙事材料。也恰恰因为这样彼此成就的关系，藏地在文学书写中被不断赋魅，成为超脱现实的飞地。高天淡云，圣湖雪山，金顶经幡，佛土信民，成为藏地以外的人们对藏地的固化认识。① 这种认识当然不全由文学造成，但在汉语文学尤其是小说叙述中，相关想象日益趋于单一，确是不争的事实。而伴随20世纪80年代以降国内旅游热潮的兴起，文学作品对藏地的固化想象在大众文化中被反复强调，更令藏地愈发成为一种景观化的存在。或许正因为此，我们很容易忽略阿来的《尘埃落定》和新历史小说之间的关系。这部备受称誉的作品试图在川藏边地复原某种程度上被《我们播种爱情》等军旅文学遮蔽的另一种历史真实，以及被打断的另一种历史发展的可能性。但小说更为人注意的却是那些与有关藏地的固化想象暗合的部分，那件似乎被诅咒的、具有了复仇意识的血衣，就像《百年孤独》里自行寻找凶手的鲜血和将俏姑娘带上天空的床单一样，成为小说最重要的标识，为小说蒙上一层与藏地有关的神奇气息。《尘埃落定》当然是无可置疑的当代文学经典，但如果写的不是藏地往事，如果小说里的藏地不是有意无意满足了人们的审美预期，那么这个其实已经被苏童《罂粟之家》等新历史小说讲述过的故事，是否能够赢得那么庞大的读者群体，或许犹未定论。

在范稳开始致力于藏地书写的新世纪之初，对藏地的景观化想象早已是难以改变的风尚。在中篇小说《香格里拉客栈》里，范稳就讲述了一个在北京遭受事业和婚姻挫折，到雪域冰川下纾解心灵疲倦的失意中年男人的故事。置身在流传着香格里拉美丽传说的藏地村庄，那个陷入中年危机的男人看到的是在他眼中堪与天堂相比的景象：

> 寺庙里的暮鼓晨钟，教堂里的赞美诗；挤奶姑娘将奶汁抚摸入桶的"刷刷"冲击声，娜珍大妈的火塘死灰复燃，炊烟升腾，穿过火塘上方的天窗去唤醒沉睡的大地；每天喝早酥油茶时必然来到的一场细雨，院子下面的那头母犏牛不经意地鸣叫，几个农

---

① 参见何瑛：《"后现代游客"马原与先锋派小说的隐秘起源》，《中国现代文学研究丛刊》2020年第11期。

人在地里默默地劳作，间或传来一串歌声；马帮的铃铛在村庄的幽静中叮当响起，像大地上跳动的音符，渐行渐远；村口的那座平安塔前，几个藏族老人手摇转经筒，又开始他们一天的转经；山腰上的云雾被风一把扯走，大幕拉开，雪山露出它雄伟的身姿，圣洁得耀眼，纯净得心醉，让人目瞪口呆。面对雪山，任何礼赞的词汇都显得贫乏俗套，你只会发呆。雪山适合人发呆。相看两不厌，只有敬亭山，那也是一种发呆的感受。这个时候，时间往往停滞，人不知天上人间。心灵里经年的污垢被高远的雪山一遍又一遍地洗涤，你甚至感到自己在雪山的映照下，会越来越透明。①

——如果没有那座扎眼的教堂，这大概就是很长时间里人们对藏地最典型的想象，而那种渴望"心灵里经年的污垢被高远的雪山一遍又一遍地洗涤"的诉求，大概也是人们对藏地最普遍的寄托。这样一种心理寄托促使很多人坚信藏地必须是那样的藏地——宁静淡泊的田园风情，圣洁纯净的宗教氛围——而绝不应该被我们所熟悉的俗世喧嚣玷污。对此，范稳显然心知肚明。也许正因为心知肚明，范稳索性将他笔下的藏地，写得格外不似人间之地。

的确，要论想象藏地之"神奇"，恐怕没有哪个作家可以与范稳相比。《水乳大地》里那颗被砍落在地仍可自行跋涉回家的头颅，那些不断显示神迹的活佛或护法喇嘛，那班可以呼唤雷电、洪水和瘟疫的魔鬼，那诸多为人们提供预警的诡异的梦，当然还有那个行踪不定、寿数难测的苯教巫师，无不令人瞠目结舌。范稳笔下那条澜沧江峡谷之奇异诡谲，丝毫不输于马尔克斯的马孔多。那或许本就是范稳在向马尔克斯以及马原等先锋作家致敬，亦是文学想象足以致幻的魅力所在。但这样的致敬，不是和马原等前辈作家的书写一样，更固化读者对藏地的执拗观感？这当然是难以简单回答的问题，但以我之见，范稳的小说笔法毕竟和大众文化的反复刻写有着本质区别，甚至截然相反。恰恰因为小说中那些光怪陆离的细节过

---

① 范稳：《香格里拉客栈》，《十月》2007 年第 4 期。

分"神奇",读者才能足够警醒地理解作者刻意为之的虚构,理解包括《水乳大地》在内的"藏地三部曲"对藏地的书写本就只是想象而已,因而反不至于将之与真实的藏地建立必然联系。某种程度上甚至可以说,范稳是在用一种赋魅的方式,为已经充分景观化的藏地祛魅。

  但如果意在祛魅,范稳为什么不能以一种更具现实感的方式写作?他如此眼花缭乱地写出漫天神佛,究竟有何用意?如果只读《水乳大地》,读者或许很容易以为范稳是在努力将藏地塑造为一种具有异质性的他者空间——尽管在小说里不少地方,范稳也曾小心翼翼地表示,那些神迹不过是"传说"而已[①]——而在《悲悯大地》和《大地雅歌》里,范稳则更加清楚地做出了他的解释或辩护。《悲悯大地》在连贯的叙事当中,不断插入所谓"田野调查笔记",那当然也是小说虚构的一部分,但却在颇为魔幻的叙事之外,又提供了一个相对理性的视角。"田野调查笔记(之一)"出现之前,小说已讲述了太多难以置信的往事,而在这则笔记里,"我"恰恰就此质疑。藏人培楚的村庄邻近豹子谷,传说在谷底游荡着葬身豹口的倒霉鬼的阴魂。当我询问"什么时候开始再没有豹子"时,培楚回答说:"解放以后吧。……解放以后,人们就不太相信老人们讲的传说了,说是迷信。"[②]"相信"二字显然耐人寻味,"解放以后"得以普及的唯物主义观念使过往之"相信"成为"迷信"。无怪乎"我"不能不有所怀疑:"那么,你们所说的豹子,究竟是在传说里,还是真的就有?"[③]

  [①] 另外,范稳也非常善于使用一种模棱两可的文学性表述,在神秘的宗教文化和理性的唯物主义之间寻找平衡,让小说既是合理的,又是美的。譬如《水乳大地》中找到九世松觉活佛转世灵童时的那一幕:"老人们巍巍颤颤地挤上前来摸他的脚,请他为他们摩顶祝福。而那孩子令人惊奇地对蜂拥的人们表达出了与他的实际年龄不相称的慈悲和关爱,他老成地向人们挥手,给挤上前的老人摩顶祝福,尽管他还不会一句藏传佛教的经文,但人们有他的这一轻轻的触摸就心满意足了。也许孩子只把这一切视为某种童心世界里的游戏,但孩子的落落大方和对人们欢呼的欣然接受,已足以令人感到这种种神秘的奥迹,的确是前世活佛转世投生到这个孩子身上了。"参见范稳:《水乳大地》,人民文学出版社2004年版,第84—85页。

  [②] 范稳:《悲悯大地》,人民文学出版社2006年版,第53页。

  [③] 范稳:《悲悯大地》,人民文学出版社2006年版,第53页。

这一追问其实已道破某种真相，令培楚多少有些无奈地表示："你一定以为这只是传说。"① "我"那时候的心理活动，大概和《大地雅歌》里的杜伯尔神父不无相似。在顿珠小活佛指着寺庙中的一尊佛像，告诉杜伯尔神父这尊佛像"是从西天飞来的，在必要的时候，他会开口说话，甚至还会为人间的苦难和恶行流泪，他曾经用自己的眼泪阻止过战争和杀戮"，杜伯尔神父以一种现代西方人的傲慢立即断定，"这是一个还生活在童谣中的民族"。② 这一判断让人想起那本有趣的通俗人类学著作《天真的人类学家》中的一个细节，这位人类学家表示，作为一名现代人，对于原始部落中人们的惯例说法常常感到困惑不已，在他想要打听一个人的时候，人们的回答尤其让他哭笑不得：

我问："谁是庆典的主办人？"
"那个头戴豪猪毛的男人。"
"我没看到头戴豪猪毛的人。"
"他今天没戴。"③

不同文化的人们对万物分类和指认的方式可能大相径庭，因此，那些在"我"和杜伯尔神父，以及阅读着这些小说的我们看来超出常理的藏地神迹，或许只是因为在彼时彼地，人们更习惯用一种对现实与幻想不予区分的方式面对世界。不是因为有神迹才笃信，反而是因为笃信才想象出了神迹。而对于笃信的人们来说，所信之事就是现实本身。因此，我们当然可以相信马尔克斯所说的，他在《百年孤独》里写下的并不是什么"魔幻"，而正是在拉美大陆每天都会发生的真实。事实上，对此他早已解释得极为透彻："看上去是魔幻的东西，实际上不过是拉丁美洲现实的特征。我们每走一步都会遇到其他文化的读者认为是神奇的事物，而对

---

① 范稳：《悲悯大地》，人民文学出版社2006年版，第55页。
② 范稳：《大地雅歌》，北京十月文艺出版社2010年版，第142—143页。
③〔英〕奈吉尔·巴利：《天真的人类学家》，何颖怡译，广西师范大学出版社2011年版，第82页。

我们来说却是每天的现实。但是我认为，这不仅是我们的现实，而且也是我们的观念和我们自己的文化。我们由衷地相信这样一种现实的存在，它和理性主义者划定的现实的范畴相去甚远。……所以，我们认为是现实的、真正现实的东西，他们便认为是神奇的，并且为了进行解释而找到了神奇现实主义或魔幻现实主义之类的说法。而对我来说，这就是现实主义。我自认为，我是个社会现实主义者。我不善于做任何想象，不善于虚构任何东西，我只限于观察，把看到的东西讲述出来罢了。"①也因此，当培楚无奈表示"你一定以为这只是传说"时，"我"的回答是："不，这是你们的一段历史。"②

"我"的态度是令人愉快的，因为尽管可能无法理解，但至少愿意承认，每种文化都可以有自己理解世界的方式，而不同的理解方式之间不应有简单的优劣高下之分。但是当杜伯尔神父用"童谣"来隐喻活佛的思维方式时，其中显然包含了一种居高临下的姿态：他将藏地文化判定为文明的初级阶段，是"落后"的文化；而他自己，以及他所代表的基督教文明，则更为先进。杜伯尔神父的中心主义当然足可鄙薄，但那是否代表了很多人的心理？又或者，还有更加隐秘也更值得警惕的立场？——譬如，不仅自负地做出价值判断，并且认定这种价值判断永恒有效。如果在读到上文所引《香格里拉客栈》那段文字时，我们会感觉"教堂里的赞美诗"在那片藏地村庄里显得格格不入，是否不仅仅意味着我们对藏地历史缺乏常识，更说明当我们以固化想象认识藏地的时候，实际上隐隐希望它始终停留在遥远的过去，以便于我们去寄托疲倦的心灵，而并不希望雪山下的村庄和人们有丝毫改变？

如果多少存在这样的可能，那么既然范稳执拗地让"教堂里的赞美诗"回荡在雪山脚下，并在"藏地三部曲"里反复书写神父们不惜殉教也要进入藏地的故事，他的鹄的就不会仅仅是想象藏地之"神奇"，而必然触及一系列问题：至迟自上个世纪之交以来，"现代"究竟如何进入藏

---

① 〔哥伦比亚〕加西亚·马尔克斯：《两百年的孤独》，朱景冬译，云南人民出版社1997年版，第236页。

② 范稳：《悲悯大地》，人民文学出版社2006年版，第55页。

地？它造成了怎样的改变？这些改变对藏地又意味着什么？

二、对话

事实上，从《我们播种爱情》开始，这一系列问题就始终是汉语文学想象西藏的核心论题。和当时主流革命叙事颇为不同的是，这部以西藏为题材的"红色经典"，因为当时对藏政策的限定，不宜聚焦在阶级斗争。这反而让《我们播种爱情》拓出新路，讲出了同时代其他作品未能讲出的社会主义制度优越性：我们党的奋斗目标不仅仅是要打倒剥削阶级和压迫阶级，解放被剥削阶级和被压迫阶级，还要解放生产力、发展生产力，建设一个现代化的新中国。《我们播种爱情》的故事主线围绕地方工委的工作展开，而地方工委的主要工作又聚焦在农业站的发展。和汉族地区可以靠土地改革"翻身""翻心"，赢得人民群众支持和理解有所不同的是，在这部小说中，藏民对我们党的认可和接受是因为党带来了先进的生产技术，开通了公路，并为藏地描绘了一幅令人心潮澎湃的现代化蓝图。马原的藏地书写尽管可能在有意无意之间造成了某种特定想象，但经由现代生活与荒远传奇的拼贴，多少也提醒我们在时空错位的境遇当中，藏地进退两难的尴尬处境。而较之马原，可能扎西达娃才是20世纪80年代更值得关注的藏地书写者。身为藏民，同样采取先锋派手法写作的扎西达娃，理应比那个远来的汉人更关切藏地在整个世界扑面而来的时刻，究竟应该怎样迎向未来。他在多种小说里，都忧心忡忡地表达了对于藏地如何进入"现代"的思考。《西藏：系在皮绳扣上的魂》结尾处那被误认作无上佛音的洛杉矶奥运会开幕式音乐，实在既戏谑又悲凉，充满反讽意味又不无挽歌情怀地指出即便在彼时彼地，想要躲回到旧日的幻梦中恐怕亦不可得。而阿来著名的《尘埃落定》，更是特意挑选了川藏边地作为演绎传奇的舞台，那恰是已被现代文明半殖民地化了的汉族地区和相对封闭的藏族地区的交界之地，是古老和现代交锋的前沿。小说最具创造性的一笔，讲述的正是在那样一个"现代"君临的时刻，"傻子"如何在麦其土司领地的边界打开古老碉堡，建成一座拥有现代交通、现代商贸和现代金融的现代城镇。在这里，阿来不仅以极具快感的速度凭空建起城市，更以文学的方式具体、细致而富有想象力地书写出藏地走向现代的别种可能。①

和阿来一样,范稳的"藏地三部曲"也选择了那个传统与现代交替的时刻,让故事发生在藏边交界地带。但较之川藏边地,滇藏边地的民族构成和文化构成又更为复杂。这意味着范稳在作品中探究的主题,必然也和《尘埃落定》有所不同。他已不再满足于将既有的时间折回,从过去的某个时刻岔出一条历史歧途,而更致力于在一个诸多元素复杂互动的空间之内,追问所谓"藏地"是否确是铁板一块,而所谓"现代"又是否真是一个光滑均质的概念。

范稳热衷于书写的那道峡谷是澜沧江历千万年冲刷而成。这条大江发源于青海唐古拉山,流经西藏和众多少数民族聚居的云南,流出国境之后,就成了湄公河,养育了缅甸、老挝、泰国、柬埔寨、越南五个国家。受惠于它的子民,民族未必相同,肤色未必一致,文化更相去甚远。而范稳架在澜沧江两岸的那道峡谷,其生态同样如此丰富:这里生活着藏族、汉族、纳西族,还有从欧洲长途跋涉而来的白人传教士;他们信仰着藏传佛教、儒教(姑且将之亦作为一教)、东巴教、基督教,还有不崇神佛的马克思主义;除此之外,土司、头人作为一种强大的世俗力量,也和包括藏传佛教在内的诸多宗教信仰势力形成博弈的态势。

在这复杂的格局当中,白人传教士的基督教当然带有鲜明的现代色彩。《水乳大地》里,神父们获得信徒的重要方式,即是用现代医学打败那些在这古老大地上长久游荡而面目不清的魔鬼:疾病、瘟疫。而《大地雅歌》中,杜伯尔神父殉教之前,也是靠现代的接生技术得到了一个忠心耿耿的藏人兄弟。吊诡的是,这些现代医疗技术,很有可能仍被藏民视为一种魔法:神父们用白色药丸医好野贡土司家的疟疾之后,土司只能将这药丸与喇嘛们的法力相提并论,除此之外,他不知该怎么理解如此"神迹"。②而为了传教便利,神父们对这样的误解不仅甘之如饴,甚至推波助澜。正如杜伯尔神父意识到"这是一个还生活在童谣中的民族"之后的

---

① 参见丛治辰:《西藏能够"现代"吗?——当代西藏书写的脉络与困境》,《东吴学术》2016年第1期。

② 参见范稳:《水乳大地》,人民文学出版社2004年版,第19页。

盘算："让这个还在做梦的孩子和他神权之下的喇嘛们继续沉睡在梦中吧，这对我们的事业有好处。"①童谣意味着纯真，却也可能意味着轻信，纯真便于被欺骗，而轻信更容易被玩弄。很显然，神父们来到藏地，可不是为了"现代"的启蒙，这让基督教/现代这组关系不免显得暧昧可疑。更加可疑的是，为了对付藏民土著和藏传佛教的仇视，无论在《水乳大地》还是在《大地雅歌》当中，神父们都的确是顿珠小活佛所说的"骑着炮弹的魔鬼"，除现代医学之外，现代的高效杀人武器也是他们打开藏地大门的重要钥匙。《大地雅歌》中《宗徒大事录》一节披露的藏地传教史俨然是一部炮火和血腥的历史，分别于1893年和1896年担任擦卡本堂的任神父和彭神父依靠官军或自己组织的武装，作风极其强硬，一定造成了极大民愤，否则必不至于在1905年，因官军处置暴动和迫害天主教徒事件失当，"滥杀无辜，无数村庄被官军的炮火夷为平地，更激起康巴藏族人的仇恨"②。其实，即便在硝烟消散的相对和平时期，在看似友好的谈话当中，基督徒恐怕也不大会将藏传佛教看作是平等的对手。当杜伯尔神父以欧洲大学里自由学习的原则做比拟，希望顿珠活佛允许自己到藏地传教，和藏传佛教平等竞争的时候，顿珠活佛反问："如果我们的宗教到你们的国家去传教，正如你们在我们这里做的一样。你们会欢迎吗？"对这个问题杜伯尔哑口无言，他居然从未想过这种可能性，因此，他本能的想法不能控制地宣之于口："你们？你们连大海都没有见过，你们的文明比欧洲落后了大约一千年。请恕我冒昧，你们在文明的欧洲会被关进马戏团的笼子里。"③

顿珠活佛的问题，或许是鉴别一个自称平等自由之人是否可信的最好办法：如果他所宣称的平等自由之事只允许由他施行而由他人承受，反之则断难接受，那这种平等和自由就不过是侵犯甚至侵略的代名词。不应忽略的是，几乎就在《水乳大地》中两个神父进藏传教的同时，在青藏高原另外一侧，另一支白人队伍也在向拉萨进发：

---

① 范稳：《大地雅歌》，北京十月文艺出版社2010年版，第143页。
② 范稳：《大地雅歌》，北京十月文艺出版社2010年版，第192页。
③ 范稳：《大地雅歌》，北京十月文艺出版社2010年版，第222页。

"（1903年）11月16日，英国政府确认，受英属印度总督乔治·寇松（George Nathaniel Curzon）的委派，一支远征军已在前往西藏方向的途中。约一万士兵在麦克唐纳（J. Macdonald）的带领下奉命护送一个由荣赫鹏（Francis Younghusband）率领的200人代表团翻越喜马拉雅山。"该代表团要在拉萨就一个贸易协定和受英国保护的锡金与西藏之间的边界问题（即割让领土）进行谈判（端着枪）。而到那时为止，达赖喇嘛对英国方面的会谈提议通通予以拒绝。"出于对与中国内地间关系的考虑，同时也考虑到和在满洲要求继续分食中国蛋糕的俄国可能产生的利益冲突，伦敦政府尽可能推迟启动上述行动。""远征军队在边境地区过冬之后拟于1904年挺进拉萨。"①

不难发现，杜伯尔神父那种或许自己都未意识到的欺骗并不只是发生在藏地，那样的傲慢和蛮横，和1840年以来"现代"侵入整个中国的方式十足相像。如果说在小说里，基督教和所谓"现代"构成某种隐喻关系，与藏传佛教及所谓"落后"的隐喻关系构成二元对立，那么无论是基督教还是"现代"，都具有两面性：一面是仁慈与爱，一面是战争与血；一面是救死扶弱，一面是滥杀无辜。范稳由此写出了"现代"降临藏地（其实也可以是整个中国）时的乱象：古老的时代远未逝去，而新的时代其实无法到来，居高临下的"现代"或基督教并不能开启新的时间，只不过制造了一个更加活跃和复杂的空间，为本来就多元共生但长久以来已达成一种微妙平衡的滇藏边地峡谷地带注入了一支新的力量。

《水乳大地》全景式地书写了一百年的历史，这一百年正是诸多民族和他们背后所依恃的文化力量激烈争夺峡谷空间的历史——事实上，也是在隐喻的层面上争夺藏地的历史。在范稳笔下，这一百年充满了血腥。正如小说中那些不同宗教的僧侣自己也一再深感困惑的那样：明明是宣扬

---

① 〔卢森堡〕阿尔伯特·艾廷格：《"西藏问题"国际纷争的背景、流变及视域》，周健、曾文卉、何妙生译，五洲传播出版社2018年版，第31页。

仁爱的宗教，为什么在对待自己教敌的时候却如魔鬼一般残忍和邪恶？这当中难以化解的矛盾绝不仅仅是因为观念上的误解，而一定包含着某种观念以外的原因。那些渴望叩开藏地大门的神父想当然地认为，一种稳定持续了很久的文化形态具有顽固的保守性，因此，对于新鲜事物充满敌意。这固然是一部分事实，但古老的文明并非不会变通——正如《悲悯大地》中所回顾的那样，藏传佛教也并非天然是藏地文化不可分割的组成部分，迟至松赞干布时代，藏传佛教才逐渐开始取代苯教，成为这一民族的标识性文化。①——阻碍藏地接受基督教的，或许不仅仅是后者那种不可回避的异质性，还因为与这新鲜的外来文化相伴随的，是一种严重的不平等姿态，从而和本土文化之间构成不可调和的紧张对立。

更加发人深省的是，这种紧张对立甚至可以无关乎传统与现代。在《悲悯大地》当中，基督教/现代的身影相当模糊，但峡谷两岸的两个家族，以及他们身后同属藏传佛教的红教与黄教，依然可以被仇恨与谋杀世代支配。将这样一部作品插入"藏地三部曲"当中，让人意识到范稳的思考甚至超出了前述的具体历史问题，那无异于刻意向读者说明：将传统的藏地文化视为善而将西方的基督教文化视为恶，就像将藏地文化视为落后而将基督教文化视为先进一样，是不智的。只要有足够的差别心，即便是酷似兄弟，也可以反目成仇；反之亦然。教派、观念与文化的差别固然是不可回避的问题，但解决这一问题的心态和方案才更具有决定性。《悲悯大地》里峡谷两岸的两位英雄各自去寻找自己的"藏三宝"，寻找各自成为英雄的道路，相当意义上，他们也是要寻找一个办法，去解决峡谷中世代传递的仇恨，大而言之，是寻找藏地的出路。在小说结尾，那个找到了宝刀、宝马与快枪，因而自以为拥有无限力量的达波多杰终于在历史的滚滚洪流面前承认了自己的失败，他的失败再次重申了一个早在七十余年前，我们党就认识得相当清楚的事实：战争与对立绝非解决藏地问题的关键。真正的出路在那个苦修成佛的阿拉西手里，那是一种各个宗教都应共享的信仰，即无论怎样周而复始地遭遇挫折、剥夺、屈辱，仍以一种坚忍的精神力量，去宽容和善意地对待世人，甚至自己的仇敌。范稳借此表明

---

① 参见范稳：《悲悯大地》，人民文学出版社2006年版，第344—348页。

了他的立场：藏地不需要暴力、仇恨和对立，需要的是宽仁、善意和理解。

其实早在《水乳大地》当中，范稳已充分表达了自己的态度。多民族、多宗教共处的峡谷两岸，绵延一百年的仇杀，在历史长河当中只是无谓翻腾的浪花，除了灾难，几乎没有沉淀下任何有价值的东西。在基督教神父引来清兵对喇嘛们大动干戈之后，"军队班师回朝，峡谷里满目疮痍。沙利士神父在清军的保护下到高山森林中把那些还躲在树上和岩洞中的教民接回来。人们发现峡谷里现在既没有教堂，也没有寺庙了。心灵不知道将存放在何处，未来也不知道将交给谁"①。争则两伤，和则互利，峡谷里的人们要在一百年的时间里反复理解这样的道理。直至在政府主导下，灾难的历史结束，不同宗教的僧侣们终于可以像兄弟般坐在一起，全都成为政府的座上宾，也成为藏民们的精神守护者。而在《大地雅歌》里，范稳更是简明有力地凝练出两个字："对话。"在决定谁更有资格冒着光荣殉教的风险回到擦卡、入藏传教的前夜，杜伯尔神父提供了一种更富创造性的思路，最终说服了古神父："副主教大人，看看我们殉教的神父们，他们以自己宝贵的生命试验出这样一条教训：炮弹不能改宗他们的信仰，对抗只能加剧隔阂和仇恨。在西藏传教，尊重我们的对手，敞开我们的双臂，拥抱他们的文化，和他们展开对话，我们才有发展的空间。……去发现佛教中的基督。……如果我们不动辄就请政府出兵弹压，如果我们不一来到西藏就以文明人自居，如果我们在与藏族人的交流对话中，更多地了解到这个民族的文化传统和风俗习惯，教案就不会那么频繁地发生了。……藏族人是最骄傲敏感的，我们的优越感在他们看来是多么的愚蠢和自负。我们纵然认为自己是谦卑的，是主耶稣的羔羊，我们甚至也和他们一起挨冻受饿，和他们一起承受瘟疫、疾病、天灾人祸的试练。可是在骨子里，我们在这里把自己当贵族。"②杜伯尔神父无疑极富见地，也有令人崇敬的谦卑热忱的宗教意志。可惜的是，如前所述，在面对顿珠小活佛提问时，他下意识的回答证明他仍旧还是"以文明人自居"，在骨子里"把自己当贵族"。而更让人感到悲哀的在于，他的竞争对手——那

---

① 范稳：《水乳大地》，人民文学出版社2004年版，第62页。
② 范稳：《大地雅歌》，北京十月文艺出版社2010年版，第200—201页。

些喇嘛,除顿珠活佛以外,几乎还没有人能够理解他所说的"对话"是什么意思。很显然,所谓"对话",不仅仅是一个词而已。从提出这个词,到这个词在峡谷两岸成为现实,从观念到实践,需要包括这一观念的提出者在内,看到比观念更为切实的存在。

三、共存

《水乳大地》中,"对话"之得以实现,依靠的是一种不无游戏意味的小说手法。那甚至已不仅仅是"对话",更是一种你中有我我中有你的血肉关系。范稳以血缘姻亲为纽带,轻巧弥合了各个宗教,乃至于世俗力量之间的冲突:第一代基督教徒的曾孙被认定是藏传佛教的转世灵童,曾经打砸教堂的青年成为"文革"后第一个神父,长久以来让峡谷里的人们闻风丧胆的土匪泽仁达娃皈依佛门,成为最忠诚于活佛的喇嘛,他的妻子则将余生献给基督,当了修女,而他们的儿子木学文,却以共产党员、地区专员的身份回到家乡。一百年之后,那些相互之间剑拔弩张的不同信仰已混在一起,难分彼此,此时任何争斗都显得极为可笑。那些曾经不共戴天的人,似乎随着时间流逝,就能自然而然地在峡谷地带结成多民族的共同体。

但如果仅靠时间就能解决一切,何以在"藏地三部曲"所叙大部分时间里,矛盾冲突始终那么激烈?从对立到对话的漫长岁月里,究竟有什么决定性的因素出现了?不难发现,"红汉人"在这三部小说里都显得极为关键:如果没有木学文的斡旋,《水乳大地》里的活佛大概很难和神父那样平和地交谈,并同样作为政协委员,让"宗教庇护一切";如果没有"红汉人"的介入,《悲悯大地》中坚忍的宗教精神要去抵挡宝刀、宝马和快枪,难免有如螳臂当车;如果不是政府积极推动,《大地雅歌》里流落台湾的藏人是否能够回到峡谷家乡,让一切恩怨情仇都归于田园牧歌般的晚年生活,当然也未有定论。作为一种更令人信服的现代性方案的实践者,被藏民称为"红汉人"的新中国政权,显然为弥合峡谷中的诸多矛盾对立,进而凝铸和谐共存的多民族共同体意识,起到了至关重要的作用。但如果只是要强调这一历史合法性,范稳何不像《我们播种爱情》一样,浓墨重彩地正面书写藏地社会主义改造的伟大进程？在《我们播种爱情》已经出版风行近半个世纪之后，他写作"藏地三部曲"的意义何在呢？

事实上在小说中，范稳恰恰有意无意地回避过于直接具体地书写新中国政权所发挥的作用，似乎因为那已是常识，正可留白处理，由读者自行补足。更多时候，范稳强调的是"爱"，强调用一种宽阔强烈的宗教情感去对待异教徒，化解仇恨。在《大地雅歌》里，范稳甚至直接以"爱情"为主题，让"爱"更加具象化，写出了一个康巴英雄在草莽生涯、基督感召和马克思主义之间，艰难追求爱情，也寻找人生道路的历程——当然，在隐喻的结构里，那也是在探索开拓藏地的幸福之路。这里的爱情因此绝不只是爱情而已。小说反复强调"爱情永恒"，关于这四个字的意思，在《阿墩子志》一节中以大地之名，阐释得最为充分，并隐隐和《水乳大地》《悲悯大地》构成密切的互文关系：

> 自古以来，我就是汉人地界前往西藏的一扇温暖又威严的大门，在我的大门外，驿道一直通往汉人地界的心脏；而在门内，除了藏族人外，还有汉人、纳西人、彝人、傈僳人……他们来到雪山峡谷里讨生活，只要不触犯我们的神灵，大地上的慈悲也对他们一视同仁，好几百年来人们都是这样和睦相处。有时，他们也相互打仗，争来杀去，但战火的硝烟还没有散尽，爱情的牧歌就飘起来了。各个民族的人们照样通婚、做生意。战争总是短暂的，而爱情永恒。①

所以爱情是什么呢？爱情连接了男人和女人，也连接了一代又一代人。通婚之后是做生意，做生意是为了讨生活。爱情是生活的黏合剂，甚至可以说，就是生活本身。不要忘记，无望恋慕玛丽亚几十年的奥古斯丁之所以最终能够赢得爱情，除了他如圣徒般忍耐、仁慈和牺牲之外，更重要的是，在漫长的岁月里，他陪伴了她。而当史蒂文回到家乡，玛丽亚对他最主要的怨怼，是他在她的大部分人生里消失不见，未曾陪伴：

---

① 范稳：《大地雅歌》，北京十月文艺出版社2010年版，第130页。

> 我认不得几个字,我不看信,我看人!早干什么去啦?现在写信回来算个什么东西?那么些日子都过去了,我天天等的人一个都不回来。家里养条狗、喂几只鸡,天黑了还晓得回家哩。你以为我是城里的那些小姑娘吗?写几句哄鬼的话就让我的白头发变黑了?就把我脸上的皱纹抹平了?就让我挨过的那些苦日子像水一样流走了?世上有这么容易的事情没有?①

时间从来不是无内容地流淌,它不仅仅是不能变黑的白头发,不仅仅是不能抹平的皱纹,还是那些一天一天挨过来的苦日子。而"红汉人"所建立的新中国的优越性在哪里呢?朴素言之,不正在于能够保障汉人、藏人、纳西人乃至中华民族共同体当中的所有人,使他们都能够和乐地生活吗?就此而言,"藏地三部曲"中所谓共同体的最基本前提,乃在于共同生活。

范稳由此表现出他的独特性,他和那些不断将藏地及藏文化进行景观化处理的作家有着本质区别。在范稳笔下,藏地绝不是一个看似形象明晰、实则无所指涉的空洞能指,而是活生生的男人和女人,是峡谷两岸一代代的生老病死。在这同一个空间中,不同观念起冲突当然在所难免,但比观念更重要的是生活,所有冲突终究都将被现实生活吸纳,成为此地文化的一部分。早在《水乳大地》中,范稳便借由一个法国女郎,道出了藏地信仰的现实渊源,亦指出在观念和生活之间究竟何者为要:"她在峡谷上空狂风的猛烈撕扯中忽然顿悟:要是没有信仰,这里简直没法生存。"②由是观之,那些被范稳刻意讲述的神奇故事,更像是一种反讽:在"藏地三部曲"中,神迹从来未能真正解救藏民的苦厄,正如那个被一厢情愿建构出来的雪域佛地也不能真正解决现代人的精神危机。范稳所关心的始终是在具体的空间与时间里,人如何具体地生活;范稳判断一切的标准亦在于,这种具体的生活到底对于这里的人而言是好还是不好。没有这样的关怀和

---

① 范稳:《大地雅歌》,北京十月文艺出版社 2010 年版,第 397 页。
② 范稳:《水乳大地》,人民文学出版社 2004 年版,第 69 页。

标准，西藏的大地就会收缩局促，成为一个符号。如果毫无根据地将藏地驱逐出现实或世俗生活，希望藏地是一个与世无涉且亘古不变的精神飞地，希望藏民们保持着万世如一的生活方式，既不会信仰基督教，也不会使用望远镜，那就不但可笑，而且自私。如此想象的人们大概从来都不会问一句：那些生活在藏地的人，当真希望这样吗？

范稳的短篇小说《蓝色冰川》更为直接地提出了这个问题，我以为在这篇小说里，能够找到"藏地三部曲"的隐秘总纲。两个所谓的"驴友"暂时告别都市的中产生活，到雪山寻求别样的生命体验。像所有那些把西藏当作旅游符号来消费的人一样，他们面对雪山和冰川，面对淳朴、善良、富有原始生命质感的康巴汉子尼玛，打开了内心最阴暗的一面，自以为获得了现代社会中久违的神圣感和敬畏感。但他们也像所有类似的旅人一样，回到城市便将雪山冰川，以及所有的承诺与深情都抛诸脑后，仅仅把那次旅行变成一点茶余饭后可供吹嘘的资本。小说的深刻之处在于：如围城一般，城里人想到藏区去，藏区的人也想走出来。尼玛来到城市里寻找当年共过生死的两个同伴，多少有些投奔的意味，他深深的失望和疑惑是可以预料的：他不知道自己从小生长的雪山，对于他们来说只是一场好梦，浪漫和刺激都与现实无涉。尼玛希望他的城里朋友帮助他在冰川下建一个网吧客栈，吸引更多的游客来看冰川，但是城市白领白芸完全不能想象拥挤的游客塞满西藏的冰川美景，那让她觉得西藏不再是她心目中的西藏了。白芸对尼玛的反对显得那么理直气壮，但在我看来，尼玛的回答更需要我们一再思考：

"……那是一条多么脆弱而美丽的冰川啊，它不能毁在你们这代人手里。你明白吗？"

尼玛听得发愣："可是，可是要是不来游客，我们怎么赚钱？这两年村庄里家家都在盖新房子，都是靠牵马当向导挣来的钱啊。"

白芸的口气忽然变得有些严厉："你们只考虑自己挣钱，冰川谁来保护？"

尼玛被白芸的话吓住了，嘟噜道："那……那你要我们怎么办呢？冰川又不能当粮食吃。"

"尽自己的爱心吧，尼玛，我反对你建那个网站。你招徕越多的游客，我越为那条蓝色的冰川心疼。谁都去冰川雪山糟蹋那里的环境，那藏区还有什么神秘感？"

尼玛深感委屈。这叫什么话？我们藏族人从来都把远方来的客人当亲人看待，从来都是献上最洁白的哈达，捧上最热乎的酥油茶，倒出最醇香的青稞酒。哪个藏族人会拒绝一个客人的造访呢？当初是谁愣要爬到冰川上去？自己都能去，别人就不能去了么？保护冰川，为谁保护呢？要是你们这些背包客不来，村里人除了放牛才上去，谁会去惊动冰川啊？

……白芸问尼玛和卓玛的关系怎么样了？尼玛回答说，因为我给游客当向导，挣钱比以前多了，卓玛已经重新喜欢上了我。

白芸不客气地说："你为了自己的爱，不惜牺牲冰川的宁静吗？"

尼玛也不客气地问："难道我不该爱卓玛吗？"①

——又是"爱"。爱不仅仅需要美丽的冰川，还需要新房子和钱。白芸的愤慨是那么令人感到熟悉，但尼玛的问题又何等切实：为什么我们的生活本身，不比观念和想象更重要？回答尼玛的问题无疑是困难的：在自然生态、民族文化和现代生活之间，究竟要如何选择？是否可能存在一种共生之道？而那看似可行的共生之道，是否难免磨损掉一些古老岁月里沉淀而成的文化特质？不过对于这个问题，我以为范稳早已在《香格里拉客栈》里给出了答案。在白芸所能够回忆起的画面里，只有一座蓝色的冰川巍峨矗立在太阳之下；但在《香格里拉客栈》那幅颇具典型意义的藏地风情画里，不但有冰川，还有寺庙，有房屋，有劳作的人们，有他们日日夜夜的日常生活。

---

① 范稳：《蓝色冰川》，《小说精选》2007年第2期。

在近年有关中华民族共同体的论述中，有论者指出，铸牢中华民族共同体意识，靠的是民族之间的交往、交流、交融，而要实现民族交往、交流、交融，最有效的抓手是建立各民族相互嵌入的社会结构和社区环境。"各民族相互嵌入的社会结构和社区环境"是什么意思？那不正如范稳笔下的那条峡谷一样，意味着一种多元共存的生活场景？范稳并非理论家，他的写作自非要在理论上有所说明和阐释，但他却以小说家的敏感，给我们以生动的启发与印证：在多民族多文化的空间——小至一道峡谷、两片村庄，大至一个国家——当中，仁慈、宽容、和谐、幸福的生活才至为重要，远胜过观念层面的任何一种固化想象。①

（原发表于《中国文学批评》2023年第2期）

---

① 参见郝亚明：《民族互嵌与民族交往交流交融的内在逻辑》，《中南民族大学学报（人文社会科学版）》2019年第3期。

洋装岂止是洋装 上海背后是中国
——论禹风《大裁缝》

一、洋装

禹风的长篇小说《大裁缝》，顾名思义，一目了然，写的是裁缝。具体而言，写的是由宁波奉化走出，从日本横滨学艺，又复返上海开枝散叶，影响远及北京、天津、哈尔滨的"红帮裁缝"。近年来，以某一行当为书写对象的小说并不鲜见，汪一洋《国脉》写邮政，陈继明《平安批》写侨批，葛亮《燕食记》写厨业，都在一个行当的兴衰里，融进大时代的浮沉。与之相比，《大裁缝》的选题尤有历史感。盖所谓"红帮裁缝"，专指裁剪西式服装者。鸦片战争结束之后，宁波亦是"五口通商"的口岸之一，远来洋人从海上登陆，头顶怪异红发，被宁波人称为"红毛人"，为"红毛人"制衣的裁缝，就是"红帮裁缝"。因此，这一行当的诞生，本就与帝国日衰、西风东渐的千年变局有关，它是古老中国被迫进入现代世界体系的一个看似微不足道的副产品。就此而言，《大裁缝》从1860年直写到1943年，且巧运匠心地以标志性历史段落结构叙事，将"红帮裁缝"这一说新不新，说旧也不能算旧的行当与中国近代以来的屈辱史、抗争史密实地缝合在一起，实在良有以也。不过，一个出色的小说家绝不会甘心被历史左右，禹风刻意让叙事时间发生了一点小小的曲折——小说第二章先叙北京城中的时代气象和由这气象造成的五四运动，而后才在第三章里补充乔方才（小名"茹生"）横滨学艺的往事；第四章又先铺陈十里洋场的繁华景象和从繁华底部爆发的五卅运动，而后才在第五章里插叙乔四如何在哈尔滨习得罗宋西装制法——这让"红帮裁缝"在技术上的两次发展，有意无意躲到了恢宏历史背后，莫名地显出一丝暧昧。偌大的中国在流血，在流脓，红帮裁缝们却在向敌人学习如何讲究穿着。那华丽的"皮袍"下，倒似乎真藏着鲁迅意义之外的另一种"小"了。

但禹风写的可是"大裁缝"。何谓"大"？以资财和地位而言，乔家以一把剪刀、一卷皮尺做出偌大产业，当然可以称"大"；以品格气节论，恒必祥甘冒破家风险拒绝为侵略者量体裁衣，也确乎算是伟岸。但"大裁缝"之"大"可能并不只是要表彰某个具体的个人或家族，还涉及对"裁缝"这一行业的整体认知。小说中一再宣称，在城头变幻大王旗的近现代上海，无论何时，红帮裁缝们都不会缺少顾客。那是因为"人身上没真正的荣耀，一身好西服则满足了一百年来上海滩男人们对荣耀的渴望"[1]；是因为每一批上海新贵，都会在成功占领这座城市之后迫不及待地走进西装店，置办一身光鲜的行头："一套妥帖贵气的深色西服是他们此刻渴慕的，这简直不再是衣装，而是异形的拐杖，是猢狲们荡高时需要拉扯借力的树枝……"[2] 这活像小说中提及的那些刚从赌场赢钱出来的赌徒，他们同样会第一时间走进西装店，将短暂的运气换作一身长久的荣光。而对于那些失败者，那些在城市角落默默死去的人而言，衣服同样重要。王小虬家的厨师阿申因鸦片瘾重而被辞退时，乔方才给他的临别赠礼是一件西洋式的披风和一条呢裤子。"很可能那些新衣服马上就会换了大烟，但茹生还是固执地盼望阿申有一天能穿得齐齐整整地倒毙在县衙门前，不给他自己，也不给其他抽鸦片的男人们丢脸……"[3]19世纪的上海已是一座必须靠鲜衣怒马来加以点缀的奢靡华都，在这里，穿衣当然不仅仅是为了御寒遮羞。衣装是脸面，是尊严，让征服者可以沐猴而冠，让枉死者能勉强含笑九泉。小说中服装与制作服装的裁缝行都超出其本来的世俗味道，而具有了某种象征意义。

---

[1] 禹风：《大裁缝》，浙江文艺出版社2022年版，第8页。
[2] 禹风：《大裁缝》，浙江文艺出版社2022年版，第4页。
[3] 禹风：《大裁缝》，浙江文艺出版社2022年版，第37页。

这象征意义当然不是虚荣与浮华而已,如果和具体的历史联系起来,《大裁缝》赋予服装与裁缝的精神内涵便显得复杂而堂皇。"红帮裁缝"源于为"红毛人"服务,但当然不是只能为"红毛人"服务,也不意味着从洋人那里学来的手艺,做出的只是洋装。既然衣服在布料之外又被赋予了精神的质地,红帮裁缝们便会不断发掘与创造文化因子,缝进丝线中去。在跟随麦牧师拜访太平天国首领时,乔方才便对这些"叛民贼子"的服饰颇感兴趣:"他一直呆呆看王爷和王子身上简单却好看的衣裳,这恐怕就是前朝汉人的服饰!茹生觉得一股特别的清气氤氲在这王府,汉式服装让他目眩神迷,雅致又飘逸,如入幽兰之室!……剪裁之道,在于格调,明显他遇见了格调高雅的织造物。"① 乔方才在这些格调高雅的织造物里看到故国传统于今犹存。尽管只是惊喜的一瞥,却分明让我们在他闪烁的眼神里看到清朝立国几百年里,五湖四海不曾彻底磨灭的恢复华夏之渴念。此种情感在乔方才的岳父论及和服时再次迸发:"阿爹同她讲这本是古代汉人的服装,日本人叫作'吴服',大概是古时江浙一带的汉人服。阿爹切齿说满族人以'扬州十日'和'嘉定三屠'坐稳大清天下,杀人如麻,一举灭了汉人的礼乐冠服。如今大清气数将尽,你学学做和服也好,说不定将来回老家,中国人改回古制,都穿前朝衣服了呢。"② 但是历史当然无法回头,"驱除鞑虏,恢复中华"不过是借革命的口号而已,由和服念及汉服,在日本切齿清朝,倒令有着后见之明的读者不能不哑然苦笑。

但正如中国之现代进程的确从日本多有借鉴,乔方才亦同样是在日本才更深刻地理解了自己所操持的手艺。在这个励精图治、力求脱亚入欧的弹丸之国,乔方才第一次认识到洋装与长袍马褂的本质区别。"自从第一眼看见麦牧师的西服,他就懂了男人不能被冬烘衣裳限制,男人必须穿上能提供自由的衣裳,摆脱衣裳的限制,做自己该做的事。"③ 尽管在见到麦牧师时乔方才已对二者暗作比较——"牧师举手投足,没被衣裳挂累,爱怎么跳怎么跑都行,比武馆师父穿的练功服都轻省";"马褂长衫,太

---

① 禹风:《大裁缝》,浙江文艺出版社2022年版,第35页。
② 禹风:《大裁缝》,浙江文艺出版社2022年版,第83页。
③ 禹风:《大裁缝》,浙江文艺出版社2022年版,第38页。

碍手碍脚，难以跑动"①——但只有在日本国民纷纷脱下和服换上洋装的集体氛围中，乔方才才会意识到那种轻省的装束对于一个民族而言意味着什么。那不是衣服，而是一种昂扬奋发的心态，是追求实用与效益的现代观念。面对暴增的西装订单，看到日本男人解开发髻，脸上露出那种拨云见日的强烈表情，乔方才甚至想到了赵武灵王的胡服骑射——自古以来，在那些重要的转折时刻，服制之变从来都不是小事。

因此，1905年乔正冠、乔端冕兄弟俩才会在横滨店里见到刚刚创立中国同盟会的孙中山与黄兴。意气风发的孙中山更为犀利、更为一针见血地指出，"中国男人历来的长袍马褂妨碍行动，阻滞行走速度，从而使中国男子的体魄衰弱"，因此嘱托乔家"从西服、日本士官服和学生服等服装中博采众长，设计出能帮助国人强健的中式新服，助中国男人昂首挺胸立于天地之间"。② 于是就有了中山装。从孙、黄二人这次到访，到1924年黄埔军校下订单，再至少帅张学良惠顾北平店，经由乔家或者说"红帮裁缝"的妙手所裁出的，哪里是什么洋装，那分明是现代中国的服装。这种舶来的制衣技术，和舶来的诸多现代思想、现代技术一样，在缝补一个破旧的、满是补丁的中国。"红帮裁缝"这一诞生于近现代中国的行当，相当程度而言，正是近现代中国之隐喻。

在此意义上，将《大裁缝》视为一部历史小说，不仅仅是因为它像很多论者业已谈及的那样，将国家史、城市史、行业史与家族史结构在一起，写出了人们在历史中颠沛流离或独领风骚的往事③；更因为它以服制变化为经，写出了近代以来民族精神的嬗变。这里所谓"历史"，甚至不再是具体的人与事，而是一股内在的洪流。

二、上海

而如果说到中国历史的新旧交替，就确实不能不提到一座城市，一座

---

① 禹风：《大裁缝》，浙江文艺出版社2022年版，第18页。
② 禹风：《大裁缝》，浙江文艺出版社2022年版，第140—141页。
③ 参见周保欣：《于开合起伏中摹画层累化的历史》，《文学报》2022年6月16日。

红帮裁缝们在其中兴旺事业的城市：上海。这座城市的建埠史和"红帮裁缝"的行业史一样，与中国被动现代化的进程紧密相连。或许正因此，没有任何一座城市比它更适合红帮裁缝们落脚，也没有任何一座城市比它更值得在这部小说中占据如此多篇幅，以至于在有些论者看来，这部小说根本是以上海为核心，是"从中国现代经济发展的内在逻辑，梳理了上海现代城市的扩展，上海文化的鲜明特色和历史地位"①。

的确，当乔方才离开宁波奉化老家，一路穿过太平天国和鬼子兵的战场来到上海时，此地刚刚开埠十七年。那时吴淞口外的江面上游弋着各色外国军舰，中国人掌舵的小驳船将洋船上的货物卸到外滩，然后由那些无论寒暑都一身短打的苦力背负到栈桥堆货处。乔方才站在外滩上看到这百千苦力，有如远古始皇帝的百万奴隶。而回过头来，却是上海留给后人瞻仰的经典面貌：绵延外滩的三层高石头大洋房和洋房前光滑坚硬可跑马车的平路。再过几天，阿申会领着他走进上海县城。仍在清朝辖下的老城没有宽敞马路，只有青石小道，小道两旁是热闹的商铺。这熙攘的集市若设在内陆，已足够令一个乡下来的年轻人感到激动，可是在乔方才眼里，却有日薄西山的凄楚。到过外滩的乔方才显然已清楚地意识到，一座帝国历史上从未有过的城市正在生长。

但《大裁缝》其实并未详细讲述上海是怎样一步步扩展成形的。待乔方才的儿子乔端冕将恒必祥开成上海滩上最高档最摩登的西式男装店，这座城市已膨胀成"东方的巴黎""冒险家的乐园"，仿若悬挂在古老中国肌体之外的一个异物。乔方才告老还乡，改由他的长孙带领我们在公共租界与法租界之间自如穿行，游览这光怪陆离的大都会。于是我们会发现，乔方才曾经驻足的外滩上，又增添了许多庄严高大的石头洋房，现在我们可以走进去，跟随乔百祥这沪上闻名的舞场小开，见识那些显赫舞场里的旖旎风光。走出舞场，我们也曾和他一起，面对外滩上时时涌来的苏北难民深感不安，然后将钱包里的现钞统统施舍出去。我们还知道了霓虹灯后那些阴暗角落，与乔百祥一道深入狭斜巷陌，在那不可告人的、连窗户也

---

① 陈力君：《奉化人的创世纪与上海现代工商史——读禹风长篇小说〈大裁缝〉》，《文学报》2022年6月16日。

没有的房间里,见到赤裸妖娆的美国妓女桃丽丝。我们更必须感谢乔百祥的勃勃野心,让我们有机会进入他的祖父难以踏足的工部局,了解那些董事、专家及一般职员,是怎样分工明确而机动灵活地保障了公共租界的商贸秩序,并小心翼翼地与各方势力包括大英帝国维持一种若即若离的微妙关系,为上海争取一种飞地般的自由或曰特权。我们在卫惕南爵士的豪宅里聊着家常,徘徊于上流社会的日常交际;我们和法租界的赌业大亨及杜月笙饮茶恳谈,参与那些决定上海生与死、衰与荣的重要历史时刻。乔方才总是跟他的儿子说,"西服妙就妙在是立体的,大清服装却是平面衣裳"①,与之相应,和"红帮裁缝"这一行业几乎同时诞生的上海也是立体的。《大裁缝》并未笨拙地以编年方式讲述这立体城市的组合过程,而借由乔百祥这个再合适不过的导游,铺陈上海的每一个立面、每一道皱褶,从而在不同面目的切换缝合处,不动声色地袒露出上海的历史细节与核心隐秘。

事实上,早在乔百祥进入工部局之前,我们已对这座城市的内在逻辑有所了解,那是因为乔百祥的寄爹阿瑟。乔端冕是那么富有远见,深谙"上海滩十里洋场,西人和中国人其实全不能驾驭",因而特意为儿子乔百祥挑选了一个美国记者做寄爹,以帮助他"炼出看透上海的火眼金睛,成为明了上海滩一切潜术暗道之人,并养成吃透上海的老成手段"。②乔端冕的这番见识与选择其实已多少暴露他对于上海的理解,而阿瑟对乔百祥的教育又一再印证了他的看法。在阿瑟编写的那份"上海滩名人表"里,"中国名字排在最后,不多几个,其余全部是洋名"③,则阿瑟所说上海滩名人"背后种种靠山"到底是什么,也就可想而知。当年乔方才站在外滩看太阳升起,其实已经隐喻性地道破这城市的本质:"上海的太阳不从浑黄的黄浦江面升起,更不从颜色发乌的吴淞江里升起,是越过东边更广袤的滩涂,从浦东之东的洋面上升起。"④浦东之东是西洋,与"红

---

① 禹风:《大裁缝》,浙江文艺出版社2022年版,第141页。
② 禹风:《大裁缝》,浙江文艺出版社2022年版,第51页。
③ 禹风:《大裁缝》,浙江文艺出版社2022年版,第61页。
④ 禹风:《大裁缝》,浙江文艺出版社2022年版,第11页。

帮裁缝"行一样,上海因 1840 年的国难而生,从那时起到乔百祥的时代,上海的基石始终是公共租界,而"自从一战驱逐了德国人,公共租界其实就是英国人和美国人当着家"①。这是一座处在华洋之间的城市,这座城市里的外国人,以及他们所带来的异国服饰、器物、文化、处世智慧与治理模式,构成这大城的底色。一切于此谋生的人,都不可能不沾染这底色。由此也就不难理解,为什么乔方才立业不是从裁缝做起,而是先做通事;到乔百祥这一代,小说仍不时得意地强调他那口流利纯正的伦敦音英语。从通事到买办,顺理成章地涉足上海滩最光鲜的职业——这是一座买办之城。连心怀强烈爱国热情的乔新吾,在想起自己堂兄的那种买办气时,都不得不表示这实在无可厚非:"买办怎么了,买办有什么不可以吗?吾兄百祥生来就在上海滩,这里是买办故乡,他不当买办就不能是上海人。"②

乔百祥岂止是上海本地人,他简直是标本式的上海人。小说浓墨重彩地塑造了这一人物,作为上海气质与上海性格的代表。请乔新吾到法国总会吃饭时,乔百祥懂得乖巧地使用特意学来的几句法语点餐,以免引起法国人对英文的不适。然后,他笑着教育自己那容易愤懑激动的堂弟:"吾弟,大千世界,想改变别人难如登天。我们要在各种各样的人之间走好自己的路,不如学会文明人的客套,见人说人话,见鬼说鬼话,开开心心,还得到大家的好脸色。你说呢?"③乔新吾当然说不出什么,因为即便长在北平东交民巷的使馆区,他亦不能体会上海城里这种每天与不同种族、不同文化之人交往时,必须要有的分寸与"文明"。在上海之外,或许交际只需要遵守简单和绝对的是非准则;而上海却要求它的子民能够在诸多力量的交界处腾挪——所谓买办,不正是在华洋之间牵线搭桥,从中牟利的人。这让上海和上海人既要有相当明确的目标和原则譬如牟利,也要能够适当地移动固有底线。当从巴黎和会不断传来令国人失望的消息时,身在北京的乔新吾会热血沸腾地冲出他所在的万国街区,汇入五四运动的游行队伍;而乔百祥呢?他只是耸耸肩,自问一句"上街去闹事很有趣

---

① 禹风:《大裁缝》,浙江文艺出版社 2022 年版,第 62 页。
② 禹风:《大裁缝》,浙江文艺出版社 2022 年版,第 72 页。
③ 禹风:《大裁缝》,浙江文艺出版社 2022 年版,第 78 页。

吗？"，然后在一种无聊感里，照旧接待那些来店订制服装的日本人。"乔百祥学会了把事情分开看待，所谓既反对日本强占山东利益，又欢迎日本客人们来店做衣服。好买卖嘛，多多益善。"①

不难发现，小说似乎是有意设置了乔百祥和乔新吾这一对血脉相连却又性格迥异的兄弟，并不断暗示他们可分别作为"南方"和"北方"的代表。但实际上这里所说的"南方"，专指上海一埠；而与之相对应的"北方"，当然也就是泛指而已。毋宁说，小说是要在这组对比中，更凸显上海在整个中国版图中的特殊性。这种特殊性在山河破碎的时刻，表现得尤为突出。全面抗战爆发之后，分明比乔百祥更有倚仗的乔新吾，偏偏不安于利用岳家堂伯的势力经营生意，而将自己抛掷进极其危险的境地，以至于他的小堂嫂都对他颇为腹诽。当孔繁玲将两个孩子托付给姚远纶，希望百祥夫妇能够携侄儿们同去英国，使自己可以安心追随新吾留下来完成那宏大的志愿时，姚远纶一边答应，一边忍不住犯嘀咕："你不能说服自己老公离开这儿？他首先得照顾好老婆孩子呀！"繁玲的回答再次涉及上海与北方的区分："远纶，你忘了新吾不是个上海男人？我们都是从北方来的呢！"——上海男人当然也懂得国破家亡，但即便在这样的世变之中，如何过好自己的日子仍是首要的念想。

进行这番谈话的是两位夫人，事实上她们的形象同样可以见出上海与北方之不同。孔繁玲可谓出身名门，但从决心嫁给乔新吾的那刻起，就像彼时一般的传统中国女性一样，只想将自己托付给丈夫。她甚至愿意放弃家族原有的事业，而对制作旗袍表现出浓郁兴趣。在乔新吾远赴昆明参与抗战的时候，她毫无怨言地坚守上海，丝毫未被追求她的男子打动，而一心只盼与丈夫团圆。甚至，她竟完全不晓得如何去拒绝那个男子，而要靠那豪气爽朗的年轻堂嫂来设法摆脱困境。毕竟，孔繁玲是"从北方来的"，尚未学会上海摩登女郎姚远纶那样与男人周旋的非凡本领。不过，令人深感遗憾的是，尽管姚远纶是那么现代，那么独立，那么意气风发，真让人看到了上海这座城市带给国人尤其是女性的新气象，却始终未曾赢得乔百祥的爱情。乔百祥当然也明白姚远纶这种上海新女性的好处："远纶既聪

---

① 禹风：《大裁缝》，浙江文艺出版社2022年版，第57页。

明又刻苦，既有做生意的天分又有出力吃苦的决心，……有远纶操持着生意，百祥是放心并省心的。连乔端冕也说儿子有闲情之福，总有人代他勤苦。"①然而，她对于他而言，"很多地方还是个未成年的女孩，百祥甚至有时带着父辈的观感爱怜她"②。乔百祥内心深处早已是一片虚无，那是因为桃丽丝已不知所终。在极司菲尔路76号直面生死的时候，乔百祥想起的只有桃丽丝，然后"明白自己从没真正爱过其他女人，只爱着，仍旧爱着、思念着无处寻踪的桃丽丝"③。这不能不让人愕然，恍然，同时苦笑：毕竟是上海男人，无论如何，他内心深处惦记的还是那个金发碧眼的美国女郎，无论她是多么冷漠，多么肮脏，多么不值得爱恋。

三、中国

在这南与北、上海与中国的互看对照之中，在这华与洋、乔百祥和桃丽丝的纠葛缠绕之中，令人愈发感到好奇的是：作者禹风究竟站在什么位置？又作何感想？这位生于上海，长于上海，也曾远渡重洋，也曾投身商界的小说家，写出这样一部鸿篇巨制，难道只是为了向自己的故乡献上颂歌吗？当乔百祥向堂弟描述上海那一种独特的安稳，劝堂弟"何不少管别人闲事，经营自己福祉"④的时候，当乔新吾虽心中愤懑却脸平气顺，只在心里暗叹一声"可惜了"的时候，禹风究竟站在哪一边？又希望读者站在哪一边呢？

小说不是教科书，当然不会也不该笨拙地给出确切答案。但法国总会里乔百祥得意扬扬地向堂弟乔新吾传授上海经验时，作者却特意让后者难以自制地不断忆及另外一个上海："上海的现实是什么？是刚才黄浦江江滩上光着膀子汗流浃背的成群苦力；是外白渡桥往北走，走出租界外，那土丘黑浜间乌鸦吃死孩子的贫民窟；也是新吾去到缫丝厂看见的童工们被

---

① 禹风：《大裁缝》，浙江文艺出版社2022年版，第327页。
② 禹风：《大裁缝》，浙江文艺出版社2022年版，第327页。
③ 禹风：《大裁缝》，浙江文艺出版社2022年版，第395页。
④ 禹风：《大裁缝》，浙江文艺出版社2022年版，第78页。

开水烫烂的手,她们只为吃上一口有虫的霉饭……"①法国总会的奢华、"文明"与乔新吾脑海中那一副凄惨的人间图景叠映在一起,分明提醒我们,对乔百祥这样一个潇洒自信的导游亦不可完全依赖。乔百祥说,"租界外是中国,租界里头是世界"②,其实租界何尝能够自外于中国?我们简直可以说,租界/上海浮在表面的纸醉金迷和沉在潭底的民不聊生,正是当时中国最典型的缩影。

或许恰恰是因为乔百祥太熟悉上海了,反而失去了必要的敏感,对这魑魅世界中的一切都已感到麻木。十九路军在上海巷道里浴血奋战时,姚远纶最盼望的却是让乔百祥带她去见识舞场。"是,百祥想,世界不就是这样的吗?闸北被日本飞机炸成了废墟,倒霉的人断手断脚倒在那里;兵士们正在苏州河对面生死相搏,……可是,窄窄一河之隔,苏州河南就是英租界,这边照样歌舞升平。夜晚,听够了北边枪炮声,俊男倩女们照样在舞厅弹簧地板上相拥起舞,旖旎世界红粉依旧……"③那一刻,就连乔百祥也"无法理解这世界的荒谬",但转念间他便想通了:"不过,不和姚远纶这样可爱的女子跳舞,难道要自虐,继续听着枪炮声发愁吗?"④这是属于上海的聪明,靠着这样的聪明劲儿,乔百祥这样的上海人才能在任何情况下都调整心情,保持理智,安稳、现实地活在当下。但这样如鱼得水地生活太久,就会无意间忘记很多事情,也刻意地忽略很多事情。乔百祥一定非常清楚自己和桃丽丝的"爱情"悲剧根源何在,却绝不愿去碰触。他和上海滩其他人一样心知肚明,无论他怎样一掷千金,怎样付出真心,桃丽丝们都不会对他动情丝毫,只因她们是"白种女人",而他却是"黄种男人"。乔百祥也一定非常清楚那个汀康何以对自己抱有那样深刻而持久的敌意,却只能策略性地表现出绅士的宽宏。那根本不仅仅是男人对待情敌的那种不乏浪漫的嫉恨,而更多是蔑视,相当邪恶的蔑视。同样类型的蔑视让汀康手持来复枪挡在厂房之外,成为一个气魄慷慨的英

---

① 禹风:《大裁缝》,浙江文艺出版社2022年版,第77页。
② 禹风:《大裁缝》,浙江文艺出版社2022年版,第78页。
③ 禹风:《大裁缝》,浙江文艺出版社2022年版,第210页。
④ 禹风:《大裁缝》,浙江文艺出版社2022年版,第210页。

雄：汀康"那么狂怒，只因为他对另一个亚洲民族的蔑视：日本人是嗜血的野兽，自命不凡的矮子，众所周知，他们一直觊觎大英帝国的产业"①。

乔百祥当然也不会知道他的祖父乔方才从奉化老家一路走到上海，路途上看到了什么，不会理解为什么祖父终其一生都对鸦片烟保持高度警惕。但乔方才不会忘记的，他还不会忘记的是恩师麦牧师对他第一次动怒的场景。那起因是对服饰天生敏感的乔方才对牧师的"领带"产生了好奇，并感到这陌生之物相当"滑稽"。出乎意料的是，一向和善的麦牧师"脸慢慢变长，他朝自己那朋友打个手势，然后彻底转身看着茄生：'滑稽？领带滑稽？我看不会比你脑袋后头的辫子更滑稽！孩子，我会好好教导你的，有一天你会成为一个得体的年轻人，跟王先生一样，不，甚至比王先生更像一个文明人！你会自觉自愿管住嘴，不让愚蠢的话说出口。'"②。乔方才大可以腹诽麦牧师的荒谬，在心里以"身体发肤，受之父母"的道理为辫子辩护，但他当然不会愚蠢到宣之于口。因为即便幼稚如他也非常清楚，他和麦牧师并不是在平等地讨论问题，他们之间存在着明确的权力关系。麦牧师也并非在客观地区分文化差异，而是在理直气壮地判定乔方才所身处的文明是低级的、落后的。这样一种理直气壮，在麦牧师与王小虬讨论鸦片问题时变本加厉，一个国家对另外一个国家的蛮横侵略，被麦牧师轻飘飘地转述成单纯的贸易和金融问题。③吊诡的是，麦牧师之所以会和王小虬有如此争论，乃是因为一桩义举：他要募款改善租界之外难民的生活。但这义举仅仅是出于信仰的慈悲吗？不要忘记麦牧师对乔方才说出的那番冷静而不乏侮蔑的断言："你现在看见了？租界外头就是污秽之地。听说他们把死了的人全停在北边破庙里。一旦起瘟疫，恐怕立刻会传进租界。"④肃清污秽地带，防止瘟疫流入租界，这恐怕才是麦牧师和王小虬的焦虑所在。而被麦牧师称为"污秽之地"的，正是租界/上海之外广阔的中国。如果没有鸦片，没有因鸦片贸易而爆发的战争，

---

① 禹风：《大裁缝》，浙江文艺出版社2022年版，第315页。
② 禹风：《大裁缝》，浙江文艺出版社2022年版，第19页。
③ 参见禹风：《大裁缝》，浙江文艺出版社2022年版，第29—30页。
④ 禹风：《大裁缝》，浙江文艺出版社2022年版，第28页。

那些难民是否还会离开故土、流离失所、抛尸在租界之外呢？在这样的疑问里，麦牧师道德圣洁的面庞难免会蒙上一层浓重的阴影。而如果我们还记得，阿瑟开列的"上海滩名人表"中，"凡上海滩最大最富最气派的大豪佬，必定是卖鸦片出身，鸦片是上海滩发家致富的根本"①，我们便不得不继续追问：上海的繁华、整洁、稳定与进步，真要感谢麦牧师、卫惕南这样的洋人吗？

《大裁缝》中一个反复浮现的核心议题，恰恰是上海崛起的秘密。在序章中小说便简明扼要地揭示了这一秘密："故人来，故人去；兵火开，兵火缓，上海从来不怕乱。每次重归太平它就旺发，这城市像是在血水里发大的。"②太平天国、小刀会、军阀混战、日寇入侵……上海似乎在每一个战乱年代都反复印证着这一规律，十里洋场上的名门新贵，包括乔家，他们的发家传奇也一再刺激着后来的冒险家从战争的血泊中发掘财富。王小虮就曾不无得意地对乔正冠乔端冕兄弟面授机宜："只要清国有危险，被人揍，老百姓遭难，上海发达的机会立马就来。"③这给人一种错觉，仿佛上海这座城市真是与帝国国运背道而驰，国势越是衰微，上海就越是繁华，就连那些买办，都将清国不断丧失主权、开放长江口岸的年代视为自己的黄金岁月④。在此意义上，这些"弓不拉多"真成了上海城最好的代言人：他们似乎不需要什么祖国，只热衷在国难时刻大饱私囊——这岂非正与王小虮所说的上海一样？

但或许应该把王小虮的话听完。在透露这一生财奥秘之后，王小虮扼要而周详地解释了这一秘密的底层逻辑："它是全国最安全的生意场，觉得不安全的财主都会逃到上海来，带着他们积攒了几辈子的钱财，把他们的膏腴存进洋人的银行，在上海买楼买地躲兵火。你们看，自从太平天国和小刀会以来，哪一次不太平不是把江浙皖的铜钿赶进租界来？打仗、死人、抢劫，这种事不管距离上海一百里地还是一千里地，总是把钱朝上海

---

① 禹风：《大裁缝》，浙江文艺出版社2022年版，第62页。
② 禹风：《大裁缝》，浙江文艺出版社2022年版，第7页。
③ 禹风：《大裁缝》，浙江文艺出版社2022年版，第153页。
④ 参见禹风：《大裁缝》，浙江文艺出版社2022年版，第98页。

赶，让上海人大发国难财的。"①由此不难理解，上海之所以能够大发其财，绝非因为战乱，而恰恰是因为和平，因为"这弹丸之地的租界拥有安全和秩序"②。这也就能解释，为什么乔百祥在回答卫惕南爵士问话时，会这样认识上海与工部局的职能："上海的本分是商业，连接着扬子江和大海，就是中国和世界贸易的本意。我想工部局的协调目的只有一个，就是确保贸易的顺利进行。我个人所有的工作服从这个原则。"③

但仅仅依靠工部局，真能保障上海的安全与秩序吗？如果可以的话，何以在抗日战争全面爆发之后，上海繁荣与中国战乱之间的辩证法便彻底难以为继了？如乔百祥所说，工部局的工作之一，是致力于使各方势力保持平衡，以使上海成为一个政治上的"飞地"，为商贸提供绝对自由的环境。这样一种工作理念不仅属于乔百祥，而且成为上海性格的一部分。在西安事变引发国内外关注的时刻，姚远纶不还在兴致勃勃地打算增设店铺，丝毫不觉得远在西北的变故和自家生意有何关系吗？④但是很快，卢沟桥事变的枪声便让姚远纶放声痛哭了，"她仿佛有莫名的委屈，她的经营天才明明兴旺了乔家姚家的投资，生意却一下子毁在了荒谬和无耻的日本人手里"⑤。因此可以说，上海租界的微妙平衡，毕竟依赖背后那整个国家的相对稳定，如果神州当真陆沉，小小的上海又岂能仍是完卵？

而且，若上海真是飞地，还能够成其为上海吗？王小虬的分析中透露的第二层信息是，上海的财富其实来自江浙皖，来自它背后广阔的中国。事实上何止是财富呢？《大裁缝》所写的以乔家为代表的红帮裁缝们，同样无一是上海土著，而全都来自宁波奉化——那时候的上海，能有几个土著？就此而言，与其说《大裁缝》写的是上海的城市史，不如说写的是奉化人的迁移史和奋斗史。所以，如果没有奉化，没有宁波，没有浙江，没有上海背后的中国，上海的人口要从哪里来，人才又要从哪里来？再多

---

① 禹风：《大裁缝》，浙江文艺出版社2022年版，第153页。
② 禹风：《大裁缝》，浙江文艺出版社2022年版，第125页。
③ 禹风：《大裁缝》，浙江文艺出版社2022年版，第111页。
④ 参见禹风：《大裁缝》，浙江文艺出版社2022年版，第294页。
⑤ 禹风：《大裁缝》，浙江文艺出版社2022年版，第300页。

的外国人也不会让这里成为巴黎，成为乐园，成为彼时中国最有活力的大都。

  财富涌入上海，或许是为了增殖财富，那么人呢？也只是为财富而来吗？我以为上海与中国的精神联络，就隐藏在移民们的深层动机当中。因此，我们不妨再次回到乔方才的时代，看看那个十六岁少年怎样从奉化乡下走去上海，又何以远渡东瀛。那是咸丰十年（1860年），离清朝覆灭还有五十余年，但太平天国已经搞得半壁江山都乱了起来，"朝廷怎么不像朝廷，如此左支右绌？里边跟太平军打个胜负不明，外边却被海上来的洋鬼子揍得七荤八素"①。科举倒是还远未取缔，但是"大清既成窝囊废，八股文还考它干啥？"②；于是乔方才只好"走异路，逃异地，去寻求别样的人们"③。在离开家乡的时候，乔方才印象最深刻的，大概是乡间棉花地中间种植的大片罂粟，和他父亲吸食的土产鸦片。然后他去了上海，一路只见大厦将倾。在上海他遇到又一个吸食鸦片的——阿申，他不知道阿申最终去了哪里，但却可以想见阿申暴毙街头的模样。父亲和阿申的凄凉境况让他不能理解恩师麦牧师有关鸦片的讨论，他越来越清楚地认识到，在上海这块充满生机的中国土地上，中国人是做不得主的。他认定"一切的秘密都在衣服里。麦牧师的西服是玲珑的，我们的长衫是扁平的"，因此，他在众多可能性中选择东渡学艺并非为了"在上海滩开张一家大大的西服商号"，而是"想去看看敢拒绝西洋人鸦片的东洋族，难道他们真和我们有所不同？"④在日本他学会了裁剪西装的手艺，但最大的收获大概并不在此，而是在这邻国的"文明开化"中更深刻认识到了服制与国运之关系。因此，在回国的汽船上，他才会和樱井从服装谈到政治，进而痛恨叹息清朝始终未能如日本一样知耻近勇。最终他选择回乡办学，而将两个儿子一个派去北京，一个留在上海。正如后来他的孙子乔新吾嘀咕的那

---

  ① 禹风：《大裁缝》，浙江文艺出版社2022年版，第1—2页。
  ② 禹风：《大裁缝》，浙江文艺出版社2022年版，第2页。
  ③ 鲁迅：《〈呐喊〉自序》，《鲁迅全集（第一卷）》，人民文学出版社2005年版，第437页。
  ④ 禹风：《大裁缝》，浙江文艺出版社2022年版，第43页。

样，那不是两座城市，而是两条道路。①

或许有人已经意识到，乔方才这番去国还乡的经历及个中心境，与他的一位浙江同乡庶几相似。那位同乡同样因有感于国破民殇而去国离乡，先学医，后从文，虽职业选择不同，但和乔方才一样，总是想要搞清楚贫弱的祖国究竟何以贫弱，出路又在哪里。回国之后，他先做教育，后搞启蒙，从北京经厦门、广州，最终定居上海，在华界与租界边缘地带度过了自己人生最后的十年。那十年是他战斗锋芒最盛的十年，他似乎急于将心里话全都说给这个世界，可惜的是，上海滩太嘈杂了。所以他似乎从来没有喜欢过上海，对于这座城市的市侩、圆滑、买办气、流氓气、西崽品格，他始终冷嘲热讽。②他没有因为身居此地便对这座城市的文化性格给予廉价的认同，他所思考的问题从来都落在中国，而非上海。这个人，当然就是鲁迅。

这样的联系或许难逃过度阐释的指责。我们当然无从知道禹风在塑造人物、构造情节时是否自觉地想到了鲁迅，但乔方才与鲁迅确乎有差相仿佛之处。那至少是因为，他们的经历与心情，本就是彼时国人必然要共同去承受的。因此，《大裁缝》所塑造和讲述的，何尝只是一个人、一个家族、一个行当、一座城市，它写出的是在那样一个历史剧变的时刻，整个民族集体的心理创伤和应激反应。这样的创伤和反应烙印在人的心里，激励了一个家族，催生出一个行业，亦成就一座城市的特殊风貌，但这诸多层次的情绪最终将彼此呼应，汇成一曲更宏大繁复的乐章，回荡在上海背后广阔的土地上。

（原发表于《扬子江文学评论》2022年第6期）

---

① 日寇攻破山海关之后，乔新吾无奈之下只有投奔上海的叔父和堂兄。"一想起叔父和堂兄，新吾心里有了光亮。那是另一条路，或能带来希望。"参见禹风：《大裁缝》，浙江文艺出版社2022年版，第248页。

② 参见叶斌：《鲁迅眼中的上海》，《史林》1996年第4期。

老街的拆毁与叙事的拼接
——论王方晨《老实街》

一

一百多年前，刘鹗在《老残游记》中描写那时代的济南城，至今仍然令人惊艳：

> 到了铁公祠前，朝南一望，只见对面千佛山上，梵宇僧楼，与那苍松翠柏，高下相间，红的火红，白的雪白，青的靛青，绿的碧绿，更有那一株半株的丹枫夹在里面，仿佛宋人赵千里的一幅大画，做了一架数十里长的屏风。正在叹赏不绝，忽听一声渔唱。低头看去，谁知那明湖业已澄净的同镜子一般。那千佛山的倒影映在湖里，显得明明白白。那楼台树木，格外光彩，觉得比上头的一个千佛山还要好看，还要清楚。这湖的南岸，上去便是街市，却有一层芦苇，密密遮住。现在正是着花的时候，一片白花映着带水气的斜阳，好似一条粉红绒毯，做了上下两个山的垫子，实在奇绝。①

20世纪末我第一次到济南时，所看到的当然早已不复这样的景象。

---

① 〔清〕刘鹗：《老残游记》，人民文学出版社1957年版，第11页。

老济南火车站的出口在半地下，因此，外来人第一眼看到的济南是阴暗的。大明湖离济南站并不远，其间的道路却很崎岖。据说济南的路多是直通南北或横贯东西，因此能用"经""纬"命名，但恰恰火车站附近，小路交错缠绕有如蛛网，让人第二眼又觉得混乱。站在大明湖畔找千佛山的倒影，哪里找得到？千佛山距离大明湖不过四公里，但一百年过去，山与湖之间不知立起多少火柴盒样的楼房，和《老残游记》里如宋画屏风般的景色格格不入，如果真映在湖上，也是煞风景。好在并不会：老舍先生说，济南的冬天也是响晴的；可大概因为我去的时候是夏天，整个济南城灰蒙蒙一片。街市倒还在，并且更喧哗，大明湖畔变成游乐场，供孩子们在离地不到两米的高度来回转圈子的宇宙飞船之类设施，尽管已经旧得斑驳，却格外发出刺耳的音效。躲过拥挤的游客，转进公园的某个角落，倒发现一座古雅的亭子，亭子前立着木牌，上面介绍说，这是"雨荷亭"。不过原来不叫这个名字，是"因为近日《还珠格格》电视剧热播，特更名"。

显然刘鹗所写的那个济南城早被拆毁，而拆毁还将继续。20世纪末的济南城里还有很多老街，它们像北京的老胡同一样，尽管破败但是贮存着流动的时间和人情的质感，但是每过几年就会消失几条，于是济南城就和其他城市越来越像。当所有老街都消失，或被粉刷一新，那些昔日的大杂院变成假模假式的茶楼、餐厅和商铺，坐在街头闲聊的街坊变成五湖四海的游客，而曾经真实的日常生活空间变成人为打造的博物馆，济南城也就随之完全被拆毁了。

王方晨的《老实街》所讲述的，就是这被拆毁的过程。

老实街在济南的老西门城墙根下，旧军门巷和狮子口街之间。它当然是一条虚构的街道，但王方晨把它镶嵌在老济南城如毛细血管般的街巷中间，是这座城市卑微而不可缺少的部分。它和别的街道交相往来，因此，在这条街上难免看到县东巷的街痞或不知从哪里来的"光背党"，甚或有上海来的外乡人寻亲，但这条街道本身也足以构成一个小世界。老实街上有几座大杂院，住着五行八作的人，有卖酱菜的，修锁的，编竹器的，有五六家小卖店——这说明街上的居民可不少，一度还有家理发店。当然也有些居民在外头工作：兰志小学的老校长芈老大，铁路上的桂小林，排爆警察邰浩……最有名的大概是电台的女主播朱小葵，而最有出息的当属发改委副主任张树。这些人每天从庞大的济南城区回到老实街,从街口的涤心泉打回一桶水,和街坊们打着招呼,在身份的变换中丰富了老实街的意义,让这条街道既四通八达,又自成春秋。它是这座城市的一个细胞,某种意义而言,又是城市本身。

和《老残游记》里的大明湖与千佛山不同,老实街是一条街道,那里面住着有血有肉的人,过着市井烟火的生活,积累下一辈一辈的日子。名胜风景是用来观赏的,其变迁荒颓诚然最容易被关注,让人感到触目惊心,但对于城市而言,不过是点缀而已。而王方晨虚构的这条有建筑、有人物、有门脸、有纵深的老街,既是老城济南的象征,又是它的根本。因此,老实街的拆毁,才真正意味着济南乃至所有这样的老城,以及它们古老的悠悠岁月,在新世纪欣欣向荣的经济发展中悄然坍塌。

这就是为什么王方晨要命名这条街为"老实街"。王方晨写的的确是一条老街的被拆毁,写的是每个城市角落里触目惊心的大大"拆"字,也是沧海桑田的时代巨变。拆迁是我们时代最值得书写的人类行为之一,是当下时代的符号,以此为题材的小说如此之少倒是令人惊讶。而王方晨选择这一题材本身当然就独具慧眼,且又以"老实街"的命名表明自己的姿态:他要写的可不是社会新闻,甚至不是时代变迁,而是立意在这微小与宏大的表层生活深处,立意在历史与精神层面。

在小说中,王方晨反复强调:"老实街居民,历代以老实为立家之本,老实街的巨大声望,当源于此。"[①] 而小说中老实街居民的大致行径,似乎也确实称得上"老实"。左门鼻开的小百货店,有人没人都一个样儿,不用锁门,从没丢过东西。这就是所谓的"路不拾遗,夜不闭户",足可见邻里的道德。左门鼻所住的莫家大院,解放前主人是个大律师,大律师随国民党南下,把院子给了左家,左家却始终住在自己的西厢房,从未占过正屋,似乎期待着有一天再完璧归赵。这种老实,或者说道义,简直有古仁人之风了。美丽的年轻女子鹅,还未婚嫁就生下了儿子,这当然是丑事,但老实街居民不碎嘴,不闲言,一致认为鹅乃是像姜嫄一样,履帝迹

---

① 王方晨:《大马士革剃刀》,《天涯》2014年第4期。

而生后稷,因为踩了涤心泉边的石头才怀了孕。这不是老实街的人攀附神迹,而是让人家少些难堪,让自己多些厚道。而鹅的孩子石头,在成长的过程中怎么会不知道自己是特别的。所以他难免拧巴、孤僻,和老实街的孩子玩不到一起去。这种事情,不是自己家的孩子,谁愿意多管闲事?可老实街上刚从小学校长职务上退休的芈老大就愿意管,他不怕惹孩子的妈妈生气和厌烦,用强硬的办法一定要石头和同龄的孩子玩到一起去,以免他陷入成长的危险之境。某种程度上,这简直堪称舍身取义了。

  当然,老实街的"老实"也有另外一面。当县东巷有名的街痞小丰带着兄弟们来到老实街理发时,大家尽管担心他们闹事却毫无办法,只能躲到自己的家里面暗暗捏一把汗,待小丰走了才敢去安慰理发匠陈玉伋。老实街的女儿朱小葵仗义执言,希望能保存下这条老街,却得罪了地产开发商,从此在老实街消失,而一些不三不四的"光背党"却依旧在老实街上游荡,让人心惊胆战。可是,老实街人表示:"我们老实街居民向以宽厚老实著称,从这伙不三不四的人出现在我们老实街的那天起,我们就没想过要怎么样。我们该上班的上班,该开铺子的开铺子,该吃的吃,该喝的喝。张树的权力不算小吧,他说过什么没有?朱大头不算是无关的人吧,不定小葵的命就丢在这伙人手上,他拦过他们一次没有?"老实街居民所能做的,只是想办法为自己当缩头乌龟的行为找个好理由:"你要说我们窝囊,胆小怕事,那你们错也。我们这样做,其实是要让他们的示威落空。信不信由你,在我们老实街居民的观念中,老实人的武器,强大莫过于老实。"①

  老实街的"老实"包含着厚道、仗义、诚信,也包含着乡愿、懦弱、明哲保身。而这老实街人或许和其他任何一座老城的任何一条老街上的人并无二致:《四世同堂》里的那些居民,如果不是恰好遭逢抗战,大概也就是老实街人这个样子吧?而老实街在战乱与暴力到来的时刻,又会比小羊圈胡同好到哪里去?这或许既不值得表彰,也没必要挞伐,而不过是长期生活所提供的基本智慧。王方晨以老实街人口吻说出的那句话其实并非

---

① 王方晨:《弃的烟火》,《山花》2017 年第 9 期。

阿Q之言，生活在这样市井老街上的人们，的确是以这样所谓的"老实"作为其最强大的武器，维持了世世代代的生活。他们厚道、仗义、诚信，是因为他们尽管居住在一座大城里，实际上生活的轨迹基本不超出这条街的两端。这是一个自给自足的熟人社会，孕育了城市里的乡土文明，这里的人们互相看着长大，能够说出彼此父母的名讳，讲出各家各户的来历。真正的现代大都市里，那因为陌生人的骤然增加而引发的诸多罪恶，在这里没有滋生的土壤。人们得维护着自己的面子，注重自己的行为，免得触犯约定俗成的规矩，从而削减自己在这样的社会结构中生活的资源。而乡愿、懦弱、明哲保身也出于同样的生存逻辑，因此和那道义的一面毫无违和。这不过是一些卑微的细民，在城市的角落里谋生活，他们的道义或者不道义，老实或貌似老实，其实都不过是这老城、老街独特的市井构造和空间权力使然。这就是为什么在小说中，王方晨会用老实街居民的口吻这样表述"老实"的习得：

> 学老实，比老实，以老实为荣，是我们从呱呱坠地就开始的人生训练，而且穷尽一生也不会终止。不过，这也不是说我们人人都有一个师傅。
> 我们无师自通，不但因为老实之风早已化入我们悠远的传统，是我们呼吸之气、渴饮之水、果腹之食粮，还因为，既生活在老实街，若不遵循这一不成文的礼法，断然在老实街待不下去，必将成为老实街的公敌，而这并非没有先例。①

"老实"在此并非自上而下的教化使然，并不因为王方晨写的是济南，就和齐鲁大地上的儒家传统有什么关系，而不过是生活的基本需求。但这当然并不意味着老实街的"老实"就不那么深刻，因为从来都是现实生活的权力结构导致了文化的产生，而不是反作用。因此，王方晨《老实街》的写作，不仅不是关于拆迁这一时代症候的新闻式书写，也不简单追求以点带面的所谓宏大叙事，甚至也不是借城市的拆毁叹惋好时代与好道德

---

① 王方晨：《大马士革剃刀》，《天涯》2014年第4期。

的逝去,为市井一脉的传统文化招魂,如很多写老城的作家已经做过的那样;而是真正呈现了一条老街、一座老城、一个逝去时代的深层结构,揭示出那所谓传统文化赖以起源的生活与社会肌理究竟是怎样。

二

深入生活与社会的深层肌理中,世界的丰富、复杂、斑驳便呈现出来,而一切善与恶、正与邪都不再可以简单言之。因而,一种生活方式的存在就不仅仅靠温情,而对其消亡的喟叹也不仅仅是挽歌。今天的人们在面对老城区的拆毁时,很容易陷入一种遗老式的肤浅感伤。控诉粗暴的拆毁力量,歌颂美好的旧日时光,似乎是永不过时的美学与伦理正确。但王方晨并非伤春悲秋的感伤主义诗人,而是一名当代小说家,小说所追求的精神是复杂而非简单,是剥丝抽茧而非立场坚定,小说家的职业道德促使王方晨比那些怀旧主义者走得更远。

诚然,在小说开篇,王方晨也讲述了一位致力于保护旧城的丁姓研究者如何愤然投书于市长的故事。这封信显然并没有起到任何作用,老实街依旧在一夜之间被夷为平地,据说那封长笺当时就被市长撕毁——这多像一个喜闻乐见的强横拆迁故事。但王方晨在讲述这一场景的同时,又立刻否定了它,这个场景因此被放逐在流言之中,分量遭到稀释。王方晨的小说看似简单,用的都是寻常语言,但总是有不同的声音从叙述中斜逸出来,彼此对话,莫衷一是,让任何价值判断都显得轻浮和暧昧。

王方晨似乎也明确揭发了那些拆毁老实街的力量。首先是天桥区的一个地产开发商,正是他逼走了朱小葵,并且让不三不四的"光背党"长期骚扰老实街的居民们。但最终成功拆毁老实街的,则是留学归来的高杰,以及他所代表的国际资本:

> 整体拆迁老实街是要为一家国际大超市腾地方。这家国际超市不光建在地面以上,地下至少还要再挖三层。这老实街,除了涤心泉、屋中泉、墙下泉、楼下泉、灶边泉,起码还有四五眼,

> 他们要建大超市，考虑到会阻断泉脉没有？①

这当然是相当具有隐喻意味的书写：老城，老街，连同它最美的风景，《老残游记》里浓墨重彩描写过的举世无双的泉水，都要被权力、国内与国际的资本力量压在地下，永世不得翻身。街被拆毁了，城被拆毁了，风水也被拆毁了，过往的美好万劫不复。但无论这隐喻多么精准而犀利，如果止步于此，《老实街》也不过是一则好寓言罢了。在小说里，拆毁这条老街的真的只是这些吗？

不妨详细地看一看，在小说里老实街是如何一点点消失的。

小说的第一章《大马士革剃刀》末尾，就已经谈及老实街的拆迁，但在这一章中最引人注目的并不是老实街，而是一个外来人和一只猫。县东巷的小丰，不三不四的"光背党"，招工的老常，上海来的斯先生，以及后来真正拆毁了老实街的高杰……老实街上的外来人很多，但陈玉伋和他们都不一样。陈玉伋是真正在老实街落下脚跟的，不但靠着自己的好手艺开了理发店，而且他厚道，本分，够老实。连老实街里最老实的左门鼻都不得不承认，"老陈是咱老实街的"，而"我们不知不觉，早已视陈玉伋为我们老实街居民"。但恰恰这个最为老实街居民所接纳的外来人，其遭遇最令人感到困惑。陈玉伋的手艺越来越有名气，连朝阳街半瞎的老人都要颤巍巍走来老实街请陈师傅剃头；左门鼻的光头从来都是自己剃，终于也交给了陈玉伋。但就在他声名日隆的时候，老实街上出现了一只怪物，一只被剃光了毛发、光溜溜的猫。这只猫是左门鼻的。

左门鼻是《大马士革剃刀》里另外一个核心人物，他和陈玉伋构成小说对称的两端，在平衡与打破平衡的危险之中，维持了一种紧绷的张力，构成这一章小说的基本叙事动力。小说中，左门鼻堪称"济南第一大老实"，陈玉伋的厚道也受到老实街的认可。左门鼻的小卖店价格比别家都便宜，有时不赚钱他也卖，因为房子是自己的，没租金；陈玉伋手艺好却不多要钱，因为他说这是没有用电的。陈玉伋剃头的手艺是好，但他来

---

① 王方晨：《世界的幽微》，《天涯》2016 年第 2 期。

之前，左门鼻的光头都是自己剃，想必手艺也不差。甚至左门鼻和陈玉伋都丧了偶，各有一个女儿，女儿还长得极像。——王方晨显然是故意构造了两人的对称性，唯一不同的是，左门鼻是老实街的旧住户，而陈玉伋是外来的。因而这张力的两端，一内一外，恰好将老实街夹在中间。原本老实的陈玉伋理应如水滴回归海洋般，恰到好处地融进老实街里，却意外搅动了老实街的平静，尤其让老实街最老实的左门鼻变得焦虑不安。

　　陈玉伋一出现，似乎就扰了左门鼻的心境。这个腼腆的男人被孩子们簇拥着从小百货店门口经过时，店主左门鼻该出去见个礼打个招呼，却因猫碰倒了香油瓶错过时机。陈玉伋的理发店名声好，左门鼻在家里就不知怎的把膀子扭伤了，结果自己剃了多少年的头如今只好交给陈玉伋。最精彩的还是关于那柄大马士革剃刀的送与还。本来一把剃刀不算什么大不了的事，偏偏陈玉伋看出这剃刀的珍贵，几次三番地还。这样拉拉扯扯送送还还的场面，在山东的日常生活里其实相当常见，但是王方晨把它写得雅致而有禅意。王干说，"读这个小说，让人联想到两个武林高手的隔空对决"[1]，其实不是事情本身有多高妙，而是王方晨写出了意境。但本来一柄小小的剃刀，在这样郑重其事的书写下就显出了一些伪来。而事伪必妖。左门鼻终究没有拗过陈玉伋，将剃刀又收了回来。但是站在石榴树下目送陈玉伋离开时，左门鼻将石榴叶揪落了一地，把手都揪痛了。如果这是一场隔空对决，那么显然左门鼻是输了一阵。而如果老实也可以拿来对决，这老实还是老实吗？

　　最妖的还是那只被剃光了毛的猫。虐猫的凶手到底是谁，王方晨在小说里并未透露，但读者大可以猜想。看上去最有嫌疑的当然该是陈玉伋：能剃得这么光，连眼睫毛也不放过，需要好手艺。这也是为什么尽管老实街的人秉持着与人为善的一贯态度，并不曾说什么，但陈玉伋依然备受打击，终于晕倒，离开，并很快死去。对老实人而言，这样的事是可以杀人的，这也正是为什么在老实街独特的生活结构里，人们不得不选择老

---

[1] 王方晨、张晓峰：《我看这世界，眼角总是含着一颗清冷的泪滴》，《朔方》2017年第12期。

实做人。但也恰因为此,让人不由反问:陈玉伋这样一个外来户,怎么敢有这样的动机?而如果陈玉伋不是凶手,那么第二嫌疑人当然是小说中张力对称的另外一端。其实不需要多么复杂的推理,答案便呼之欲出:能够剃光眼睫毛,需要的不仅仅是技术,还有那只猫的绝对信任,而这种信任只有主人左门鼻才可能具备。而被人们团团围住,蜷缩在角落里的猫,何以听到左门鼻的呼唤声便愤而突围,没命地奔逃?这不正说明了它的恐惧究竟来自何处。在几次访谈中,王方晨自己也承认了,尽管小说里未曾明说,但他以为虐猫的凶手正是猫的主人左门鼻:

> 在老实街,原本维系着一种微妙的道德生态平衡。外人剃头匠的到来,打破了这种平衡,而终导致左老先生"恶念出笼"。以老实自居的老实街人不同于市井无赖,限于身份,不可能像鲁汉莽夫一样,一不高兴,就将人店给砸了,或干脆把人赶出去。对左老先生内心的暗流涌动,精神的焦虑,作品中都有不动声色的描绘,比如在夜半独自揪石榴叶,揪落了一地。农村妇女受气,撒不出来,就打自家孩子。左老先生这个,比农村妇女更复杂,也更深一层。说他下意识的也可,说他有意为之也行,反正这么一只被剃光毛的怪猫,将无辜的剃头匠陷于无可辩白之地。面对无物之阵,风头浪尖上,剃头匠一次次地被猜疑,被拷问,而又说不得道不明。这样的困境,这样的泥潭,这样的拿捏,我相信很多人都曾在现实中遇到过。把真凶之名安在理发师头上,肯定讲不通的。理发师本是看重情的,所以才将一把旧剃刀当了宝贝。小说结尾,这把断魂刀不是还被丢弃了嘛。①

而如此简单的道理,作者王方晨和作为读者的我,都看得清清楚楚。老实街上那些不乏世故的人,真的完全懵然无知?我更愿意相信,老实街

---

① 王方晨、张晓峰:《我看这世界,眼角总是含着一颗清冷的泪滴》,《朔方》2017年第12期。另参见李冰:《"人心幽暗深不可测,但我将竭尽一生,取火照亮"——与王方晨对话》,《莽原》2018年第2期。

居民们其实早已洞若观火，只不过他们做出了人情社会里最理所应当的选择，那就是帮亲不帮理。无论如何，陈玉伋是一个外来的不确定因素，而左门鼻则以其长久以来的声望，成为老实街的精神象征。这一尊道德的神明是绝对不允许坍塌的，因为他的坍塌将意味着老实街的传统与美誉随之荡然无存，而老实街居民赖以生存的整个生活秩序也必将一起毁灭。老实街的居民们玩起这样装聋作哑为尊者讳的把戏，早已经验丰富。那住在死胡同里的阿基米德兄弟，只是因为他们怪异独特，格格不入，不就被老实街居民有意无意地忘记？当从上海来寻人的斯先生到来时，几乎整个老实街都在隐瞒他们的存在。但隐瞒恰恰意味着刻骨铭心，正如在第五章《阿基米德的一天》中，第一句话便是："我们老实街最大的名人，既非张树，也非左老先生，而是一对兄弟。"① 阿基米德兄弟就好像左门鼻的恶行，就好像老实街上一切不可言说的事情一样，是老实街人努力回避却因此永远不可抹除的黑洞。老实街的人们选择忘记他们而只记得另外一些事情，这种选择与道德无关，依然只与生活的秩序有关。

因此，我也不打算完全相信作者自己的解读——众所周知，作者往往有意地说出一些，而隐瞒另一些，对于常人而言这是欺骗，却可谓源于小说家的一种职业道德——我不认为左门鼻对于陈玉伋的陷害只是出于道德比拼导致的嫉妒。"一旦把老实当作一件事做，那就必然带有人的精明和算计"②，这样扭曲的心理诉求是可能的，但或许还不是事实的全部。我以为左门鼻只是有一种无可名状的恐惧，那种恐惧来自已然习以为常的生活将被侵入和改变的危机感。如前所述，老实街的"老实"其实并非形而上的伦理道德，而是维系这条老街生活结构稳定的产物。这样的"老实"其实意味着一种极为封闭和保守的空间，不能容忍任何异物介入，无论这异物是"老实"的，还是不"老实"的。所以，陈玉伋的存在本身，对于老实街便是一种威胁，重要的依然不是道德或不道德，而是是否危及了生活的秩序。在这一意义上，左门鼻其实并不是老实街道德的化身，而是老

---

① 王方晨：《阿基米德的一天》，《人民文学》2016 年第 7 期。
② 李冰：《"人心幽暗深不可测，但我将竭尽一生，取火照亮"——与王方晨对话》，《莽原》2018 年第 2 期。

实街生存智慧和思维方式的代表。左门鼻和老实街的其他居民，是站在一起的，他们一起虐待了那只猫。

所以，当那只猫从老实街突然窜出，被老实街的人们一路追赶，它跑过狮子口街，跑过泉城路，坠入大明湖的水系之中时，那壮观而荒诞的场面构成了小说的高潮，且本身就是老街拆毁的先兆。或者说，这一场面揭示出了拆毁老街最根本的力量，远比我第一次站在大明湖畔，回想《老残游记》里那段明媚的描写所兴起的怀古幽情，要深刻得多。而这一章小说结尾处老实街人的风流云散，不过是必然的结果和感伤的余绪罢了。老实街并不真的是被高杰拆毁的，它毁灭的秘密早已藏在老实街的"老实"当中。这就是王方晨将这样一个故事放置在整部小说开头的原因。老实街的"老实"诚然在相当长一段时间里维持了一种稳定的生活结构，但是当这条老街因此而封闭、保守、怯懦，甚至藏污纳垢，那被隐藏的欲望终将在内部躁动不安，早晚有一天挣脱而出，拆毁藏首缩尾的旧时生活。老实街成于"老实"，也终将毁于"老实"——那股暗流涌动的黑暗因素。

所以从第二章开始，王方晨才能顺理成章地讲述老实街上未婚先孕的美貌女子鹅的故事。鹅是老实街拆毁之前的重要人物，不仅连续占据了整整三章的篇幅，而且在如《花事了》等几个章节中，还将反复出现。有趣的是，在有关鹅的第二章和第三章里，小说只字未提老街的拆迁，似乎王方晨兀自沉迷在鹅的那些风流韵事当中，忘记了小说的主题。但实际上，鹅的存在本身，就意味着老实街在渐渐龟裂瓦解。鹅显然是老实街的异类，她溢出了老实街人惯常的生活轨迹和道德规范，她放浪形骸，无所顾忌。和一般的老实街居民不同，她不甘于忍受任何束缚，即便这束缚来自自己。她倔强地生下那个来路不明的孩子，她将父亲的竹器店改成小卖店，变成白天的俱乐部、夜晚的欢乐窝，她和来自老街之外的高杰欢爱缠绵，她激发了老实街老老少少多多男人的隐秘心思。老实街的人们制造出种种说辞与幻想，来遮掩鹅所撕开的裂痕。他们说，鹅的孩子是鹅践石而孕，他们相信，高杰并没有在鹅身上占到便宜。但是鹅用自己放肆的行为让他们小心翼翼缝补出来的"老实"显得格外可笑。因此，早在鹅拉着自己的儿子走在老实街上，大声喊出那些男人的名字时，在她理直气壮地向儿子宣告"这些都是你爹"时，老实街就已经被拆毁了。

当然还有朱小葵,这个和鹅一样光彩照人的老实街的女儿,以另外一种方式,和鹅站在一起,共同嘲笑了老实街的"老实",嘲笑了人们的口是心非,嘲笑了道德下不可探究的幽微。朱小葵的纯真与侠气,恰恰反衬出老实街居民们怯懦、阴暗、奴性的一面。老实街的"老实"里有一种"歪脖子病",是和所谓"老实"一起生长于老实街人的生存智慧里的。而某种意义上,恰恰是这种永远不可能真正站直腰板据理抗争的"歪脖子病",让老实街相对而言很顺利地被拆毁了。[①]老实街的人们确实惶恐过,奔走过,哀伤过,也有所存念,但是听到左门鼻一句世故的建议,大家也就纷纷签了字,还多少为自己因积极配合得了些好处沾沾自喜。如果说左门鼻的那只猫不过是一个隐喻或先兆,那么鹅和朱小葵这两个美丽女人的故事,就真正说出了老实街被拆毁的复杂性。老实街是从内部坍塌的,老实街的"老实"里早已埋下毁灭的种子。老实街理应被拆毁,因为所谓"老实"所赖以生长的那种古典的生活方式早已暗疮处处,难以为继。所以鹅在做过种种挽救的努力之后,终于认清了老实街的本质与它的命运,当然选择远走高飞。她选择不再和老实街的人们居住在同一个小区,她甚至变得冷漠,对过去的街坊毫无热情。鹅,这个王方晨倾注了极大热情的人物,和作者一样逃脱了肤浅的感伤主义。

三

最后还必须谈及的,是叙事的技术问题。恰恰由于王方晨逃脱了简单哀婉的肤浅感伤主义,其深入肌理的洞见让他的叙述始终具有一种反讽的张力。小说中他总是以老实街居民的身份发声,但那由老实街的"老实"而滋生的沾沾自喜,在情节的进程中却总是被残酷的真相剥下伪善的外衣。王方晨在小说中所虚构的那个叙述者和身为作者本人,对于老街拆毁的认知处于完全不同的两个层次,这使得小说里总有些话吞吞吐吐,不能被完全说出,却又造成一种格外犀利、入木三分的吊诡效果。我想正是这

---

① 参见王方晨:《歪脖子病不好治》,《北京文学》2017年第11期。

样一种反讽的写法,使得王方晨的"小说中诸多'物''事'指向不明,令人费解却有着独特的意味,似有解却又难以言明,语言清晰意义含混",造成一种特殊的先锋感。而关于王方晨看似平淡实则神秘的先锋叙述技术,批评家其实早已多有论述。①

不过,这样的论述似乎更多是根据王方晨的中短篇小说创作而来,而《老实街》则是一部长篇。因而在此我更为关心的是,在《老实街》这样一部"由中短篇而长篇"的作品里,王方晨的叙述技术有何独到之处?

说《老实街》是"由中短篇而长篇",自然是因为小说的十一个章节,其实都曾作为中短篇刊发于不同的刊物,甚至屡次经过转载与获奖。②这样先拆单发表,再整合成一部长篇小说出版的情况,在近些年的小说创作领域所在多有。这当然是特殊的文学发表和流通生态使然。写作长篇是漫长艰辛的工作,而如果能先拆成几个中短篇发表,一方面可以保持必要的曝光率,另一方面也可以试试水。而国内的文学消费又有一个奇怪的现象,就是长篇小说的销路要远远好过中短篇集。这也使得很多作家乐意将彼此相关的中短篇拼在一起,名之以长篇小说。于是,类似《米格尔街》这样的"长篇小说"就流行了起来。

长篇小说诚然可以有种种别具匠心的叙事结构,未必以历史或事件为线索。《米格尔街》就像搭积木一样,先构造出街上一户一户人物,组合在一起便铺开了街区的全景,也确实别有趣味。因此,空间当然可以作为一种长篇小说结构。但是在空间的各部件开始建设之前就有所规划,和有了一堆散乱的积木块之后潦草地堆在一起,这二者之间还是有着本质的区别。所以李文俊在《去吧,摩西》的译者序里说,这部小说尽管从1949年起就被正式认为是长篇小说,但"要是让局外人客观地说,这本书应该算是一部'系列小说'"③。毋庸讳言,而今诸多所谓"《米格尔街》式"

---

① 参见李冰:《"人心幽暗深不可测,但我将竭尽一生,取火照亮"——与王方晨对话》,《莽原》2018年第2期。
② 本文当中《老实街》引文的出处,所注明的就是各章节在刊物发表的情况。
③ 李文俊:《译本序》,见〔美〕威廉·福克纳:《去吧,摩西》,李文俊译,上海译文出版社1996年版,第3页。

的长篇小说都不过是一种自欺欺人的冠名与销售策略,每一个章节单独拿出来看或许确是精巧的艺术品,放在一起却缺乏基本的结构美感。而结构上的差异,某种意义上恰恰构成长篇小说与中短篇小说的分野。

这样"《米格尔街》式"的小说,只能称之为"拼";而王方晨的《老实街》,则可以称得上是"拼接"。这里的"接",指的是旧时木匠的"榫卯结构",那就有了一种彼此镶嵌、入肉接骨的内在结构关联。《老实街》的各个章节,并不机械地模仿《米格尔街》,每一章写一个人物,或每一章造一处街景。如前所述,第一章《大马士革剃刀》就像是整部小说的序曲,而第二、三、四章都关于鹅。鹅的故事,王方晨讲得极为耐心,层层展开,一丝不乱。第二章《化燕记》的主角,与其说是鹅,不如说是鹅的儿子石头。石头频频走出老实街去看火车,在鹅正式出场之前,就接通了老实街外的广阔世界。和老实街的"老实"格格不入的东西因此,必将出现在这条老街。而第三章《鹅》则渲染了鹅极其光彩照人的风流人生,那正映衬出老实街的暗淡与虚弱。第四章《世界的幽微》里鹅与高杰的恋爱,似乎才真正与老实街的拆毁直接相关,但更为内在的那个老实街,其实早在前一章已然毁掉,这一章只是将那毁灭坐实在表象的世界。第五章《阿基米德的一天》,王方晨从老实街的街面上轻盈地转身,拐进一条死胡同,那里面藏着老实街上的异类穆氏兄弟。这是老实街的隐秘,但这隐秘其实在第二章里早被提及:石头喜欢捉迷藏,藏到谁也找不到的地方,他似乎有一种神奇的本领,总能不知不觉地进入阿基米德兄弟那座神秘的院落。这个细节总让人疑心鹅、石头和穆氏兄弟有何关联,但王方晨当然不会如此恶俗。他们的确有所关联,但这关联无涉男女私情,他们不过是在老实街承受着同样的命运。石头和那位从上海来寻亲的斯先生隐隐构成一种对照,而老实街人为鹅制造出来的践石而孕的神话,又和他们对穆氏大院的讳莫如深有何不同?第五章因此丰富了鹅的故事,这条老实街人极少踏入的死胡同,为窥探老实街的秘密提供了最好的视角。而第六章《歪脖子病不好治》与第七章《弃的烟火》中朱小葵的故事,为我们讲述了另一种面目的"鹅",朱小葵和鹅是这条老街的双生花,从内部和外部共同见证了老街的拆毁。当双生花的故事讲完,在第八章《八百米下水声大作》里,王方晨终于可以稍微直接地告诉我们,老实街远远不像我们所看到的那么简单,有很多秘密在暗处流传,有很多人因此沉默。而第九章《花事了》中,鹅再度出场,却是作为一个隐秘的欲望对象,从一个老男人的视角,鹅在老实街的居民心中真实的形象更为清晰,而老花头醉酒后难得的失态,让老实街的"老实"最后一层面纱也挂不住了。较之前一章,这第九章更刺痛地揭开老实街的暗疮,而老花头当然只能远走他乡,于是从这一章起,老实街上的人们,其实已经开始告别。第十章《竹器店》里鹅关闭小卖店,重拾父亲编竹的旧业,不过是一种回光返照。它和第十一章《大宴》一起告诉我们,在行将拆毁的老实街,告别已不可能,缅怀都显得可笑。无论是鹅还是锁匠卢大头,都只不过勉力换种方式重新过活罢了。

《老实街》的各章节,拆开固然是隽永的小品;组合起来又生出单独看绝没有的特殊意味。各章节彼此渗透,相互暗示,从原本无意义的地方生发出意义,正像《老残游记》里写千佛山与大明湖。单看千佛山固然已经如宋画屏风一般,单看大明湖也的确澄净,但唯有千佛山映在大明湖面,才真正算得上奇绝,远非今日被火柴盒般的楼房所隔开的山和湖可比拟。我因此相信,王方晨在写作这些章节的时候,心里早有鸿篇巨制的打算。《老实街》绝非中短篇小说的勉强连缀,凭借王方晨对老街拆毁的深层理解,而成为浑然一体的精彩长篇。

据说,福克纳的《去吧,摩西》成书,经历了一个复杂的过程:

1941年5月1日,福克纳给出版商罗伯特·哈斯写信,初步确定了收入《去吧,摩西》的篇目,其中大部分都已发表。但福克纳表示,他"还要在某种程度上改写它们"。

5月13日,再写信,加入新的一篇,后来定名为《话说当年》。

5月22日,又写信,表示"还可以进一步发挥,再写上几篇"。

6至7月,开始写《熊》。

12月2日,给哈斯写信,表示得拖稿了。

12月中旬,交稿,并调整原定的篇目顺序。

1942年1月21日,修改献词。

5月11日,书出版,但是名字成了《〈去吧,摩西〉及其他故事》。

1949年初,出版社打算重印该书,福克纳要求把名字改回去,并表示这是一部长篇小说。①

——如果真要"由中短篇而长篇",大概至少要经历这样艰苦的工作吧。何况即便如此,还是被李文俊认为只能算作"系列小说"呢。

（原发表于《文艺争鸣》2018 年第 4 期）

---

① 参见李文俊：《译本序》，见〔美〕威廉·福克纳：《去吧，摩西》，李文俊译，上海译文出版社 1996 年版。

空间与叙事

第二辑

空间作为一种叙述方式

西藏：复杂的精神资源与艰难的形而上探求
——论宁肯《天·藏》

　　宁肯出版于 2001 年的长篇处女作《蒙面之城》以恢宏的气度、绮丽的想象，以及饱满而决绝的理想主义情愫，张扬着一种难以企及的生存方式和精神高度，至今仍让人记忆犹新。小说主人公马格从秦岭到西藏再到深圳的地理空间转移，以及与此同时在内心深处和身体维度始终进行的精神远征，令宁肯在很多人的阅读经验当中留下了不可磨灭的记忆，同时也被寄予了热忱的期待。尤其是其中关乎西藏的章节，从结构上看，那是全书的高潮，也正是在那里，马格完成了精神上的超越。如果了解到宁肯曾在西藏生活十年之久，并写作过大量与西藏有关的散文作品，对宁肯的期待或许会有一个明确的指向：如果宁肯能够以西藏为题材，秉持《蒙面之城》的精神追求，该是何等精彩？

　　而于宁肯而言，这部长篇处女作的重要性更在于，《蒙面之城》独特的气质，令他在中国当代小说的写作者中占有了一席之地。中国当代长篇小说惯于书写波澜壮阔的历史，惯于描绘苦难深重的现实，惯于纠缠精微矫情的私人情感，但是能够在宏大的时空背景当中，对个人的精神层面做形而上的精微探索的作者，为数不多，甚至可以说绝无仅有。正是宁肯为我们提供了这样一种独特的可能性。而宁肯后来的两部力作也确实未令我们感到失望：《沉默之门》从《蒙面之城》的激情当中沉潜下来，归于平常，却又通过吱呀推开的历史之门延续着对于精神世界的探求；《环形女人》换一种悬疑般的笔调，窥视着离群索居又频频曝光于公众媒体的简氏庄园女主人的内心与历史，同时烛照着我们的精神内面。更加难能可贵的是，宁肯能够把对于精神世界的形而上探索,和现代小说艺术的娴熟技巧,如鱼得水地融于一体,使小说既流畅好读,又富于智性。

《天·藏》的出版因此在多个方面都令人欣喜。我们终于可以读到宁肯倾其十几年藏地经验和思索,凝聚而成的长篇小说巨作;并且可以想见的是,我们将依然在阅读这部作品的过程中,进行一次愉悦的形而上旅程,那是一种启人心智的阅读体验。小说不是讲述什么,而是唤醒什么。西藏是如此复杂的存在:它独特的地理地貌、自然风光、风土人情,以及波澜壮阔的历史图景……而人的精神世界的复杂性又何尝逊于此?独特的小说写作和思索,与独特的地理坐标之间的对撞,必然形成富有张力的精神空间,迸发出复杂的面向。

历史·政治·个人

在汉语写作中,西藏是边缘空间。或许正因为此,对于西藏的书写更能吊诡地折射和放大百多年来国家和民族的沧桑历史和政治风云。对于西藏的严肃书写,总是无法回避其独特的政治生活和历史变迁。早在20世纪90年代,扎西达娃《骚动的香巴拉》即以一个家族的历史,写出了西藏在百年中国沧海桑田中的沉浮荣辱。高原这一相对封闭的空间,骤然被拥挤而来的各方势力侵入,固有的原始秩序链条破裂,个人命运淹没在历史洪流当中,格外触目惊心,令人震撼。而其独特的宗教背景和文化氛围,更为这种历史的暴力提供了多重解读的余地。阿来的《尘埃落定》及后来的《空山》则相继书写了更为完整的西藏风俗史和文化史,从民国之初到现代文明侵入,对于西藏文化的任何一次书写都不能不以历史作为参照。或许是因为西藏是这样混杂独特的空间:最古老的文明与最现代的文明共置一地,八角街贩卖酥油的藏族老人,让你恍惚地怀疑千百年来他就是这样坐在这里,而他的身后或许就是灯红酒绿的西餐厅。历史在这里不是回忆,就是寺庙墙上斑驳了几百年的壁画,与壁画前面打着旅游团小旗木然欣赏的游客,是大昭寺门前终日磕着长头的信徒和那些将他们也当作风景拍进数码相机的人,混杂在一起。所有的时间,都同时存在。

而在书写这历史天然凝聚归拢的高原时,《天·藏》自然也无法回避这一命题。小说的一条重要线索，就是维格拉姆对于家族先辈的执着寻找。维格拉姆，在小说中多简称"维格"，生于北京，赴法留过学，最终回到西藏寻找自己的精神血脉。维格拉姆这个藏名，既是她的名字，也是她母亲的名字，还是她外婆的名字。一个名字就牵连起一个长达百年的故事。她的外公苏穷·江村晋美是将西方文明引入西藏的第一人，曾经在十三世达赖喇嘛的支持下在整个高原意气风发地开展过藏地的现代化运动。可惜十三世达赖喇嘛过早去世，苏穷旋即被代表保守力量的政治宿敌打入布达拉宫的死牢，在十三世达赖喇嘛的主持下过继给显赫的阿莫家族的儿子亦因此不能承认这个父亲，逼迫生母维格夫人写下证明，表示此子非她与苏穷所产，并改嫁他人。历史的残忍与个人承受的折磨与屈辱莫此为甚，而个人的命运在更为宏大的力量驱使下的跌宕起伏，更莫此为甚。可以说，在小说的14、15、17、18章中，由维格向王摩诘（即"王摩"）娓娓道来的这个故事，这小说的线索之一，已堪与《骚动的香巴拉》和《尘埃落定》的家族史相比。而更加令人动容的，是这故事当中两个女子的命运与选择，以及此中内含的坚忍。维格的外婆维格夫人在苏穷被儿子搭救出狱之后，留下女儿远走，再无踪影，外婆成为维格始终不懈寻找的目标，从她写下证明的那一刻起，她的沉默就成为一种强大的力量，控诉命运，控诉神佛，更控诉着历史。而维格的母亲自超度她的父亲升天的那一日起，就将母亲的那种宗教般的沉默融入自己的生命，她离开西藏，在内地生活了一生，谨小慎微，从不与人生气，甚至自己的孩子。然而哪怕在后来的动荡与危险当中，她仍然小心保管着密宗的佛像，在深夜参拜，退休之后才终于抛下内地的一切，回到八角街。在维格动情地叙述这一细节的时候，我们几乎可以触摸到母亲维格拉姆生命的褶皱，而她的一生又何尝不是一种隐喻？她小心翼翼的参拜又何尝不是书写了藏人的某种共同心路历程？

因此，较之外在的历史，在小说中更为重要的，是历史当中个人的精神追求与选择。也因此，所有的家族历史最终全都压在了维格一个人的身上。尽管她生于内地，求学于西方，有着芜杂的精神来源和复杂分裂的性格，但是王摩诘始终能够辨识出：在她的身上，有着三代"维格拉姆"始终不变的精神特质，促使她去追问自己，追问家族的往事，也追问西藏的历史与当下的命运。历史与个人在这里整合为一，是个人而非历史成为小说的主要书写对象，或者说，小说是以关注个体的方式，在关注着宏大历史。

而王摩诘这个沉浸于哲学思索的怪人，又何尝不携带着历史的印记？他的父亲失踪，他自己的历史遭际也在小说中得到充分暗示。在小说后附的对话当中，作者和责任编辑更是明确指出王摩诘的虐恋倾向与其所遭受的历史的关系。不止王摩诘，包括诗人——这个从来未被命名的维格的某任情人，正因为匿名，而能代表更广大的西藏外来人员——他从不掩饰自己在某一历史时刻的作为和态度，甚至将此作为一种标榜。从而使他的坚守西藏成为一种政治的姿态，在历史当中，这一姿态显得孤独、可笑，却又令人无法发笑。西藏这一片高原雪域成为某种历史的避难所和世外桃源，同时因此加深了历史与政治的色彩。而值得注意的是，小说并未直面历史，而是将历史内化在个体的精神内核之中。和维格的故事一样，小说以个人作为撬开历史的杠杆。

王摩诘的菜园两度被毁和诗人近于疯狂的破坏欲，显然是对二者共同承担过的历史事件的一种隐喻：王摩诘苦心经营的菜园，在彼时彼地不啻一种理想，无论这理想的煞有介事背后多么微不足道，横遭强力干预总是令人痛心的。这一隐喻中，两个背景相同的人地位不同，表明作者绝非针对历史现实本身思考与写作，而更关注历史背后的动因。暴力，以及暴力的机制，并非一定在宏大的历史背景当中才会暴露出来，而始终流动于日常生活的个人与个人之间。诗人从所谓的暴力承受者，在另一场合变成施暴者甚至阴谋策划者——以虚假的生日宴会作为新闻发布会，公开王摩诘难以启齿的隐秘私生活，无疑是一种比践踏菜园更为卑劣的暴力。在对诗人的刻画当中，不难看出作者对于某些历史事件的批判性反思，以及对每个人，包括他自己的拷问。而王摩诘枯坐菜园当中，近乎甘地般的对抗，以及保持这一姿态时永未放弃的思索，实际上使得暴力的历史成为一种思想资源。——历史或许是个人无法对抗的，但我们至少可以思考它，将之转化为自己的一部分。而当一个人的精神能力无法负荷这种转化的时候，它就成为某种非常态的因素。王摩诘奇特的性爱嗜好，显然便与此有关。对于这一点，作者在书后的对话中简单归于知识分子的病态与奴性，是我不能赞同的。或许这只是因为，在对谈时无法就此展开详细的探讨。作者本人不可能没有意识到，不懈的形而上思考者和修炼者王摩诘的这一身体怪癖，恰恰提醒了我们个人精神的复杂和限度，王摩诘思考的深度和广度，与他最隐秘的私生活的病态和不堪，恰恰构成一种紧张的张力。历史强加于王摩诘的，正是王摩诘的个人精神探索要去克服的，他在维格的帮助下，也一直在做这方面的努力。只可惜功亏一篑。但毕竟，历史的强力在个体的层面，有了非同一般的意义，历史成为个人精神成长与提升的压力和动力、起点和理由。

因此，《天·藏》这部以西藏为题材的作品，当然没有回避无法回避的西藏特殊时空，没有回避那凝聚并置的历史空间，但在西藏这一空间将所有历史拉平到高原上之后，宁肯又将所有的历史拉进人的精神世界。对于精神世界的形而上探索，就是对于历史的回应，小说因此轻盈地从历史当中逃逸，飞升到更为纯粹和广阔的领域。

皈依与思辨·现代性迷思·后殖民隐在心态

小说对于个人精神世界的形而上探索，决定了小说当中大段大段的哲学话语。而西藏复杂的历史和独特的地理空间，决定了这种形而上探索注定是艰难的、混杂的。宁肯显然为写作这部小说，做了大量哲学和宗教方面的准备，因此，没有足够的理论素养，对这部小说的阅读就只能是表层的。我当然也无力对小说中涉及的纷繁复杂的哲学和宗教理论做出精准的分析和判断，只能姑妄谈之，而作为一种极其开放的文体，小说的魅力或许也恰恰在此：每个人都能够以自己的知识结构和思维方式进入这一小说，触及自己精神的底部，而每一次精神的进步，都会为小说带来更新的风景。

小说一开篇对于雪中马丁格的描写，就既具有小说艺术的美感，又笼罩着崇高、神圣又不失智性的宗教色彩。"一场雪覆盖不了整个高原，我的朋友王摩说，就算阳光也做不到这一点，马丁格那会儿或许正看着远方或山后更远的阳光呢。事实好像的确如此，王摩说，马丁格的红氆氇尽管那会儿已为大雪所覆盖，尽管褶皱深处也覆满了雪，可看上去并不在雪中。从不同的角度看,马丁格是雕塑,雪,沉思者,他的背后是浩瀚的白色的寺院,雪仿佛就是从那里源源不断涌出。……马丁格沉思的东西不涉及过去,或者也不指向未来,他因静止甚至使时间的钟摆也停下来;他从不拥有时间,却也因此获得了无限的时间。"作为藏传佛教的上师,马丁格一出场就是与时间无涉的存在,是纯粹的精神性的个体。作为一部西藏题材的小说,藏传佛教显然是一支根本性的精神资源,它没有过去与未来,不接受质疑,只需要信仰。如果说雪是一种"加持",就如同是智慧的隐喻一样,那么雪从中而来的寺院以及寺院所象征的宗教,则是一种绝对的精神境界。而这种绝对超越的智慧一旦进入以怀疑为本质的小说,就成为众声喧哗中的一个音阶,它必须参与思辨,并且接受对话的邀请。

这样的思辨和对话,首先来自上师马丁格本人的身份和经历。与一般藏人不同,马丁格并非天生的藏传佛教徒,而是来自法国。他出身上层社会,接受的是优良的西方现代科学的教育,本是生物学家。偶然的西藏之行改变了他的生命轨迹,让他服膺于东方神秘主义文化的魅力,遂离开本来有望臻于世界一流水平的科研工作和法国故土,到西藏追随上师进行修持,并最终以白人的身份成为上师。马丁格的先在出身和教育经历,本身就作为一种思想资源,与传统藏传佛教构成对话,这一对话运行于马丁格的内心,呈现在他的选择之中,昭示着传统佛教的感召力。而如果说这样的对话和选择还过于内在,甚至有异教徒皈依故事的现代翻版的嫌疑,那么马丁格的父亲不远万里来到西藏,二人之间真实发生并被作者"记录"下来的对话,则是真刀实枪的交锋。而小说的另一条重要线索,正是这交锋中两种截然不同的世界观和行为模式的对撞与摩擦。

让-弗朗西斯科·格维尔是法国著名的怀疑论哲学家、法兰西终身院士,永远像福尔摩斯一样叼着烟斗,固执而又不失绅士风度的他,代表着西方古典哲学的传统。他对于儿子马丁格所选择的宗教道路的质疑有着复杂的西方背景。首先是他对于西方哲学史的认识,在他看来,"自公元前6世纪到公元16世纪,哲学在西方一直大体有两个分支:一个是对人类生活的指导,一个是对自然的认识。差不多从17世纪开始,西方哲学对于第一个分支不再感兴趣,将它抛弃给了宗教。第二个分支则由科学担负起来了。这时候哲学所剩的仅仅是对于超出自然之物也就是形而上学的研究。

从这时起'我们应该怎样生活'这一苏格拉底式的问题就被西方抛弃了，哲学渐渐被缩小为一种理论练习、语言游戏，尽管它一直有着学究式的傲慢，但已不能与科学相抗衡。至于科学，老头认为虽然完全独立地得到了发展，但科学并不建立道德和智慧，因此总的来说是哲学的逃脱与科学的技术化，才使得佛教在西方有了巨大的吸引力"。格维尔自然对苏格拉底式的哲学研究方式心向往之，那是一种哲学思索和身心修炼合二为一的理想状态，是现代学科体制尚未分裂和异化人的精神世界之前的黄金时代的特有品质。而他非常清楚的是，那个时代已经破碎了，哲学的功能让渡给了宗教和科学，而这两者他显然都不信任。其次，他固执地认为儿子的选择不过是战后一代如美国的垮掉一代，在精神失去归属的时刻成为东方神秘主义哲学和宗教的时髦附庸，这样的信仰是经不起推敲的，是与人的精神修养无关的。无论从学理层面，还是从具体的时代因素，格维尔都认为自己有与儿子对话并且质疑他的必要。而在这样的怀疑论调背后，我们看到的是一个其实对于怀疑亦表示怀疑的悖论者，一个虽在怀疑，实则渴望某种可供信赖的精神资源的求索者。他怀疑，是因为总是感到失望，是因为他希望终有一物可以令人的精神生活和现实生活回到苏格拉底时代的完美协调，然而后工业化的时代再也无法提供这种可能性了。因此，格维尔的怀疑和马丁格的笃信，其实各自代表了对于本人的精神求索道路的执着。至于二者对话的"记录"过程，其实也是作者的思辨过程，更是维格和王摩诘的成长过程。

父子的第一次对话在第3章，格维尔追问了马丁格的思想蜕变过程。他需要确认，究竟是一时冲动或对于神秘主义的莫名魅力的非理性投入导致了马丁格的人生变化，还是马丁格经过深思熟虑后做出这种选择。马丁格给出了完满的答复，尽管其皈依的选择依然基于一种感性的被召唤感。而被严格科学训练过的马丁格将自己的生命转折交付亲身体验的生活本质而非理性思索，或许已经标识了父子之间思维方式的不同，或者说，东西方两种精神进阶道路的差异。

而在第8章的对话中，格维尔没有表现出怀疑论哲学家足够的形而上思辨的素质，而更像一个望子成龙的慈父。显然他对于马丁格放弃前途光明的生命科学研究（有可能是马丁格而不是别人发现双螺旋结构！），投入高原雪山的怀抱，心怀不满。"你不觉得科学与信仰，这两件事是可调和的吗？"自称持怀疑论的老哲学家，显然不能摆脱他身在其中的意识形态的逻辑：在哲学交付的两条道路当中，他显然对宗教比对科学持更多怀疑。他相信理性的力量，相信科学引领人类进步，而不相信宗教对于一个人的幸福的满足。西方现代性的思维在老人的身上有着深刻的烙印，而这正是父子二人真正的分歧所在，也是两种精神方式的真正分歧所在，或许更是本书所做的精神探索最重要的张力所在——即如何看待现代文明对于个人和历史的影响，如何看待现代性的后果。此后父子二人的对话，或者说，也包括此前的对话，都确是在这一点上存在分歧：格维尔追问佛教教义和仪轨中，普遍被认为属于迷信的部分。而迷信这一前现代的标志，恰是现代性对于他者的指认。在老人认为是黄金时代的苏格拉底时期，同样是信神的，神不应当被怀疑，正如幸福的精神生活不应当被怀疑一样。格维尔有着相当理性的逻辑思考方式，这与马丁格的修持之道难以达成共鸣已是必然。而小说并不是法官，虽然小说对于马丁格的淡定姿态的刻画，难免流露出一定的倾向。但是更为可贵的是，在二者的碰撞当中，小说提供了一个多元交流的平台，令每一种声音都有发言的可能。实际上，不论是马丁格对于宗教的独特解释，还是老人基于严格西方理性思辨训练的发言，都提供了某种精神维度。在笃定中淡然面对生死劫灭，以及在痛苦的理性思辨与怀疑中随时矫正自己的思想并探索生活的道路，同样是值得尊敬的。

而始终作为二人对话听众的王摩诘，显然在倾听的过程中接受并融汇着多元的文化信息，并通过他独语的思考传递给我们。作为同样受过西方式的理性思维训练的王摩诘，和格维尔实际上又有不同——尽管后来他做了老人的关门弟子——和老人反感福柯、德里达等法国新派哲学家不同，王摩诘显然对新派哲学理论相当熟稔。毋宁说，较之老人笃信的休谟、蒙田、笛卡儿、帕斯卡，后现代主义的哲学家和思想家是王摩诘更为主要的思考资源，这从小说涉及王摩诘时相关理论的引用率足可看出。

基于思想资源的差异，王摩诘得以成为马丁格、格维尔之外又一个形而上层面的对话者。因此，无论是与马丁格交流，还是与格维尔探讨，王摩诘都能成为一个激发者——当然，这样的差异也有个人历史的因素，比如在与马丁格探讨双修的时候，王摩诘显然是在为接受维格这一另外的精神资源的改造做准备，而这一改造又源于他内在的病态性向。与格维尔相比，王摩诘或许已陷入一种更加深刻的迷思当中。如果我们还记得杰姆逊在《后现代主义与文化理论》中的论断，或许我们会觉得格维尔的判断是有道理的：杰姆逊略带游戏口吻地指出，西方后现代理论的生产，它对于深度模式的解构，已不再关注本质性的问题，而更在乎怎样表达。它不但不像苏格拉底时代的哲学那样解决真切的生活方式问题，甚至绕开思想本身，不再对本质性的思想发言，而仅仅生产学院意义上的知识。或许这也可以说明，为什么苦行僧一般的阅读与思考，始终也未能使王摩诘解脱。甚至在全书的最后，作者充满浪漫主义地让王摩诘信仰维格，或者说，信仰爱。令他如卑微的信徒一般，甚至有些猥琐地追随着维格。但是作为真正结尾的脚注，连这一点浪漫的想象都解构掉了。解构的写作本身解构掉了后现代主义信徒王摩诘获得真正精神解脱的可能性，王摩诘比怀疑论哲学家格维尔更加沉迷地在现代学院体制生产的知识中打转，失去了维格这根救命稻草，他永远无法克服内心深处的扭曲与暴力印记。

　　那么维格呢？如果说后现代主义的信徒王摩诘已经足够具备后现代的混杂、拼贴特质，维格简直就难以概括了。她以一种女性的本能，巧妙地游走在多种精神进阶方式当中。她信奉藏传佛教，但是她的信奉多半来自对自己血脉之根的想象性归属感，甚至虚荣心。而入门的那关键一步，则是基于内心的情欲之爱。无论她如何辩白她对于年轻活佛的复杂情感，我们也不难辨认，在圣洁的宗教情愫中始终有一种危险的世俗肉欲。也因此，她的修持从不坚定，她也无法如马丁格一样奉行禁欲主义和极简主义。她的身份始终是处于边缘和摇摆不定的：虽然在拉萨之外的中学做志愿者，同时侍奉上师马丁格，但是她从未离开热闹的拉萨。她的小屋简单朴素，又有一种洋溢着宗教氛围的小资情调，同时还是拉萨的朋友们——那帮为王摩诘所不齿的雪域猎奇者，尽管这不齿中有嫉妒，但是也不乏形而上的因素——寻求刺激新奇和寻欢作乐的场所。她沉溺于情欲，又笃信宗教，对于侮辱上师和宗教的所有人她都怒不可遏，但是又实在不能为了宗教放弃世俗的享受，不论物质的，还是肉体的。在弃山星的沐浴节上她轰动一时的表演或许最能象征她丰富而芜杂的内心世界：我们已经无从判断，那是一次对于远古和宗教的虔诚献祭，还是一场富于媚俗意味的行为艺术表演。那些带着猥亵的、猎奇的目光送她入水的人，他们欢呼，他们赞赏，他们叫嚣，她听到这些声音，或许觉得那就是属于她的人群，因此，出水之后她能够如一个上流社会的交际花般自如穿梭其中。但是在人群之外，还有她的孤独却并不显得孤独的母亲，那代表着她另外的归属。所以她和母亲抱头痛哭。她是在哭西藏遗落的传统，在哭这传统变为一种世俗的表演，还是在哭她自己在这仪式当中的迷失呢？在与王摩诘同居的日子里，或许她真的以为自己就是宗教里的度母，能够度化王摩诘，但她毕竟不是，她有着七情六欲，有着正常女子的正常性需求。她最终的放弃也就顺理成章：她在放弃王摩诘的同时，也放弃了自己的精神修行。她和王摩诘一样，在迷乱的后现代时空中，无法真正找到自己的归属。

或许她唯一坚定的，是她对于自己血脉的寻找。她或许也一度将此作为她的精神修行之一，然而穿越历史的重逢并没有给她更多启迪。维格夫人已年迈如一株植物，如一块植物化石，维格曾经赖以求生的西藏文化与宗教，以维格夫人为标志，已经在老去、在石化，虽然有马丁格，但是马丁格并未最终进入她的内心。或许也正因为她这唯一的坚持，她最终的好归宿正如王摩诘所说，是去博物馆。在那里，她可以一遍遍讲述，一遍遍修复自己的历史，如同她的外婆和母亲一样，在日复一日单调的生活和默诵中，继续寻求解脱之道。但是博物馆不是寺庙，在那里只有历史，而没有活生生的生活。在作者想象的一次次重逢里，她对于王摩诘的麻木和逃避，已经注定了她无法面对自己的内心。因此，她只好服从命运，与教练结婚，或许教练所代表的世俗生活的稳定与力量，以及男性的征服魅力，才能真正令她女人的本能感到踏实——而教练的死令这世俗的踏实也变成了暂时性的。精神上若未获解决，所有的踏实都注定是暂时性的。

而以博物馆作为维格的归宿，也是全书的归宿，是颇耐人寻味的。安德森在《想象的共同体》中，将博物馆视作现代民族国家建立认同的手段之一。民族的历史以一种现代的视野被整理，成为经典，供人瞻仰，并获取认同。在此过程中，又不乏东方主义的意味。而若就此引入萨义德的后殖民视野，我们更不禁要问：博物馆的收集、整理和归类，是依照谁的逻辑在进行，又展示给谁看？维格作为外语人才被引进博物馆，每天面对的主要顾客是西方游客。西藏的历史与文化讲述什么，如何被讲述，都是由他者来规定。原生态的真实的西藏早就不可复原了。

实际上，马丁格这一人物作为藏传佛教文化的标志性人物被放置在全书的开场，就已经昭示了某种没落。在父子对话中，格维尔对于西藏的东方神秘主义文化之前现代属性的质疑，代表了一种西方的声音，而马丁格则代表了东方，在与之对答。如果说，两种不同时空的文化本无沟通的可能，尤其宗教是那样需要笃信而非质疑，那么在本书当中，马丁格充当了一个相当出色的阐释者和传播者。问题在于，这样的沟通何以成为可能？恰恰是马丁格的西方文化修养，使他能够将古老的东方宗教翻译成法语，与自己的父亲所代表的文化进行交流。而这样的翻译是可靠的吗？以一种语言转述的另一种文化，确是值得相信的吗？何况即使想一想那样的场景，都不能不令我们回忆起某类好莱坞电影如《最后的武士》。或许我们还应该想到小说中沐浴节上狂欢的人们，想到于右燕，想到诗人，如果只涉及文化，西藏显然也为汉文化提供了一种想象，尤其在消费社会。维格的痛苦难道是没有道理的吗？当西藏最后的大师是一个西方人的时候，当西藏在人们的眼里只是一个想象中的散发着小资格调的地方的时候，藏传佛教文化已经悄然发生改变。任何希望在此寻找到精神超越和解脱都是不可能的了，可能的只是暂时性的自我欺骗和麻木放任。

因此，或许在作者的意料之中，或许在作者的企图之外，精神的探求从一开始就是绝望的探求。但是恰恰因为绝望，因为精神超越的不可能，王摩诘苦修般的思考和维格近乎歇斯底里的追寻，反而具有了一种悲剧性的力量。这种力量使小说力透纸背。小说从来是怀疑的艺术；一个提供解脱之道的小说或许是好经文，但不是好小说。正是在各种力量的角逐中，小说的意义才呈现出来。

哲学性与文学性·多重叙事的必要·先锋派和西方现代派的遗产

复杂的精神内核，需要复杂的艺术技巧；也只有复杂的精神内核，才配得上复杂的艺术技巧。《天·藏》洋洋三十五万字，但是与它所容纳的内容相比，这个篇幅是太小了。如果不在艺术上予以足够的设计，势必纷乱，让人目眩。而宁肯能做到群声喧哗之中有条不紊，确实值得称道。

小说通篇充斥着复杂的形而上追问与思辨，而从接受的角度看，如果不加以调节，形而上的文字连篇累牍势必让人厌烦和疲倦，毕竟小说不是王摩诘的那本关于"零"的哲学著作。而宁肯能够自如地在精神探求和小说叙述之间穿梭来去，稳定地把握着小说的叙事节奏。在全书当中，绝少整章都在进行形而上的交锋。即使马丁格父子的对话，往往也前后牵连着情节的推动。如第一次对话的意义，更重要的是补充马丁格的个人历史。智性思考是像闪光的碎片一样点缀在叙事当中，而不是一整块玻璃砸下去。何况如前所述，形而上层面的探索，本就是这部小说的着力之处。而个人的历史与形而上的思辨，决不能分裂看待。因此，宁肯那些长篇大论的哲学性文字，本质并非思辨，而是另一种叙述。从这一角度看待，或许我们无须追问在小说当中插入如此大容量的哲学性文字是否冗赘，是否必要：在宁肯建立的关注形而上探索的小说整体框架当中，论文般的科学语言已经被改造为独特的文学语言。宁肯绝非卖弄知识或故弄玄虚。每一次的哲学讨论，都让我们更加清楚人物的历史，更加深入人物的内心。

而更加令人称道的是，或许因为宁肯是写作诗歌和散文出身，他的文字极具表现力和抒情性，而形而上的因素就蕴含其中而非裸露出来。第0章中对于马丁格的刻画便是最好的范本，马丁格作为一种绝对精神的符号，不是出现在佛堂中，而是在漫天飞雪当中亮相，白雪花、红氆氇和金顶的寺庙，构成了色彩对比鲜明的图画，而宗教般的肃穆笼罩着整个画面，飞扬的雪花又使这幅画面不至于呆板。叙事、抒情和思辨，在此完美地融合为一。而在章节的安排上，同样可以看出宁肯的机心：第0章偏重于抒情与叙述，第1章则有如一篇可以独立成章的散文，抒情当中包含着智性因素，第2章则偏重于形而上探讨，并借此叙述马丁格前史。章节的安排总是这样错落有致地交杂分布，往往在比较充分的叙事之后，立刻穿插一小篇散文般的灵性文字，逸出主线，但又并不突兀，而是以独特的方式渲染了氛围。

如果说娴熟转换多种表现手法还属于传统的小说技能的话，那么《天·藏》对于注释的功能之深入开掘则极具现代意味。注释在小说当中的这种用法，《天·藏》并非首创。或许会有人认为这样的形式太过繁复，甚至有哗众取宠的嫌疑，但是如新诗一样，每一部小说在创作的同时，也在创作属于"这一部"小说的独特文体。如果确是内容表达所必需，那么就不存在哗众取宠的问题。在描述雪中马丁格时，宁肯指出了一个思想者与时间之间的微妙关系："马丁格沉思的东西不涉及过去，或者也不指向未来，他因静止甚至使时间的钟摆也停下来；他从不拥有时间，却也因此获得了无限的时间。"思想者需要时间之外的时间，而注释恰恰在小说的线性时间之外，提供了这样的可能。注释时时打断小说的正常叙述，使叙述事件被阻隔，将读者拉出正常的时间，从而达成思考的多元。小说中屡次提及王摩诘可以一心多用，而读者在注释与正文之间来回穿梭，与之庶几相似。这样的跳跃，一方面能够提供别种思维角度，又能够灵活进行必要的补叙，使叙事变得轻盈不滞重。而更加重要的，当然是提供了一个不一样的叙述视角。注释一般被认为是小说之外的，在传统的小说美学理论所提及的几重叙述者之外，又提供了一个看上去更加真实的作者的声音。作者"我"直接跳出来发言，几乎可以以假乱真，他以一种悲悯的眼光看着笔下的所有人物，尤其是被叙述成"我"的朋友的王摩诘和维格，实际上是提供了一个隐藏的人物。维格与王摩诘的精神磨炼，也是作者"我"的一次修行、写作的过程，也是一次不断反省自问和切磋进步的过程。而有的时候，比如小说的末尾，这个注释中的作者，又能为小说的情节发展提供另外的线索，从而使小说具有一种开放性，织成网络般的效果。

当然，在小说技术上并非没有可以商榷之处。比如，"我"在小说正文和注释之间的跳跃，有时失于随意，往往在注释中刚刚发言，又忍不住跳到正文再发言，难免造成些许阅读上的困难。有些注释，比如28章中的长注，无论从何种效果考虑，都完全可以归入正文中而不必单独注出。既然这是一本如此注重形式的小说，或许，在一些细枝末节上加以调整，会使之更趋精致与完美吧。

中国新时期以来的文学受到西方现代派深远的影响，先锋派的兴起则标识了这种影响之彻底。先锋派可算是真正的转折点，改变了纯文学的标准，为后来者树立了标杆。但是随之而来的，就是对于先锋派的低劣模仿。大量文坛的后来者在对先锋派知识背景和写作环境毫无关切的前提下，就开始了先锋派的写作尝试，造成大量作品不忍卒读。所谓先锋派，首先是一种观念上的先锋派，而非形式上的先锋派。徒有形式上的先锋派，不如走最老实的现实主义路线，将故事本本分分地讲出来。而《天·藏》的过人之处就在于，形式的繁复与内容的驳杂完美地结合在一起。唯有这样的先锋派，才有意义。

（原发表于《小说评论》2011 年第 1 期）

小说的三重美学空间
——论宁肯《三个三重奏》

一、对权力的知识考古：只是阅读的起点

阅读《三个三重奏》时，我不断想起米兰·昆德拉。这个前爵士乐手和宁肯一样，热衷于用音乐形式结构长篇小说。尽管我对音乐一窍不通，但仍曾长久迷恋昆德拉小说中那种精致的节奏感：如波浪般不断推进和累积的力量，不时被跳跃的轻巧片段打断，而后更为丰富的声音混杂进来，继续裹挟着叙事向高潮涌去，最终在辉煌处响起悠久的回声。尽管宁肯在这部长篇小说中并未采用昆德拉式的交响乐章形式，但是在三个三重奏交叠演奏的迷人音效里，我再次感觉到那种经过精心设计的节奏之美。

宁肯与昆德拉的相似之处当然不止于此。正如音乐本身即导向一种神秘的美感，像昆德拉一样，宁肯也对形而上的思考怀有强烈热情。他们都如此谙熟理论，如此热衷于对世界——他们身处的世界和他们所创造的世界——进行哲理性分析，他们使写作成为一种高度理性的行为，他们的激情来自理性澄清之后的狂喜。在当代中国这样的小说家并不多见，而这恰恰构成宁肯最可宝贵的特质。

唯其如此，宁肯才有可能正面处理《三个三重奏》的主题，而不至流于庸俗，使之变成官场小说甚至黑幕奇谈。权力——我们当然记得，这也是米兰·昆德拉的关键词——始终贯穿他的小说创作。人们经常容易误会，这位生于捷克斯洛伐克的作家之所以一再探讨权力，乃是因为他曾和他的祖国一起吃过集权主义的苦头。但实际上，形而上的思维方式早已将

他的追问拔离祖国的土地。他关注的不是某个权力或某种权力，而是权力本身。宁肯同样如此。《三个三重奏》可谓恰逢其时：再也没有比2014年更合适的时机来出版这样一部小说了。当我们不断提及腐败、渎职、暴力、道德沦丧与那些惊人的不公正时，它们已逐渐蜕化成为单纯的谈资而失去了话语的重量。因此，宁肯拒绝书写那些已经为人们耳熟能详的滥用权力的细节。他绕到权力背后，通过讲述权力的侧影与背影实现陌生化的效果，让我们得以在更加形而上的层面思考权力的内在机制。

在以杜远方为主题的那支三重奏里，宁肯并未过多着墨于这个叱咤一时的国企老总如何在官商两界游刃有余，而将其放置到日常生活。在与人性、性的角逐中，我们格外清晰地看到权力的虚弱与强悍，它的复杂性。而在居延泽的故事里，我们将看到一个曾经有着热血与冲动的质朴青年，其主体性如何在历史、教父与爱人的多重挤压下逐渐扭曲变形，成为权力网络中一枚心甘情愿且扬扬自得的棋子。而更为精彩的倒是从小说注释中逐渐爬升的那一支三重奏的声音，前述两支三重奏中时隐时现的历史主题在这里被嘹亮地奏响：究竟是怎样的历史褶皱，造成了怎样的机制与逻辑，使得杜远方唯有同流合污才能保障企业发展甚至自身安全，使得居延泽唯有在权力场上才能实现人生价值，而绝不甘心安于平静的学院？宁肯将时间上推至20世纪80年代，在激情涌动的黄金时代寻找权力畸变的伏线；甚至追溯至更早，以确认黄金时代的内在矛盾与危机。很多论者都注意到20世纪80年代之于《三个三重奏》的重要意义[1]，这并不奇怪，历史从来都是宁肯挥之不去的写作背景，他习惯于回到某个历史关节点去为他的人物和情节寻找动机。这种知识考古学般的严谨，正是他形而上小说形式的重要表现。

然而，这样一种智性写作倾向同样会给宁肯带来米兰·昆德拉式的尴尬。那些习惯于传统叙事的读者总是不断向昆德拉发问：你所写的究竟是小说，还是哲学著作？——正如宁肯的《天·藏》曾经招致的质疑一样。而那些精于哲学训练的专业批评家对昆德拉的误读倒是更为笃定：他们熟

---

[1] 参见项静：《想象大地上的陨石——宁肯〈三个三重奏〉》，《上海文化》2014年第9期；孙郁：《在没有光泽的所在寻觅真相》，《文艺报》2014年12月22日。

练地从那些哲理化的小说中提炼种种主题,铺陈长篇大论,然后忘记了昆德拉首先是一个小说家,而非思想家。——正如我如此津津乐道地谈论《三个三重奏》对于权力的透彻解析。不应忘记的是,米兰·昆德拉的形而上思索不仅是关乎外在世界,更多是关乎小说艺术。或者说,他首先是在小说与世界之关系的层面上思考外在世界,是以小说的方式对世界进行形而上探索。因而,他对于小说文体本身的形而上思考可能更为丰满有力,他的论著如《小说的艺术》《被背叛的遗嘱》等极大开拓了小说艺术的可能。唯有在小说家的身份之中,才可能真正理解米兰·昆德拉。基于同样的理由,尽管宁肯对于权力的知识考古已抵达相当深度,但指出这一点或许并不能意味着可以完成对《三个三重奏》的阅读。毋宁说,这只是一个起点。重要的不是宁肯发现了什么,而是他如何以小说的方式发现了它,如何在发现它的同时也拓宽了小说的领域。

二、红塔礼堂、甲四号院与北京城:时间的空间形态

因此,请允许我回到阅读中最具快感的时刻重新开始讨论——读者的阅读快感所在,或许正是小说美学值得关注之处。那时候三个三重奏的声音已各自从顿挫沉缓走向高昂,并交相辉映造成真正庞杂而振奋的音效。杜远方的三重奏其实已然结束,只剩下遥远的动机还将在居延泽的乐章中继续回响;而居延泽将做出他人生的重要决定,但很快这青春最后的冲动将屈服于历史的主旋律,在权力的合唱中显得倔强而微弱,像是一支曲调将退居和声之前最后的跳跃音符。而恰在此时,在小说的第 390 页,注释中那支三重奏势必展开大段有力的独奏,将整个乐曲推向高潮。在长达二十二页的注释中,宁肯需要在关于叙述者"我"的 20 世纪 80 年代故事中,对小说所有人物及他们时代的来龙去脉做一收束。有趣的是,这一与时间有关的艰巨任务,宁肯选择通过对两个空间的塑造来最终完成。

第一个空间是红塔礼堂。即便今天,礼堂这一特殊的空间形态仍带有浓重的集体主义色彩,在 20 世纪 70 和 80 年代之交它当然存留着更多的政治隐喻意义。这座矗立在月坛北街十二号的苏式建筑"那时也叫国家计委礼堂,带有国家神秘色彩",它所在的灰色调国家办公区域"没有

胡同,也没有四合院,更没有枣树、海棠、大柳树或老榆树,也没有洋槐,没有街头巷尾,街谈巷议,路过这儿或到这儿办事的北京人觉得这儿不像北京,像国家"。① 然而恰恰是这个极具红色中国特色的空间,成为向国人与世界展示中国特色的窗口。斯特恩、梅纽因、小泽征尔,都选择在这里举办音乐会,开始他们的破冰之旅;而这里曾经放映过的那些西方经典电影,亦成为一个时代风气大开的重要表征。历史似乎在这一狭小空间的内部突然加速:"现在回想起来描述一个时代巨大而清晰的转型,或许没有比描述1979年前后的红塔礼堂的演出更富动感的了,那时你从这个礼堂进来可能还是一个旧时代的人,出来时你可能已是一个新人。"② 宁肯对红塔礼堂的表述有如电影胶片记录下的飞奔人影,历史在这样的影像中显得模糊暧昧。过去与未来、艺术与政治、规训与启蒙、个人体验与集体空间,统统挤压在一起,其中所能召唤的复杂性,那种小说特有的复杂性,超过任何一种理论表述。

  与红塔礼堂的躁动活跃相比,宁肯在此塑造的另一个空间显得格外肃穆,甚至带有某种永恒的意味。如果说红塔礼堂呈现出历史"变"的表象,那么神秘的甲四号院则昭示出历史"常"的本质。这座神秘的大院在地理空间上即表现出与世俗生活的格格不入:"我"必须穿过那些曲折胡同,来到当时北京城市的边缘地带,才能找到它;而森严的守卫和严格的登记制度,更彰显出威严的拒绝姿态。理应具有红色中国特征的高级干部住宅区,却与那时的生活毫不相干,甚至相反,让"我"时时想起红塔礼堂放映的影片中那些国外风光。而高墙与铁丝网隔开的,不仅是空间,还包括时间。客厅墙上康有为题赠的对联,洋溢着欧陆风情的生日舞会,和从楼梯缓缓走下,与女儿共舞一曲之后登上小车离开的李南父亲一起,构成一种奇异的时间感。而更为吊诡的或许是"我"对这一空间的体验:"没有嫉妒,没有批判,甚至为中国竟有这样的地方感到一种宽慰,自豪,国家的自卑感在这儿被给予了莫名的安慰。……我们不是一无所有,也有电影中的高贵的生活,感到一种莫名的感动。那时受红塔礼堂外国电影影

---

① 宁肯:《三个三重奏》,北京十月文艺出版社2014年版,第391—392页。
② 宁肯:《三个三重奏》,北京十月文艺出版社2014年版,第391页。

响太深了，电影比衬着破败低矮的中国，让我感到被世界抛弃的自卑——我以为六七十年代留下的中国就是我所日常见到的，其实不然，还有这里。难怪那时高层对改革有信心，这里的品质决定了未来。"①改革者们究竟是以怎样的个人经验与时空体认，去思考一个国家的处境，并确定未来的方向的？而20世纪80年代的人们又是以怎样的心态参与其中？从甲四号院这个时间严重错位，意义却无限丰富的空间形象出发，再次回顾三十余年来的发展进程，历史自然显得歧义丛生。

而在红塔礼堂与甲四号院的背后，宁肯着意打开的实际上是一个更为宏阔的空间，那就是北京城。文学研究领域对城市已关注有年，但更多是围绕上海这座历史短暂的城市，探讨中国现代性的发生与流变。其实相比之下，北京的内涵更为丰富，更能呈现中国现代性的曲折复杂。家住四合院，祖上是小古董商人的"我"；父母都是钢院教师，从小在学院里长大的"鸡胸"；部队大院子弟杨修；以及显然出身显赫的李南……每一个人物背后都隐藏着一个独特空间，这些空间交错坐落于北京城，既鸡犬相闻，又泾渭分明，共同构成北京总体的空间特质。在这些空间的对话、碰撞与交融当中，我们看到不同的历史记忆与文化特征被不断唤起，杂沓重叠，彼此诉说，又相互阐释。在北京这样的城市里，新的行动当中总是闪现着旧的影子——正如"我"、"鸡胸"、杨修和李南在天安门广场这一典型的北京空间集合出发去远游的时候，那种意气风发的姿态与上一代青年何其相似——使得看似线性发展的历史因此呈现出立体的面貌。未必相关的几组历史片段，被想象的力量召唤组合，从而破坏对历史的孤立，打开更为含混多元的解读可能，这是唯有在北京这样的城市才能达至的效果，也是唯有以小说的方式才能达至的效果。在此之前，并非没有人致力于书写北京，但是如此有意识地开掘北京城市空间的历史价值和美学潜力，宁肯是第一人。在此意义上，这样的北京城堪称宁肯的发明。

在对宁肯笔下的红塔礼堂、甲四号院和北京城加以考察时，我们当然会一再想起福柯那段被广为征引的论述："我们所居住的空间，把我们从自身中抽出，我们生命、时代与历史的融蚀均在其中发生，这个紧抓着我

---

① 宁肯：《三个三重奏》，北京十月文艺出版社2014年版，第400—401页。

们的空间，本身也是异质的。换句话说，我们并非生活在一个我们得以安置个体与事物的虚空（void）中，我们并非生活在一个被光线变幻之阴影渲染的虚空中，而是生活在一组关系中……"①这似乎再一次证实了宁肯对于理论的迷恋，但宁肯的出色之处，仍然在于他如何以小说家之巧思设计出一个个充满意义的空间形象，以审美的方式拓展了理论的洞见。在小说的力量抵达顶点处发现宁肯塑造空间的努力之后，重读《三个三重奏》，我们将发现那种宁肯／福柯式的空间比比皆是。审讯居延泽的纯白空间、ZAZ组所在的三十一区，甚至杜远方如王宫般的办公室，都凝聚了太多意义，层累了太多历史。宁肯以一种建筑师般的才华，使他笔下的那些空间形象成为一个个众声喧哗的叙事现场。

三、让时间减速并增殖：空间作为一种小说方式

如果说这些宁肯／福柯式的空间建构都还只是作为一种形象停留在小说内容层面，那么当宁肯以空间比喻谈及小说注释的时候，我们分明看到空间之于小说美学更为内在的意义。前文已多次提及《三个三重奏》的注释，显然在小说文体中，注释占据如此重要的位置，甚至成为三个三重奏中或许最为重要的一支，是相当具有冒犯性的写作方式。宁肯因此不得不反复对他从《天·藏》开始即大规模使用的叙事性注释加以解释，在注释第三次大段出现在小说中时，宁肯即为读者提供了这样的阅读指南：

> 如果说现代小说是一个综合的娱乐场所，一个有着环境设计的建筑群，而不仅仅是一个单体的影剧院，那么您现在正在读的注释就相当于外置的走廊，花园，草坪，喷泉。总之这里是户外，您不妨出来走走，从外面打量一下建筑的主体——也就是影院，或许也是一种选择。本书某种程度上改变了传统阅读方式，但传统的方式仍给您保留着，不像电影画外音不听也得听。这里注释

---

① 〔法〕米歇尔·福柯：《不同空间的正文与上下文》，陈志梧译，见包亚明主编：《后现代性与地理学的政治》，上海教育出版社2001年版，第21页。

相当于画外音，但丝毫没有强迫性。如果您不习惯被打断，您读小说愿意就像看电影——在一个封闭做梦般的环境中完成阅读，完全忘掉自己——这是多数人的习惯——那么，我再说一遍：您完全可以撇开这里不管。①

是否唯有以注释的形式，才能够打开小说的立体空间，当然仍可商榷。但这段文字至少为我们理解宁肯的小说观念提供了通道。在"多数人的习惯"当中，小说正如单体影院里那场九十分钟左右的幻梦，是封闭空间中的完满故事，他们"不习惯被打断"。由于空间如此外在且单一，小说当然被视为关乎时间的艺术，人们关注的是故事的推进和情节的变化，是随着时间推演的起承转合。而在宁肯看来，小说是城市综合体，是立体建筑群，是走廊、花园、草坪、喷泉与影院的相互映照与投射。他更热衷于像把玩积木一样，一再打断线性叙事，重新组合、穿插，构成奇异的对话效果，在这个意义上，《三个三重奏》与红塔礼堂、甲四号院和北京城一样，成为一种关乎空间的艺术。

唯其如此，我们才能够理解这部小说所提供的独特审美体验。既然宁肯更多关注空间美学所呈现的丰富性，当然无须急于推进小说的叙事速度，也无须构造复杂曲折的故事情节。因此，我们很难在这部以权力为主题的小说当中，得到类似官场小说的阅读快感——时间在小说中的重要地位被空间挤占之后，宁肯终于可以专心致力于经营一种迷人的缓慢。很少有小说像《三个三重奏》这样缓慢，却又令人读来兴味盎然。在杜远方的三重奏刚刚响起时，其节奏便极尽缓慢之能事：杜远方和李敏芬不会超过五分钟的初次见面，宁肯居然花了七页的篇幅加以叙述。宁肯以电影慢镜头般的细致手法，触摸每一个细小的物件，将杜远方与李敏芬每一个不经意的动作和表情都放大特写，赋予意义，从而在短暂的情节里不断敲开一个个内部空间。无数过往与未来，从这些内部空间中涌出，使得叙述显得格外饱满。

更加令人印象深刻的缓慢，当然是宁肯笔下的性。在小说叙述中让性

---

① 宁肯：《三个三重奏》，北京十月文艺出版社2014年版，第33页。

缓慢下来，其实具有相当难度。以性本身为目的的色情小说当然不在此列，但在严肃叙事当中，性总是如此具有封闭性，与自身之外的一切都格格不入。有时性确乎构成小说的核心秘密，但是性的细节似乎永远和它的意义无关。这就是为什么张贤亮笔下的性总是极其外在，王小波笔下的性也永远停留于隐喻和理念而无法展开；也是为什么《金瓶梅》中那些活色生香的描写被清洁殆尽之后，其实并未对阅读造成多大障碍。而宁肯则有意将性放慢。在杜远方和李敏芬的关系当中，性是他们最初也是最终的纽带，然而这性的进程何其缓慢。从杜远方第一次见面时，不经意触碰到李敏芬的"那一点"开始，两人即围绕性是否发生展开漫长的拉锯战。同一屋檐下的警备与试探，生日晚餐的欲拒还迎，以及影院黑暗当中的隐秘动作，两人不同的生活历史都在性的进攻与防守当中一点点流露。宁肯不慌不忙，甚至在一切顺理成章，李敏芬充满期待地出浴时，仍让杜远方退回自己的房间。杜远方似乎永远不会是一个被动的等待者，而要以侵入者的姿态开始这段性关系。宁肯是在写性，但同时也是在写权力，不同的空间、不同的意义闯入了性的私密领地，但并不是粗暴的理念移植，而是缓慢地渗透。性行为的过程依旧缓慢，当然，并不是因为宁肯做了怎样细致的描写；而是即便在此刻，性也并不纯粹。性和关于性的体验，以及这种体验所引起的记忆，纷纭涌现，再度构成多重空间的交错重叠。性的封闭空间因此被打开，性从无限接近死亡的无意义快感当中溢出，与小说的诸多主题嫁接在一起，获得了更为丰富的内涵。也只有在性被赋予意义之后，我们才能理解，为什么杜远方在性行为中的一次倔强的粗暴，会导致李敏芬下定决心离开和出卖他；也才能理解，为什么在这两个人的故事里，虽从未正面涉及杜远方的历史，但我们已经对他与权力之间的关系了解得如此深刻。

　　宁肯正是这样，通过在单一的时间线条上不断衍生多重空间，增加了时间的重量与质感，让极为缓慢的叙述也能够趣味横生。对此，作者本人在写作札记中的表述更为生动："不要说在现实中，就是在小说中人的心理也是多么丰富，瞬息万变！独自已是无限天地，两个人更像是对面开来的火车，窗口与窗口的那种交互，映现，飞速，一旦用文字放慢，也像高速摄影机放慢后的情形，多少真实与发现尽在其中。心理，如果准确予以表现，当然不会枯燥，更不会乏味，因为它就像分层的镜子。"①宁肯在此仅仅提及他所打开的心理空间，实际上他从情节当中不断跳出转而进行的哲学思辨、历史回溯，无不构成这样如对开列车般的效果。将小说视为一种空间艺术，意味着可以不时停下来，以形而上的思辨拓展小说想象空间，参与小说叙述，灵活创作小说形态。正是在这一意义上，无论是宁肯还是米兰·昆德拉，在小说创作中进行的形而上思考都是属于小说的，而非属于哲学的。

四、图书馆与可疑的叙述者：小说空间的可能与限度

而如果我们注意到，宁肯恰恰是在注释当中对如何阅读注释提供说明，则不难发现，宁肯在小说中展开的形而上思考，不仅针对外部世界，而且自反性地关乎小说本身。当宁肯拒绝沉迷于小说的叙事时间当中，而将其视为一种立体空间艺术，小说便被对象化了。通过不断变换组合走廊、花园、草坪、喷泉与影院的位置关系，他在为读者/观影人提供丰富建筑趣味的同时，也在思考建筑的边界。在一次访谈中，宁肯更为详尽地论及注释的意义：

> 有一次我在鲁迅文学院讲课时讲了注释在《天·藏》中的六种功能，除了居间调动、转换视角与叙述，我在注释空间里植入了大量的情节、某些过于理论化的对话，以及关于本部小说的写法、人物来源、小说与生活之间关系的元小说的议论。注释在这部小说里不是单一的功能，既是叙事也是话语，比起保罗·奥斯特那一个点复杂了太多，事实上成了小说的后台。读者不但看到前台，还更清晰地看到后台，甚至参与到后台里来，成为一个连通小说内外的空间。这样对注释如此"复杂"的征用是前人没有过的。它已不是技术，而是世界观，是怎样看世界，是对世界的

---

① 宁肯：《三个三重奏》，北京十月文艺出版社2014年版，第478页。

重构，没有这样的形式就发现不了一个"这样"的世界。①

既然作者邀请我们进入后台，则小说剧场上的角色、对白、走位与布景调换都成为另一空间之物。我们当然可以借此位置更为清楚地看到小说的写法、人物来源，但更为重要的可能是在更为广阔的空间范围里，去思考小说与生活之间的关系：对于现实而言，小说到底意味着什么？它能抵达什么，能召唤什么，又能够遮蔽什么？正是在这样的追问中，宁肯的元小说叙事终于不再是他所不屑的"把戏"②，而真正成为促发读者思考的起点。

实际上在小说一开始，宁肯即向我们展示了这样一种文本空间结构。那就是叙述者"我"的那座囚房般的图书馆。在小说中宁肯还将几度提及这座图书馆，博尔赫斯式的图书馆，通天书架环形摆放，又经由博尔赫斯式的镜子不断反射，空间扩大至无限。当然还有坐在图书馆中的那个叙述者"我"。宁肯本人对叙述者极为重视："我觉得在长篇小说中制造一个叙述者至关重要，这方面中国的小说似乎不是特别讲究，通常作者就是叙述者。制造一个叙述者，作者躲在这个叙述者后面很多东西就方便多了，一切都可推给这个叙述者。"③而如果如略萨所说，叙述者在小说文本当中占据着一个奇妙而至关重要的空间位置④，则叙述者"我"和图书馆便一起构成了《三个三重奏》的叙述者空间，小说中一切叙述都由此开始，一切空间构造也都由此奠基，而当宁肯将这一空间如此详尽地虚构出来，

---

① 宁肯、王春林：《长篇小说的魅力——宁肯访谈录》，《百家评论》2014年第5期。在小说后记中，宁肯有过类似的论述，但是访谈中的这段话所呈现的信息更为丰富。

② 在《三个三重奏》附录二《把小说从内部打开》中，宁肯对于表演式的"元小说"姿态颇不以为然："虽然也大体知道元小说是在小说里谈小说，在小说里告诉读者我写的是小说，但总觉得这是一种把戏，意思不大。即使理论背景是颠覆、解构也意思不大，颠覆什么呢？模糊真实与虚构的概念？听上去新鲜，但还是把戏。"参见宁肯：《三个三重奏》，北京十月文艺出版社2014年版，第481—482页。

③ 宁肯、王春林：《长篇小说的魅力——宁肯访谈录》，《百家评论》2014年第5期。

④ 参见〔秘鲁〕略萨：《叙述者空间》，《中国套盒——致一位青年小说家》，赵德明译，百花文艺出版社2000年版。

它便也成为可供观察与反思的处所。它才是小说当中,躲在红塔礼堂、甲四号院、北京城与那些走廊、花园、草坪、喷泉、影院背后的第三重小说美学空间,只不过在这里流荡的,是一种自毁式的美学。

这座颇具理想色彩的图书馆,显然是理性与知识的隐喻,在叙述者"我"看来,这一空间如此稳固与完美,它几乎能够容纳下整个世界。那些"我"在监狱里认识的人、听到的故事,都争相"期待着我,期待着成为我房间里的一本书"①。然而"我"的形象却何等可疑:一个自愿将自己束缚在轮椅上的健全人,本身不就是一种反讽性的隐喻?对于囚徒而言,世界就是他所能触摸到的囚房的模样。杨修即曾毫不留情地指出,"我"从未在本质当中生活过,因而对整个世界一无所知。"我"在那座宇宙般的图书馆里所有的自信,在杨修的洞若观火面前都消失不见了。②相当程度上,杨修的指责并没有错,"我"的所有叙述与思考或许太多依赖于那座自我封闭的图书馆。且不说"我"必须依靠阿兰·罗伯-格里耶的《一座幽灵城市的拓扑学结构》和博尔赫斯的《圆形废墟》才能够与居延泽和杜远方对话,却无法从后者那里得到有效的回应。即便在人物形象塑造上,我们都能轻易看到"我"在不断从此前的文学传统中寻找资源。杜远方活脱脱是张贤亮笔下的那个右派归来者的变形,而在20世纪80年代,他又摇身一变成为改革小说中的乔厂长。这个从文学史经典谱系中抽离出来的人物,穿越苍茫历史,最终陷入权力的重重迷雾。杜远方在文本与历史当中的双重旅行,固然揭示出历史的种种悖谬、反复与异变,同时也提醒我们,在任何一个时代,文学面对现实与历史的可能与限度。而当"我"坐在图书馆的轮椅上构造杜远方和他的旅程,图书馆之外的风景、监狱中杜远方的陈述与图书馆中那些挥之不去的纸张共同造成了杜远方的混杂性,也造成了叙述本身的混杂性。"我"的叙述究竟是已经深入杨修所说的本质生活,还是仍旧顽固地带有图书馆的气息?《三个三重奏》里的杜远方、居延泽是否也和章永麟、乔光朴一样,说出了一部分历史,又歪曲了一部分历史,对更多的历史断层永远看不清楚?

---

① 宁肯:《三个三重奏》,北京十月文艺出版社2014年版,第4页。
② 参见宁肯:《三个三重奏》,北京十月文艺出版社2014年版,第71—79页。

有论者将叙述者"我"自我阉割般地依赖轮椅视为知识分子颓败的表征,进而质疑形而上的视线究竟在多大程度上打开了现实的角度,并提示那种关于历史的抽象理论有如小说叙述中的陨石,将影响作品的品质。① 但在叙述者的问题上,作者宁肯与他所虚构的叙述者"我"是两相剥离的主体,乃是常识。因此,我更愿意将这样一个可疑的叙述者视为宁肯有意制造的动荡空间,正因为有这一空间存在,宁肯的那些抽象理论甚至小说艺术本身才成为可供反思的对象,陨石在风化之后或能化作有机的土壤。如果说,米兰·昆德拉擅长在文论作品中以上帝般的语气张扬塞万提斯的遗产,认为小说的艺术远比笛卡儿所表征的理性传统更能帮助人类将"生活的世界"置于永恒光芒之下②;那么宁肯则通过这个可疑的叙述者对塞万提斯也提出疑问。宁肯当然仍相信小说的力量,并且在此前两重美学空间的建构中,不断丰富着这种力量。但任何力量都与虚弱共生,都有其无从着力的盲点。在这一意义上,宁肯对小说艺术本身的形而上反思,较之昆德拉更为绝望,更为谦卑,却也更为接近昆德拉所说的那种具有复杂性的小说精神。③

(原发表于《当代作家评论》2015年第3期)

---

　　① 参见项静:《想象大地上的陨石——宁肯〈三个三重奏〉》,《上海文化》2014年第9期。

　　② 参见〔捷克〕米兰·昆德拉:《小说的艺术》,孟湄译,生活·读书·新知三联书店1995年版,第4页。

　　③ 参见〔捷克〕米兰·昆德拉:《小说的艺术》,孟湄译,生活·读书·新知三联书店1995年版,第17页。

上海作为一种方法
——论《繁花》

尽管已有多位论者反复辩证,认为不应仅把《繁花》视为地方性小说①,金宇澄本人也申明写作鹄的不限于上海,而在城市②;但是当第九届茅盾文学奖授奖词有意含混地指出"《繁花》的主角是在时代变迁中流动和成长的一座大城"③时,人人都知道这座大城便是上海。金宇澄在强调希望借由这部小说,证明城市也和乡土一样,拥有自己的文化与文学时,亦开宗明义表示《繁花》的起因,首先"是向这座伟大的城市致敬"④;而他之所以几度增删,改良沪语,以期消除方言隔阂造成的阅读障碍,也无非是希望"达成南北沟通,传播上海生活的有趣、上海话的有

---

① 参见张屏瑾:《日常生活的生理研究——〈繁花〉中的上海经验》,《上海文化》2012年第6期;张定浩:《拥抱在用言语所能照明的世界——读金宇澄〈繁花〉》,《上海文化》2013年第1期;何平:《爱以闲谈消永昼——〈繁花〉不是一部怎样的小说》,《当代作家评论》2013年第4期;黄平:《从"传奇"到"故事"——〈繁花〉与上海叙述》,《当代作家评论》2013年第4期。

② "张屏瑾认为《繁花》并没有突出上海,而是突出了城市",金宇澄对此表示非常同意。参见金宇澄、朱小如:《"我想做一个位置很低的说书人"》,《文学报》2012年11月8日。

③ 参见凤凰网·凤凰文化2015年9月30日,http://culture.ifeng.com/a/20150930/44763203_0.shtml。

④ 金宇澄、朱小如:《"我想做一个位置很低的说书人"》,《文学报》2012年11月8日。

意思，以邀请的姿态"[1]。因此，金宇澄想象中抽象的城市，具体的肇始无疑仍是上海。《繁花》当然已从上海超越升华，不同于一般地方性小说，但无论如何，上海这一独特的地域空间，理应作为理解《繁花》的基本门径。

地方性小说，或小说中的地方性元素，早已不是新鲜话题。且不必从《何典》《海上花列传》等与《繁花》渊源系之的吴语方言小说谈起；自赵树理以降，为满足现实主义逼真贴切的审美诉求，以及吸引民众教育人民的现实需要，延安文学与共和国文学传统中对于方言民俗的改造吸纳即所在多有；而至寻根文学兴起，以乡野传奇与方言土语钩沉文化残遗，激活表达欲望，更成为一时风尚。金宇澄对于文学语言同质化的警惕良有以也，但长久以来看似统一的普通话文学语言又岂可简单看待？[2]在地理复杂、方言纷繁的中国，地方性与统一性在文学中的交缠、争夺与融合，始终是一个一言难尽的话题。而《繁花》的独特性其实在于，上海这一具体地方在小说中已不仅是文学、文化或意识形态的点缀，而深入小说肌理，再造了小说的叙事技术，因此能够解放文体，以小说的方式传达作者的情趣理念，从而真正成为一种小说方法。

以上海空间作为一种叙述方法

以上海为方法，首先要将上海在文字中营造完成。《繁花》对于上海空间的刻画可谓巨细靡遗，近乎考据学般认真。小说开篇讲"独上阁楼，最好是夜里"，这阁楼便是上海典型石库门建筑的顶层结构。类似前言的寥寥不足一页文字，却以电影、音乐、夜色、潮气与菜味酝酿出十足的所谓上海味道，但最引人注目的仍是这味道得以弥散缭绕的空间：乍浦路、黄河路、进贤路，以及路边挖地三尺的上海小饭店。小说正文，引子第一句，"沪生经过静安寺菜场"，遇见前女友梅瑞的邻居陶陶，因想起过去

---

[1] 刘莉娜：《金宇澄：唇齿间的上海》，《上海采风》2013 年第 1 期。
[2] 参见黄文婧：《上海是一块经过文学电镀的 LOGO——对话金宇澄》，《江南》2014 年第 3 期。

常到"新闻路"找梅瑞,相携去"平安电影院"约会,而后荡到"苏州河"畔,再将梅瑞送回弄堂,独自回"武定路"家中。第壹章开头,十岁的阿宝和六岁的蓓蒂爬到屋顶,"眼里是半个卢湾区,前面香山路,东面复兴公园,东面偏北,看见祖父独幢洋房一角,西面后方,皋兰路尼古拉斯东正教堂"①。金宇澄热衷借助人物的脚步与目光,以及随时旁逸斜出的描绘笔触,以具体地理坐标与具体建筑格局,将他的故事嵌入上海,也将上海召唤于纸面。而单行本《繁花》出版,金宇澄亲手绘制十七幅插图,多数为建筑、街道的形象与地形图,更足以令读者对小说中的上海空间有具象认知。无怪乎有访谈者指出:"读《繁花》,感觉像是被你带领,重走一遍淮海路南京路,苏州河沿岸。小说最突出的地方,在于你具备了将琳琅满目的'生活场景'像'商品橱窗'式极力展示出来的写作功力。"②

然而,金宇澄对于将自己视为城市导游,在小说中"搞陈列馆"的说法似乎并不认同。或许稍微玩弄文字游戏,借用程永新的推荐语,将《繁花》说成是一座关于上海城市空间的"博物馆"更为贴切——较之词义相近的"陈列馆","博物馆"似乎更加暗示空间之于时间的存贮容纳功能。金宇澄所塑造的上海城市空间当然不是物理学意义上透明与匀质的空间,而为所有记忆、情感和意义的附着提供可能,并使得变故与替换时时发生。沪生与小毛因同在国泰电影院外排队买《摩雅傣》电影票而相识。"买到票,一同朝北,走到长乐路十字路口,也就分手。路对面,是几十年以后的高档铺面,迪生商厦,此刻,只是一间水泥立体停车库,一部'友谊牌'淡蓝色大客车,从车库开出。沪生说,专门接待高级外宾,全上海两部。两人立定欣赏。"③沪生与小毛欣赏的,岂止是一辆高级轿车而已,他们分明洞穿三十年岁月沧桑,将这街区的前世今生尽收眼下。欣赏结束,"小毛家住沪西大自鸣钟,沪生已随父母,搬到石门路拉德

---

① 金宇澄:《繁花》,上海文艺出版社2013年版,第13页。
② 金宇澄、朱小如:《"我想做一个位置很低的说书人"》,《文学报》2012年11月8日。
③ 金宇澄:《繁花》,上海文艺出版社2013年版,第19页。

公寓，双方互留地址，告别"①。不同方向、不同街区与不同的居住格局，亦各自携带历史，清楚标识出二人的阶层差别，以及相应的过往生活。至"文革"开始，沪生与姝华亲眼见证瑞金路、长乐路转角那座君王堂，如何被拆除殆尽，原地竖起八九米高的领袖造像。②现实当中的君王堂其实于1985年因修建新锦江大饭店而被拆除，1992年在巨鹿路361号重开，2002年又迁至重庆南路圣伯多禄堂。而金宇澄以小说家之身移花接木，提早进行空间与意义再造，用一栋建筑的改头换面写尽世事变迁。而到了20世纪90年代，梅瑞妈妈回上海风光再嫁，指定住在旧上海大名鼎鼎的"金门"，体验往日非富即贵的名流才能享受的高档空间③，才让我们惊觉：即便沧桑几度，"金门大酒店"改称"华侨饭店"又改回"金门大酒店"，旧时王谢堂前燕，飞入寻常百姓家，却依然保存着上海人的旧时想象。空间的记忆牢固至斯。因而如果说《繁花》的主角是这座大城，那么金宇澄正是以空间为叙事元件，讲述这座大城如何"在时代变迁中流动和成长"，它的变与不变。而以上海空间为叙事方法，首先便意味着这样假空间为时间，以描写作叙事的技术手段。由此或许也可以解释，为什么大妹妹在得知自己被外派安徽落户工作之后，愈发变本加厉地拉着兰兰一趟趟游荡于上海的大街小巷，和那些跟踪搭讪的男青年玩似乎永不厌倦的"马路游戏"：那是她希望借助城市空间，永远存贮上海记忆，也让上海永远留存自己的最后方式。④

而大妹妹与兰兰的马路游戏，也提醒我们上海空间作为一种叙事方法的第二重内涵：金宇澄笔下的上海不仅仅是故事发生的舞台，更为生长情节与细节提供了限度与门路。"20世纪70年代的上海，部分十六到二十六岁男女，所谓马路游戏，就是盯梢。"少女走在路上，有意的男子紧跟不放，而决定权其实在女方："大妹妹并不回头，但脑后有眼，表面上是自然说笑，一路不会朝后面瞄一瞄，心里逐渐可以下决定，这是内行

---

① 金宇澄：《繁花》，上海文艺出版社2013年版，第19页。
② 参见金宇澄：《繁花》，上海文艺出版社2013年版，第147—148页。
③ 参见金宇澄：《繁花》，上海文艺出版社2013年版，第134—135页。
④ 参见金宇澄：《繁花》，上海文艺出版社2013年版，第228页。

人的奇妙地方。一般是一路朝南,走到北京西路怀恩堂,大妹妹如果有了好感,脚步就变慢了,让后面人上来,搭讪谈笑。如果脚步变快,对兰兰来讲,就是回绝的信号。这一夜,大妹妹最后是快步走,越走越快。后面两男毫无意识,快步跟过南阳路,陕西路菜场,泰康食品店,左转,到南京西路,到江宁路,再左转……"⑤这样看似刺激实则安全的嬉戏,只会发生在上海的现代都市空间,乡村则绝无可能。即便换作北京,森严肃穆的长安街上敢于盯梢纠缠的男青年恐怕寥寥,而若深入形制曲折的胡同,大概大妹妹和兰兰也没胆量如此逗引。

根据城市规划理论,好的城市应该为市民提供足够的公共交往空间:"城市公共空间或住宅区中见面的机会和日常活动,为居民间的相互交流创造了条件,使人能置身于众生之中,耳闻目睹人间万象,体验到他人在各种场合下的表现。"⑥而城市需要交往空间,小说也需要人物聚合,情节交错。20世纪60年代初期的上海流行民办小学,粗通文墨的上海妇女皆可担任教师,在自己家中授课,孩子们走出因职业身份而群聚的住所,出入大街小巷与前所未见的私人空间,极大扩展了交往可能,大资本家的孙子阿宝和空军子弟沪生,因此才能结识。而若非因为电影院这样的公共场所,工人后代小毛也无缘与沪生成为朋友。由沪生、阿宝、小毛,连络蓓蒂、姝华、兰兰、大妹妹、小珍、雪芝……较之《红楼梦》这样的传统小说,《繁花》中的诸多角色显然阶层身份都更为复杂。若非借助上海混杂多元而交往通达的现代城市空间,金宇澄断无可能织出这样的立体网络。

而一旦交往空间过度敞开,挤压侵占私人空间,就成为金宇澄在《繁花》当中反复书写的弄堂石库门建筑与工人新村"两万户"。上海石库门建筑一般三层,每层二十六平方米左右,一层是客堂、厕所与厨房,二层是卧室与亭子间,三层是阁楼,解放前原供一户居住,解放后往往住进

---

⑤ 金宇澄:《繁花》,上海文艺出版社2013年版,第225页。

⑥〔丹麦〕扬·盖尔:《交往与空间》(第4版),何人可译,中国建筑工业出版社2002年版,第19页。

四户甚至七户之多[①]，空间局促与隐私缺失，可想而知。小说中最典型的是大自鸣钟小毛家。而对于"两万户"，金宇澄曾在阿宝家被迫搬入时集中描述："'两万户'到处是人，走廊，灶披间，厕所，房前窗后，每天大人小人，从早到夜，楼上楼下，人声不断。木拖板声音，吵相骂，打小囡，骂老公，无线电声音，拉胡琴，吹笛子，唱江淮戏，京戏，本滩，咳嗽吐老痰，量米烧饭炒小菜，整副新鲜猪肺，套进自来水龙头，嘭嘭嘭拍打。钢钟镬盖，铁镬子声音，斩馄饨馅子，痰盂罐拉来拉去，倒脚盆，拎铅桶，拖地板，马桶间门砰一记关上，砰一记又一记。"[②]更不要说男女共用的厕所隔板上，满是偷窥的洞眼。无论是历史原因，还是因为国家规划，这样的格局空间对于生活其中的居民来说当然多有不便，但对于小说叙述者金宇澄而言，却成为腾挪情节的最好帮手。共同生活的各户并非亲人，却朝夕相处，这就为丈夫常年出海在外，独守空房的银凤勾引小毛提供了足够的合理性与可能性。最初银凤趁小毛娘不在时，故意衣衫不整地前去串门[③]；继而提出自己奶水过足，想请小毛代喝[④]；后来海德回家，以哥嫂姿态招待小毛吃饭，谈男女之事[⑤]；最后终于以帮打洗澡水的名义，将小毛成功引诱[⑥]。这段男女私情，金宇澄写得层层深入，纹丝不乱，却无不与特殊居住格局所造成的特殊人际伦理有关。而如果不是石库门建筑群居杂处，人多眼杂，小毛与银凤（或是作者金宇澄）又怎会密切关注各户作息时间，想出以灯光、拖鞋作为暗号的精彩细节；如果不是邻里邻居，无处回转，小毛又怎至于始终难以挣脱这样的纠缠缱绻？及至最终二楼爷叔秘密窥探，一一记录，并告发到海德面前，导致小毛娘不得不匆忙逼迫小毛成亲，搬出旧房，也都是因空间繁复才生出的波折。我们当然可以将二楼爷叔视为一种隐喻，视为私人空间不受尊重时代的人性畸变与隐在威

[①] 参见王诗婳：《上海小说中的城市居民声景》，《歌海》2014年第6期。
[②] 金宇澄：《繁花》，上海文艺出版社2013年版，第138页。
[③] 参见金宇澄：《繁花》，上海文艺出版社2013年版，第47页。
[④] 参见金宇澄：《繁花》，上海文艺出版社2013年版，第50页。
[⑤] 参见金宇澄：《繁花》，上海文艺出版社2013年版，第124—125页。
[⑥] 参见金宇澄：《繁花》，上海文艺出版社2013年版，第215—218页。

胁，但令人更加印象深刻的，仍是金宇澄利用这狭小空间作为叙事的有机力量，因势利导、无中生有、横生枝节的本领。诚如小说中所说："这幢老式里弄房子，照样人来人往，开门关门，其实增加了内容，房子是最大障碍，也最能包容，私情再浓，房子依旧沉默，不因此而膨胀，开裂，倒塌。"①

上海方言何以成为一种叙述方法？

作为一部地方性特征显著的小说，《繁花》最引人注目之处，或许还不在小说中精心勾勒的上海地图与空间内景，而在字里行间流溢着沪上风情，令人唇齿生津的上海方言——准确地说，是经由金宇澄精心改良过的上海方言。将方言写进小说，大概有两种极端：一是韩邦庆的《海上花列传》，将口语原汁原味化成文字，神韵当然饱满，但对方言区以外的读者是莫大挑战；一是李劼人的《死水微澜》，将方言高度抽象，变作无形的运字机巧，在方言区以外的读者看来是明白无疑的白话，而四川人读来则处处有川话的活泼。《繁花》中金宇澄对上海方言的改造，介乎韩邦庆与李劼人两极之间。他曾以人称代词为例说明《繁花》中沪语的运用："《繁花》没有'你'字，就是上海话'侬'，有用'侬'的地方，我改为直呼人名，上海人的习惯，可以直接指名道姓，这就是上海话的真正特征和色彩，与北方不一样。虽然读者都知道'侬'的意思，但是在读感上，在书面上，我认为太有地方色彩，出现率高，担心外地读者有障碍，想想看，一本书翻开，到处是'侬'，'阿拉'，再比如'嗱'就是'你们'，纸面上那是什么感觉？"②金宇澄弃用沪语最具辨识度的方言词汇，但并不放弃方言的形式规则，而是透过对于上海话的一般认知，寻找它更为本质的特征，用特殊的词法搭配与句法构造，甚至标点符号的活用，营造专属于上海的语言魅力。这样的语法策略，既确保了语言的异质性，又

---

① 金宇澄：《繁花》，上海文艺出版社2013年版，第223页。
② 黄文婧：《上海是一块经过文学电镀的LOGO——对话金宇澄》，《江南》2014年第3期。

提供了沟通的便利，而其实对于上海话本身，也未尝不是一种重新发现。

经由如此煞费苦心的锤炼，金宇澄当然可以放心地让语言汪洋恣肆，《繁花》因此堪称汉语小说中最众声喧哗者之一。有多少小说敢于像《繁花》一样，让人物们如此喋喋不休？一次又一次街头闲谈、暗室低语，以及似乎永无休止的饭局，话赶着话，一句往东，一句向西，甚至刚刚说出一个词就被打断，看似不断旁逸斜出，其实句句曲径通幽。这些连篇累牍的对白，简直构成小说的主体，淹没了叙述者的声音，却又不显得喧宾夺主，也丝毫不曾阻滞小说的速度。诚如论者所说，"《繁花》是由很多的人声构成的小说，每个人都在言语中出场，在言语中谢幕，在言语中为我们所认识"[1]。尽管语言本身的快感已足供品鉴赏玩，难能可贵的是，它还同时承担了叙述的功能，以不同声口、不同视角，补充旧事，引出新事。

关于《繁花》语言之精到独特，以及其中人物对白所承担的叙事功能，早已多有探讨[2]，有论者甚至不惜引述具体文字，分析小说如何"通过人物之间的对话，在充分凸显人物不同个性的同时，渐次推动故事情节的演进发展"[3]。但以对白承担叙事功能，当然并非只有上海话才能做到。而金宇澄百般琢磨，力图存其神髓的上海方言，究竟如何有机地参与到小说的叙事层面，成为一种叙述方法，或许还有可供讨论的余地。

首先值得注意的是，《繁花》当中其实并非绝对不出现上海方言词汇。只是这些词语乍看游离于叙述之外，容易被人忽略。小说第壹章，小毛买电影票回来经过理发店，王师傅让小毛帮打开水，引出一段理发店里的术语解说："理发店里，开水叫'温津'，凳子，叫'摆身子'，肥皂叫'发

---

[1] 张定浩：《拥抱在用言语所能照明的世界——读金宇澄〈繁花〉》，《上海文化》2013年第1期。

[2] 参见程德培：《我讲你讲他讲 闲聊对聊神聊——〈繁花〉的上海叙事》，《收获》（长篇专号）2012年秋冬卷；张定浩：《拥抱在用言语所能照明的世界——读金宇澄〈繁花〉》，《上海文化》2013年第1期；项静：《方言、生命与韵致——读金宇澄〈繁花〉》，《中国现代文学研究丛刊》2014年第8期。

[3] 王春林：《〈繁花〉：中国现代城市诗学建构的新突破》，《现代中文学刊》2014年第1期。

滑'，面盆，张师傅叫'月亮'，为女人打辫子，叫'抽条子'，挖耳朵叫'扳井'，挖耳家伙，就叫'小青家伙'，剃刀叫'青锋'，剃刀布叫'起锋'。"①这些生僻词语，较之普通话的惯常用语，远为活灵活现，不仅记录下一个逝去时代的声音记忆，更将词语所指涉的形象与动作呈现眼前。而小说反复暗示王师傅是苏北人，说苏北话，则或许这些词语更表征着方言的交流融合，以及背后的人口迁徙，也未可知。第拾柒章，叙及大妹妹的爸爸乃是过去上海的"奉帮裁缝"，大妹妹耳濡目染，对于行话当然耳熟能详："缝纫机是叫'龙头'，剪刀叫'雪钳'，试衣裳叫'套圈'，'女红手'，专门做女衣，'男红手'，只做男装。""罗纺叫'平头'，绉纱叫'桃玉'，纆纱叫'竖点'，纺绸叫'四开'，最普通是竹布，不会有死褶。""文革"年代，讲起旧上海的穿着时尚，难免让人恍惚，不知今夕何夕。而大妹妹的父亲，"因为早期北方定都，奉调京师，上海一批轻工企业北迁，包括商务印书馆，出名饭店，中西服装店，理发店，整体搬场"。这类词汇想必也随着烟消云散。不久之后，大妹妹接到通知，分配安徽，这些裁缝术语及其所指涉的绫罗绸缎、旧日繁华，更成为钩沉往事而预告来者的枢纽。②

尤为典型的是拾玖章关于"赖三"的解释。小毛说，所谓"三"者，指"1960年困难阶段"，做皮肉生意的小姑娘，"开价三块人民币，外加三斤粮票"，"这种女人就叫'三三'，也叫'三头'"。而"赖"者，"有一种鸡，上海人叫'赖孵鸡'，赖到角落里不肯动，懒惰。女人发嗲过了头，上海人讲，赖到男人身上，赖到床上。混种鸽子，上海叫'赖花'。欠账不还，叫'赖账'。赖七赖八，加上'三三'，就叫'赖三'"③。一个词，勾连起过去年代多少卑微的人生；而若干年后，在小说另条脉络叙述的20世纪90年代，又有多少"赖三"将重新游走在上海街头，出没于各种饭局，觥筹交错，欢声笑语。如果说，《繁花》中的上海空间因为贮存了记忆、情感与意义，而创造出一种独特的叙事方法；那么这沪语方

---

① 金宇澄：《繁花》，上海文艺出版社2013年版，第21页。
② 参见金宇澄：《繁花》，上海文艺出版社2013年版，第226—229页。
③ 金宇澄：《繁花》，上海文艺出版社2013年版，第251页。

言词汇,同样通向时间的深处、纷纭的人、林林总总的故事。

这些饱含记忆的词语,或许的确令金宇澄念兹在兹,不能或忘,因而必须用解词的方式将之撒落在叙事的空隙,以期有人借此打开封存已久的往事。而除此之外,金宇澄始终如前所述,恪守自己的用语原则,不以沪语设置阅读屏障,保证小说充足的开放性。金宇澄所希望捕捉的,并非上海方言的表象,而是内在的神韵。因此,若要理解上海方言何以能在《繁花》中成为一种叙述方式,也必须从其内在神韵着眼。而对这神韵的最好概括,大概就是小说中出现一千三百余次的"不响"二字。连金宇澄自己也说:"上海读者看到'不响',应该会心一笑。这两个字,上海人每天无数次使用,天天挂在口头,描述身边人,领导、父母、朋友对某事的态度,比如'我讲了半天,领导不响',即领导不同意、不开心、不表态,或者没精神,肚子里打小算盘,是最具上海特色的语言,比'阿拉''侬'之类,更有上海标识性。"[①]

四百多页的小说,平均每页要出现三个"不响",如此扎眼的高频词语,敏锐的评论者们当然早已将之讨论得快成陈词滥调。[②] 但参照金宇澄本人对"不响"的发言,或许仍有必要更为明确地指出:"不响"绝不仅仅是一种"留白"的修辞技术,以沉默表达尴尬、不悦、茫然等种种情感或情感的复合交叠;作为上海方言中最具标识性的词语,"不响"或许更表征某种上海的典型性格。阿宝面对李李,或康总面对梅瑞,尽管内心未尝不心猿意马,但是与常熟的徐总不同,一旦女方主动示好,阿宝和康总总归是"不响",这当中就有一种上海人的谨慎、内敛与世故[③]。而同为上海人的,除了小说里的阿宝们,还有一个小说外的金宇澄。题在扉页的那句

---

① 黄文婧:《上海是一块经过文学电镀的 LOGO——对话金宇澄》,《江南》2014年第 3 期。

② 参见王春林:《〈繁花〉:中国现代城市诗学建构的新突破》,《现代中文学刊》2014 年第 1 期;黎文娟:《〈繁花〉论》,硕士学位论文,华东师范大学中国现当代文学专业,2015 年。

③ 关于上海文化中的"世故",可参见陈建华:《世俗的凯旋——读金宇澄〈繁花〉》,《上海文化》2013 年第 7 期。

"上帝不响,像一切全由我定……",在脱离了小说中的具体语境之后,似乎也在提醒我们,作为这部小说的造物者,金宇澄也必将使他"不响"的上海性格,作用于小说的叙事层面。

"不响"当然并不是真的沉默。尽管阿宝们"不响",情绪纷乱难以名状,但读者心知肚明,这靠的便是隐曲的暗示。因此可以说,"不响"不是不说,只是不直露地说。于是我们便在《繁花》中不断看到吞吞吐吐,以退为进,借此说彼,一语双关。钟大师预言陶陶必因女人引火烧身,这谶语最终落在小琴身上,但金宇澄却有意写出一个潘静引人注意,令读者与陶陶一起,不知不觉落入小琴的圈套。汪小姐首度出场,与老公宏庆为生二胎争执口角,是谁都不会注意的闲笔,直到最终她因借种生子而陷入困顿,才让人恍然记起当初的这一幕。而江南春游,她有意诱引康总与梅瑞勾搭成奸,后来倒是她自己被李李献给常熟徐总,正是相映成趣,因果循环。梅瑞先与沪生恋爱,后移情沪生的朋友阿宝,复又勾搭有妇之夫康总,到最后和自己的继父香港小开鬼混在一起,层层铺垫递进,终于一步一步走向毁灭。《繁花》中那些混乱交织、大同小异的情欲故事,依靠金宇澄如此这般的巧手安排,才变得花团锦簇,精彩纷呈。而在小说的另一支"文革"叙述中,金宇澄写尽混乱世相,却独独不正面书写对于上海青年而言最为痛苦的上山下乡。无论大妹妹发派安徽,还是姝华远嫁吉林,都是旁敲侧击,一笔带过。金宇澄自己也表明:"这部小说所写的 20 世纪 70 年代,其时我并不在上海,身在几千里以外的东北,但我拒绝在小说中写东北这一块……"① 其实哪里是不写,而是早在"文革"前夜,金宇澄便以阿宝、蓓蒂与阿婆的绍兴还乡之旅,将上海知青面对荒野乡村的震惊与绝望写了出来。②

这种种笔法,在中国传统小说的评点中有个术语,叫作"草蛇灰线"。在《繁花》的跋里,金宇澄申明态度,立意要沿着话本这道旧辙,去

---

① 金宇澄、朱小如:《"我想做一个位置很低的说书人"》,《文学报》2012 年 11 月 8 日。

② 参见金宇澄:《繁花》,上海文艺出版社 2013 年版,第 94—98 页。

探究"当下的小说形态,与旧文本之间的夹层,会是什么"①。然而中国传统小说的遗产夥矣,何以单单发扬这一支?或许并非金宇澄选择了这种形式,而是这种形式选择了金宇澄。正如并非我们在讲述语言,而是语言在讲述着我们。

上海作为一种方法,意义何在?

金宇澄蛰伏编辑岗位二十余年,陡然抛出《繁花》,几年间便膺获茅盾文学奖在内的大小文学奖项三十余种,引得一片赞叹,但也间或有不同质疑声音。刘大先便不满足于《繁花》的"文过于质",这令小说"对于现实的洞察力迷失在过于芜杂的事实材料当中"。"无可否认的是,《繁花》细腻贴切、叠床架屋的摹言引语,能够复现出某种似真性的市民社会,然而这一切是平铺地展开,无论如何也形成不了恢宏广阔的现实画面。局部的真实遮蔽了更广阔的现实,这是在康德与黑格尔的时代就已经解决了的问题。……这种怀旧中的现实,皴描渲染,而如果作家沉溺其中,于价值设定上无所作为,注定要沉寂于事实的废墟,更何况此种事实本身也如前所述是貌似细大不捐,实则残缺不全。"这一论述确实某种程度上指出《繁花》的问题,但这一问题或许也恰恰是它的特色所在。对于历史总体性的诉求无可厚非,也的确"只有对于长时段的历史有整体的自觉把握,无论这种把握站在何种立场,才有可能于总体的社会结构和演变中锚定现实"②。但小说本就不同于"大说",或许可以有自己表述现实和回应历史的多样角度,有把握总体性的独特方法。当金宇澄反复表示他的初衷"是做一个位置很低的说书人,'宁繁毋略,宁下毋高'"时,当他决心要"在国民通晓北方语的今日,用《繁花》的内涵与样式,通融一种微弱的文字信息"③时,他其实已经早早对刘大先做出回应,预先为自己的烦琐与家常找好借口,从追求总体性的宏大小说理想中解脱出来,安心退

---

① 金宇澄:《繁花》,上海文艺出版社2013年版,第443页。
② 刘大先:《现实感即历史感》,《文艺报》2014年6月4日。
③ 金宇澄:《繁花》,上海文艺出版社2013年版,第444页。

回到上海这座城市的记忆褶皱里去。而这，就是《繁花》将上海作为一种方法的意义所在。

于是，我们得以在《繁花》中读到种种"大说"中付之阙如的奇观。在宗教取缔的年代，如小毛娘这样的信徒，日日面对领袖祷告忏悔，截然不同的两种信念被诡异地嫁接在一起①；而春香的首次婚礼上，民间婚俗、宗教仪典与革命仪式同样相互妥协与融合，呈现出一种混搭形态②。在革命呼声最为高亢的时候，小毛房间的电唱机依旧能低低流出王盘声的轻亮唱腔③；而1966年的剪裤时代还未远去，上海人已经因陋就简发明出新的时尚，青年男女亦敢在公车上公然亲狎了④。抄家最流行时，拉着沪生去"香港小姐"家采取行动的男同学何等暴戾；但是当风波平息，男同学讲述"香港小姐"过去如何欺辱自己，又让人恍兮惚兮，觉得所有立场都有了可以商榷的余地。⑤上海拥有着如此复杂的地形，贮存了这样多彼此抵牾的记忆，以至于它不仅是情感依附的容器，更成为意义争夺的领地。如果说"无论站在何种立场"，对于历史的总体性把握都比总体性的缺失更能够在"总体的社会结构和演变中锚定现实"⑥，那么小说结尾处，来自法国的芮福安和安娜对于上海的东方学式想象，似乎也无可厚非。⑦与其如此，不如姑且降低对总体性的要求，将视角缩到一座城市所能容纳的狭小区域内。"上帝不响，像一切全由我定……"：金宇澄以上海作为方法，正意味着他放弃任何一种"大说"定于一尊的总体观念，而深入城市地理的层层累积中，去发掘多元的可能，任由读者处置。

或许将关于总体性的焦虑，特别置于《繁花》中有关20世纪90年代

---

① 参见金宇澄：《繁花》，上海文艺出版社2013年版，第20—21、46、121、144、214、229、274—275页。

② 参见金宇澄：《繁花》，上海文艺出版社2013年版，第306—307页。

③ 参见金宇澄：《繁花》，上海文艺出版社2013年版，第215—216页。

④ 参见金宇澄：《繁花》，上海文艺出版社2013年版，第198—199页。

⑤ 参见金宇澄：《繁花》，上海文艺出版社2013年版，第113—116页。

⑥ 刘大先：《现实感即历史感》，《文艺报》2014年6月4日。

⑦ 参见金宇澄：《繁花》，上海文艺出版社2013年版，第439—442页。

的那脉叙述中，会更有启发。如果说六七十年代的混乱犹有尽时，那么90年代的浮华则似乎永无止期。六七十年代的生离死别之后，沪生、阿宝和小毛还可以重整旗鼓，久别重逢；而90年代却是毫无希望，永远沉沦般颓丧。贰拾柒章之后，小说的两条脉络合流，携手奔向终点。而也正是从那时起，金宇澄写下的是一幕一幕的散场：二十八章那场整部小说里最为盛大的饭局，本该是这座城市各个阶层各个行业的大联欢，却成为矛盾迸裂、人人撕下华丽外衣与伪装面具的闹剧。此后陶陶离婚，小琴惨死，梅瑞破产，李李出家，小毛在对旧日的缅怀中病故，汪小姐则躺在妇产医院，等待着诞出一个怪胎。尽管阿宝终于接到那通从过去时代打来的电话，但是已经嫁作商人妇的雪芝，还是那个即便"文革"期间也能沉静优雅，活出一种上海气质的少女吗？抑或不过又开启了一个新的偷情故事？

诚如张颐武所说，直到20世纪90年代，《繁花》中的个人才真正与大历史脱钩："这些小市民在计划经济时代，幸与不幸却还和大历史有关，但到了当下，却已经变成了一种人性的普遍性的展开。一种普遍的中产生活成了上海和全球共有的现象。地域性仅仅是一种符号和形象，而非事物的本质了。"[①] 如果上海终于在全球化的裹挟下被碾成符号，而所有记忆都不过是周而复始的情爱欢场，以上海或任何一座城市作为方法，意义又将何在？这或许才是金宇澄必须以文字留存记忆却不禁发出感慨的所在，也是《繁花》之后仍有必要继续追问的论题。

（原发表于《中国现代文学研究丛刊》2016年第2期）

[①] 张颐武：《本土的全球性：新世纪文学的想象空间》，《当代作家评论》2014年第3期。

空间：作为叙事方式与时代精神
——论魏微《烟霞里》

〇、编年史的价值、难度与可能性

作为 70 后小说家的重要代表，魏微创作量并不大，却足以令人印象深刻。她有关故乡、童年与爱情的书写，在细小人物与家常故事里倾注了绵绵不绝的明亮忧伤，使一代人的成长记忆氤氲着缱绻抒情。在这些早期作品里，魏微并非一个气象壮阔、面向宏大历史写作的作家，她的动人之处在于细腻、婉转与微妙。

但睽违十年之久，魏微捧出长篇巨制《烟霞里》，宣告了让人讶异的文学抱负。她以编年的形式，逐年书写一位女性的成长，从 1970 年出生，至 2011 年夭亡。这女子四十一岁的短暂人生，恰逢中国改革开放高歌前进的年代，不能不让人疑心魏微又要搬演一出四两拨千斤的历史大戏。——多年以来，以个人成长、家族绵延、村落乃至城市的变迁为焦点，铺展开数十年及至百年中国历史图景的小说所在多有，渐成俗套，几乎到了令人不耐的地步。20 世纪的中国刚刚告别古典时代，人们对于现代性的时间向度有一种盲目而热情的迷恋，现实历史因之风云变幻、潮起潮落，而在整个世纪的波澜壮阔渐趋平稳之时，文学里有关历史的记忆与想象仍久久不能平静，争相有所诉说。历史/时间几乎成为 20 世纪中期以来中国文学的执念，人们翻来覆去、周而复始，已经以诸多视角讲述过无数次，也颠倒过无数次。如果说历史是一个任人打扮的小姑娘，那么至少在文学当中，她脸上的层层妆容或许已太过浓重，不能不让人感到审美疲劳。

何况编年体的结构方式也难免叫人更加疑惑：无论着眼于宏大历史还是在个人经验的层面，时间难道有可能是均质的吗？①《烟霞里》每一年份几乎同等篇幅的讲述，是否过分刻意，因而难免矫情？文学的艺术性不是体现在面面俱到，而在于有所选择，在于决定说什么和不说什么，决定什么说得详细些，而什么则一笔带过。所以，读者当真有耐心去细细摩挲一个人的缓慢岁月吗？又有这个必要吗？

但好作家是有信誉的，同样的题材与结构在不同写作者笔下必定呈现出不同面目。早期魏微业已自证的小说才华足以让我们谨慎对待以上质疑，同时对这部巨著萌生强烈好奇：魏微将如何处理编年体的创作难度？她的写作又将赋予历史以怎样的形态，激发我们怎样的思考？她笔下那位和她一样出生在1970年的女子，将和四十余年的历史构成何种关系？而在漫长的岁月河流里，魏微和她的人物又会各自站在什么位置，怀着怎样的心态，最关注哪一处风景？——这些正是我们在阅读和谈论这部小说时，必须回答的问题。

一、个人与时代

其实我们都心知肚明，没有任何一个人可以脱离社会关系而独存，因而也就没有任何人可以孤悬在历史之外，无论是在现实中还是在小说里。小说家身在历史当中，所创造的人物与其共享同样的历史处境和历史认识，因此，即便是私小说的心理独白，都一定深刻地镌上了历史烙印。就此而言，魏微早期作品里那些人物，何尝不是游走在历史的河流里，沐浴着某个特定时代的阳光，然后在夏天拐弯处翩然走失？因此，《烟霞里》

---

① 李洱在与魏微的对谈中，即提及他"确实听到一些议论，说《烟霞里》这个小说在写田庄的成长过程时比较平"。参见李洱、魏微：《遍地是生活，人人是主角——李洱、魏微对谈》，《小说评论》2023年第4期。陈培浩亦注意到这一问题，并以"反叙事性"给出解释。参见陈培浩：《勘探个人与历史之间的文学位置——读魏微长篇小说〈烟霞里〉》，《扬子江文学评论》2023年第4期。

的女童/少女/少妇田庄,也必然因岁月流转而行走在不同的时代背景下,经历那一代人必然经历的一切:爷爷官复原职了,父亲重返城市了,母亲也从一个民办教师变成鼓风机厂的副厂长,田庄本人则考上大学又读了研究生,成为一名知识分子;城市的郊区向外推移了,耕地盖上房子,房子越盖越多越盖越高,而乡村则日益空旷,年轻人统统走出去;母亲的工厂在改革开放初期当然会红火一阵,渐渐偃旗息鼓,但日子还是越过越好,好到欲壑难填,金钱、房子乃至物质上可供享受的一切将逐渐涌进田庄那本不富裕的家庭,以及每个家人的精神世界,然后再将他们统统掏空——折磨人的最初是贫穷,后来是欲望。

对于个人而言,宏大历史的降临与介入绝非小说家的主观设计,而是一种客观必然,是不能拒绝的神秘时刻。就像小说里的1976年1月,田庄和爷爷奶奶欢天喜地去车站迎接从远方归来的叔叔,那是一家人期盼已久的团聚;但江城火车站和那个时代一样混乱而茫然,给人一种不祥的预感;果然巨大的沉默突然而至,一切都像静止了,而后哀乐和呜咽声几乎同时响起,人们不知怎么就意识到发生了什么:周恩来总理逝世了。田庄似乎被这钝重的历史痛击打晕了,当她清醒过来的时候,她翘首以盼的叔叔不知什么时候已经跟他们会合,大家在一起抱头痛哭。然后他们离开火车站,带着集体的哀伤回到日常生活中去。

但是我们知道,不过半年多的时间,历史将再一次钝重地击落。9月的某个上午,田庄几乎是独自一个人(母亲慌乱地跑去了学校,而年幼的弟弟不通人事,尚在襁褓中酣睡)在空旷的乡村里,面对时间的突然抽空。在反复经历噩耗之后,李庄的人对死亡已经感到麻木。文件、仪式,都无法将人们从沉默中唤醒。

而多年之后(对于小说而言,是多个章节之后),魏微还将写到一位伟人的去世,那是在1997年的年初。得知那个举国哀痛的消息时,田庄正行走在校园里,校园里没什么人,但是枝繁叶茂,田庄停下脚步,抬头看了会儿天空,除此之外,我们不知道她还作何感想。神州大地上,人们以种种方式表达他们的哀思;但也有些人还在熙熙攘攘的城市里匆忙行走,对这桩历史大事一无所知。"很多人不知道他走了;知道的人至多也和田庄一样,会为他稍作停留,有的是几分钟,有的是几秒。没有人会因此恐慌，多数人也不会捶胸顿足、哭天恸地。大家都受惠于他，可是对他的辞世却都表现得挺平静，哪怕哀伤也很克制。对于田庄这代人来说，这或许才是最正常、最得体的表达方式。或许，这也是他最感欣慰的方式。"①

这三次死亡无论在大历史里，还是在魏微的小说当中，无疑都是重要的时刻。世界的支撑坍塌了一角，让普通人格外深刻地意识到世界之存在。从1976年到1997年，人们的不同反应，已深刻说明了时代变化，魏微由此勾勒出历史的内在肌理。但或许在文学层面更为重要的是，这三次死亡不仅揭示出个人与时代的不同关系，更呈现了魏微书写个人与时代关系的不同方式。第一次死亡，是历史与个人的不期而遇，历史像陨石一样砸进了人们的日常生活和内在情感，从而迸发出强烈的同频共振。而在书写第二次死亡的时候，大概魏微的确想不出还有什么办法可以书写那么重要的历史变故，因此采用了一种此时无声胜有声的手法，将历史推出日常生活，又笼罩着日常生活。个人、村庄与日常生活在巨大的历史面前共同保持沉默，任由文件的声音四处传播。这样一种回避正面书写的方式，实际上多少隔开了个人和时代的距离，使二者并未真正交错互动，而只是构成一种隐喻关系：历史停顿了，乡村与田庄亦如是。而在书写第三次死亡的时候，个人和时代早已血肉交融，宏大历史弥散在日常生活当中，成为日常生活的一部分，任何一个平常的角落、寻常的风景，都闪耀着时代的光辉。

当那些个人/家族/村落/城市之微观经验与宏大历史的参照书写已成俗套时，我们对第二种书写方式早就耳熟能详。我们已习惯于抬出杰姆逊的名号，指出第三世界的文本中经常呈现一种讲述民族寓言的焦虑，将个人故事与民族国家紧密联系在一起。这样的说法或许不仅阐释了相关写作，更构成不少后起之作的逻辑动因，尽管那些作家很可能并不清楚自己其实是经由未必负责的多手转卖，间接在杰姆逊指导下进行创作。在这类创作中，个人的行动、家族的绵延乃至于村落城市的变迁，不过是宏大历史的某种投影，个人/家族/村落/城市不过是便于表达和理解的文学喻

---

① 魏微：《烟霞里》，人民文学出版社2022年版，第384页。

体,各自以其实践具体而微地演示着宏大历史的动线。他们的兴衰成败,就是历史的兴衰成败;他们当中强有力者,亦堪称宏大历史的推动者。而第一种书写方式在过往的文学作品中也所在多有,早一些的如郁达夫的《沉沦》、张爱玲的《倾城之恋》、老舍的《骆驼祥子》,晚近些的如陈忠实的《白鹿原》和阿来的《尘埃落定》。那些人物的梦想与算计,甚至自觉的野心与建造,总是被突然闯入的宏大历史粗暴截断,从而走向一种历史悲剧——与古希腊时代不同,这些人物的命运不再取决于奥林匹斯山上的诸神,而是被某种必然性的历史力量左右,似乎人物,甚至塑造人物的小说本身,都不过是宏大历史的提线木偶,失去了腾挪挣扎的余地。

而魏微关于个人与时代关系的书写之所以与众不同,就在于她选择了第三条道路。她所关注的不是那些推动历史的人,也不是被历史推着走的人。为此,她刻意设置了田庄一家的性格,这一家子几乎没有一个人是铁了心要和宏大历史绑在一起一条道走到黑的。田庄的爷爷田英俊参加革命,不是因为受到主义的启蒙,而是自家父亲在革命者劝说下权衡利弊的结果。父亲田家明倒确实曾一度被时代鼓舞——那个时代的年轻人,有谁不曾被时代鼓舞呢?——但很快就软化了特殊时期的"革命意志",尤其在结婚之后性情大变,"整个人已被生活占满,毋宁说,是被他的小家庭占满"①,以至于田家凤几乎不能相信这是她"从小有理想、有志气、有识见的哥哥"②。但田家凤自己的时代激情,甚至都没能坚持到婚后,很早她便在北方苦寒之地认清了自己的软弱性,做了时代的逃兵。至于田庄的叔叔,则更决绝而清醒地选择了和大多数同龄人不同的道路,没有上山下乡,而是当兵去了。田庄的母族与时代的龃龉错位则是另外一种,作为被历史抛弃的一支,他们似乎始终没有得到参与历史的资格和机会。孙月华的母亲章映璋和妹妹孙月亮的婚事,都像历史有意和她们开的恶意玩笑,一个在新中国成立前夕嫁给了国民党军官,一个在国企改制前夕嫁入国企工人家族。孙月华倒算是嫁得恰逢其时,但即便在改革开放之后台湾生父殷勤来信,她也不是那种能够把握时机,利用海峡两岸关系淘出第一

---

① 魏微:《烟霞里》,人民文学出版社2022年版,第51页。
② 魏微:《烟霞里》,人民文学出版社2022年版,第49页。

桶金的时代弄潮儿，还偏要在风口已过的时候大胆投资，将一生积蓄败得血本无归。和那些叱咤风云的人物相比，孙月华毕竟只是一个普通人——和千千万万你我这样的人一样。至于田庄本人，小说反复强调她近乎自卑地低调，连白衬衫上镶一条好看的绿花边都不肯。"不是绿花边不好看，是太好看了，她不愿被人看！她不要成为中心！不要，不要，不要！她不想出挑！她只要自己默默无闻，成绩是中游，被人忘掉。走在街上、融入人群——是的，融入人群，她那样一个平凡的小姑娘，就像小溪汇入江河，就像一滴雨落入大地，把她吞没。她觉得安全。"① 她宁可做那个坐在历史的通衢大道旁边赔笑鼓掌的人。不知是有心还是无意，魏微甚至特意为她配了一个志同道合的丈夫——王浪虽然那么早地到了深圳，却还是阴差阳错地没有赶上时代潮头，而乖巧地在体制内一直待到小说结束。归根结底，恐怕不是所谓"契机不对"，而就是性格使然。不过歪打正着，多年之后回看，那些弄潮儿早已不知去向——"或许还在吃牢饭，或许病死，或许挨了枪子，或许气成了脑血栓；或许远走他乡，金盆洗手不干了，在国外的某个小岛、别墅里度过余生。或许他就是隔壁老王，每天含饴弄孙，一大清早去菜场买菜，挑挑拣拣"②——而田庄和王浪还稳妥、体面甚至不无华彩地活着。这就是最稳定的俗世人生。

关于田庄，小说终章其实是有定性的："广州街头摆地摊的、早晨挤地铁的、苍蝇馆的老板娘、快递小哥等，委实比所谓的成功人士更可亲、更令人动容。田庄隶属于另一群体，但某种程度上，她跟街头摆地摊的、送快递的、开苍蝇馆的老板娘没什么两样，都是平凡人。"③ 因为田庄是这样的人，所以从田庄看历史，就是从人群的最大公约数看历史。和那些民族寓言的恢宏书写不同，魏微笔下的这一人物绝非能够标识历史大势的典型人物。就此而言，《烟霞里》也实在谈不上是一部典型的传统现实主义文学作品。不过这也提醒我们去反思：到底所谓的典型，是什么意义上的典型？对于典型的定义，是否也包含着某种洞见或偏见？那些游走在时

---

① 魏微：《烟霞里》，人民文学出版社2022年版，第149页。
② 魏微：《烟霞里》，人民文学出版社2022年版，第417页。
③ 魏微：《烟霞里》，人民文学出版社2022年版，第631—632页。

代边缘的人,是否反而是沉默的大多数?他们不曾引领历史,也不会愿意随时将命运交付历史左右;他们才是历史真正的受惠者,尽管这种受惠也许并不那么直接。他们和时代的关系不是像齿轮一样紧紧咬合,而是如小说中所说:"互为映照。阳光普照大地,可是人的眼里也会落进来星空;那远在天边的,只要你念及,都有可能是你的,会跟你发生关系,哪怕是隐秘的关系;那边蝴蝶拍翅膀,这边会刮起龙卷风。世间万物均为一体、均有关联。"①

  魏微的价值在于,她清楚地认识到"每个人身上都有时代的光影,阳光落在人身上,无论英雄、伟人、平凡人,脸膛一样亮堂,影子差不多短长。历史并不专为英雄、伟人、成功者、阔人而写"②。她选择了那些看似尤其不典型的普通人,让他们行走在时代边缘,和时代保持合适的距离,因此,他们反而在决定与被决定的关系之外,撬开了一道微妙的缝隙,制造出如阳光普照般广阔的空间。在这样的缝隙与空间里,魏微才可能将个人与时代的关系写得足够复杂;而对绝大多数人来说,这可能才是个人与时代最真实的关系。如果我们仔细检索,会发现《烟霞里》简直是一部个人与时代关系的百科全书,甚至可以作为作家书写个人与时代关系的教科书。即以田庄叔叔这位小说中并不起眼的人物而论,当他在江城火车站和大家一起放声悲哭时,固然承受着时代光芒骤然涌入的刺痛;但他当年亦可以选择参军入伍而非上山下乡,绕开时代喧嚣走自己的路;他和在电影院门口售票的爱人那种传情达意的方式,当然是由他们身处的时代塑造;但幼小田庄面对叔叔恋情的小别扭、小心思,却是任何时代都会有的小儿情绪;当他和妻子一起假扮"四人帮"吓唬田庄姐弟时,我们不能不讶异于宏大历史竟可以如此曲折的方式渗透进最私密的个人生活;而他离乡—返乡—再离乡的人生经历,又居然亦能在对于时代而言最不典型的人生里,提供某种与时代含混对照的隐喻结构。恰恰因为有足够的空间,时代的阳光洒在个人身上,才会通过直射、反射、折射与遮挡的不同组合,呈现出丰富多样的姿态,而不被简单的二元关系粗暴定义。

---

① 魏微:《烟霞里》,人民文学出版社2022年版,第632页。
② 魏微:《烟霞里》,人民文学出版社2022年版,第631页。

二、时间与空间

空间。这可能才是理解《烟霞里》最重要的关键词。尽管魏微采用了一种编年体结构，甚至最初一度打算命名小说为"一个人的编年史"①，但是不少论者早已指出，魏微所谓编年史其实相当可疑，堪称是一种伪编年体②。而魏微本人在接受采访时也承认："《烟霞里》确实是对中国史书的两种叙事方式的戏仿。形式上是编年体，但叙事上又没有严格按编年体来写，很自由，采用倒叙、插叙、未来视角，人称也不断变换，时不时'我们'就会跳出来，切换得很频繁，就仿佛真有那么一个写作团队，为故友在写回忆录，一切都是为了塑造人物之用，这就涉及纪传体。可以说，《烟霞里》的皮相是编年体，骨相是纪传体。这个形式的得来，倒也不是为了呼应我们稗官野史的小说传统，而是这些年我一直都有读年谱的习惯。"③很难判断，这样一种对编年体的不规范操作，究竟是作者有意为之，还是在写作中发现难以为继的权宜之计。作为一名成熟的写作者，魏微一定明白，预设某种结构不是为了给写作增加限制，而是为了让写作获得自由。人物的完善、事件的发展，其实很难按照现实世界线性的时间流动去书写，那势必会让叙述陷入一种碎片化的窘境，因此，"倒叙、插叙、未来视角"在所难免。中国史书的叙事传统，之所以在编年体之外还有纪传体、纪事本末体，原因也在于此。对于现代小说而言，绝对的编年体更是不可能的，只依靠时间进行的叙事也是不可能的。

---

① 参见何平、辜玢玢：《我和我们：写给我们"70后"这一代——魏微〈烟霞里〉读札》，《文艺争鸣》2023年第7期。

② 参见贺绍俊：《阅读〈烟霞里〉的四条路径》，《文艺争鸣》2023年第7期；徐刚：《家族史与时代潮，以及一代人的精神传记——论作为"人物年谱"的长篇小说〈烟霞里〉》，《小说评论》2023年第4期。

③ 魏微、张鹏禹：《魏微：我所找的全来了，都在〈烟霞里〉》，"中国作家网"百家号2023年2月7日，https://baijiahao.baidu.com/s?id=1757182540467179538&wfr=spider&for=pc。

既然存在如上伪造和不可能，则我更愿意将魏微苦心经营的编年体结构视为一种空间结构。那一个个公元纪年标识的章节，固然是线性历史时间轴上的一个个锚点，亦可被视为叙事层面的一个个小小空间。由一年首尾封闭起来的章节空间，实际上容纳下的绝非只有当年事迹，而是被魏微自由填充进太多信息。也唯有如此，叙事才能够真正有效而有条不紊地完成：小说第一章田庄出生，面对激动不已的父亲，奶奶不可掩饰的鄙夷和对儿媳的敌意，若无对此前渊源的补叙，就显得没有来由，落入婆媳关系的俗套当中；而伴随田庄成长，不断闯进她生活中的那些人物，又怎能不交代其来路？单纯依靠线性时间叙述之所以是不可能的，盖因线性历史中的每个人物、每件物品、每桩事情，本身亦都是时间积累的产物。他们自身所携带的因果发展的时间线索凝固在特定时刻，令他们在彼时彼刻是其所是；也因此，线性历史不断分岔，岔出诸多方向各异的细小线条来。这些线条交错缠绕，令叙事意义上的时间根本就是一个种种关系繁复交互的空间。

不过相比之下，魏微对"未来视角"的使用更加值得关注——或者我们也可以称之为"预叙"。在田家明去瞻仰井冈山的时候，我们便知他后来会意志消沉；在孙月华风华正茂，满腔热血地在郊区高地上构筑她体面的堡垒时，小说也已提示她晚年一败涂地的惨状；在王浪混在深圳街头兴奋而狼狈的人群里排队领取新股抽签表时，小说亦隐晦叙及中国股市即将到来的疯狂，当然这也不能不让人想到疯狂之后的怅然……凡此种种，小说中比比皆是，叙述者似乎按捺不住想要向我们透露人物后来的命运，以及与这命运相伴随的时代巨变。这和一般依靠悬念来推动情节发展的小说大异其趣，也提醒我们叙述者的志向并不在此。这部"编年体"小说的意图并不在于讲述宏大历史带来的新鲜感与震惊感，而是想要带领我们自由地在时间中穿梭，去河流的起源处看万马奔腾，然后去消亡处看它尚未入海便被沙漠吞噬。在这样一种时间穿梭中，我们或许能够明白魏微早期小说那种缱绻的抒情性到底从何而来。其实早在那时，魏微已经善于从不同的时间点来回观望，从而认识到冥冥中自有一种神秘的力量，在左右着那些尚且唇红齿白的人物，可以令他们一夜之间头童齿豁。但《烟霞里》中的预叙当然不仅是为了揭露光阴无情。在这部以书写壮阔历史为志的小说里,那些早已经暗示的未来在岁月长河的源头不过只是历史可能性之一种,但是在身处时间下游的我们看来,却是无可避免的定局。在这样颇具反讽意味的叙述中,让我们有切肤之感的并非个体命运的无奈,更是短视者身处历史旋涡无可自救反而愈陷愈深的荒诞感。而于感喟太息之余,我们当然也难免设想,如果历史不是这样,而是那样,又会怎样。正是在如是喟叹与反思中,已然凝固的历史松动了,对于历史的复写(魏微并未篡改任何事实)并未使历史板结僵化,反而使之活跃起来。

这或许才是"空间"之于《烟霞里》最重要的意义。编年体暗示了一种线性的、唯一的时间,那背后隐藏着一种一以贯之的历史观念,似乎历史非如此不可,更何况它已然如此。但如果我们将一个个纪年,以及其中的所有人和事,视为一个小小空间,以及空间中的积累、层叠,则"时间"便将呈现出线性逻辑无法尽数收纳的复杂情态。如果说19世纪的人相信世界有唯一的发展逻辑,那么20世纪的历史事实已经向我们反复印证空间的重要性。这世界无法由一种逻辑去统一概括,一定会有不同逻辑,像是地图上的不同板块、不同颜色,互为他者、彼此参照、相互渗透,以至于融合覆盖。当魏微将不同时间交叠放置在同一个章节当中,不同时间中的纷纭存在就构成某种空间元素,足以在彼此之间构成对话。由此呈现的历史面貌必然色彩斑斓,而由此道出的真相也将歧义迭出。在这样多元的认知系统里,个人与时代的关系,当然也就更不可能是简单的二元关系所能定义的。

还不止于此。在《烟霞里》中,魏微不仅随时召唤后来的历史突然插入,更经常让个人与日常生活之外的宏大声音涌进来。有时那声音是那么大,那么响亮,以至于简直要吞噬掉田庄这一主线人物在叙事当中的位置。这或许也是经常让读者感到困惑之所在。譬如在1992年,对于这个让人躁动不安又热血沸腾的年份的渲染,占去了此章超过一半的篇幅,相较之下,对田庄的书写简直像是敷衍塞责;事实上,对1992年那种迷幻般时代气氛的渲染,一直弥漫了至少七个年头,到1995年,小说竟不可克制地再度重诉1992年;而在20世纪末,似乎更有必要对整个90年代予以总结,尽管这一章大致围绕田庄、王浪夫妇展开,但写他们两人,其实仍是在写时代——这一次个人倒真成了时代的工具。又譬如在2001

年,对"9·11"事件的描述是那么充分和投入,几近史家笔墨,但这又和田庄的个人生活关联甚微,这就难免令人不满,怀疑魏微是在生硬地扯虎皮拉大旗。但是,当真和田庄的个人生活无关吗?如果没有1999年忧虑时代终结的世纪末情绪,如果不是"9·11"事件如此可疑地构成新世纪的开局事件,2002年年仅三十二岁的田庄,还会那么早地陷入中年危机,还会感到生活那么无聊、那么让人厌倦吗?既然个人与时代的关系乃是一种"互为映照"的空间关系,那么也只有在互相映照当中,个人的位置及其挪移,日常生活的意义及其消磨,才会得到最耐人寻味的表述。

而谈及2002年,我不禁想要荡开一笔,做一点在论文写作中未必适宜的抒情。2002年,田庄突然发现世界正逐渐被收缩进某种无趣的规范之中,渐近中年的她丧失了那种奋发的激情,由此产生对中产身份的(无效)反思。而同样在2002年,我刚刚考入大学,面对陡然开阔的世界,满怀愚蠢可贵的好奇与雄心壮志,盲目而坚定地相信自己有能力实现一切抱负,未来繁花似锦,充满无尽可能。而且——惭愧地说——虽然自认为心怀着某种虚妄的理想主义,但潜意识里和实际行动中,彼时的我恰恰是热情洋溢地在为成为中产的一分子而不懈努力。——两相对照,能不叫人感慨?《烟霞里》"伪编年体"的空间叙事,甚至提供了一种游戏般的自由阅读方式,如果读者有心,逐年将小说中田庄及其家人的历史与自身对照,或许会在看似荒谬的比较里,得到别样的感动与苦楚。——魏微所设计建构的叙事空间,甚至溢出了文本边界,可以将虚构以外的空间也拉入进去。

事实上,迄今为止魏微本人似乎从未在谈及《烟霞里》时提到"空间",而反复强调她的编年体结构。[①] 但我自信关于这部小说空间叙事及其意义的讨论,并非过度阐释。小说家无论对于技术如何自觉,最终都要以神秘的感性方式与世界互动并据此写作,对于自己作品究竟好在何处,

---

[①] 笔者曾与魏微交流过相关意见。小说初稿目录是由一个个公元纪年构成,笔者以为很容易造成误解,而且并无提炼和提示的价值,建议正式出版时分作四卷,由公元纪年的时段和地点结合作为标题。魏微接受了这一意见。但在改稿会后她仍对原来的目录念念不忘,认为提示编年体的叙述结构更为重要。

他们未必能够全然理解，理解了也未必能够周全表述；但无论如何，隐藏在意识深处未能自明的思维范式总会在叙事中留下蛛丝马迹，留待读者理性发掘。《烟霞里》空间叙事的蛛丝马迹在小说开端处、编年开启前便已经显露，那是这部小说在叙事技术层面被作者、论者反复强调的又一特色。[1]在显然应视为虚构一部分的前序当中，以及前序之前的一段引文里，小说以元叙事方式告知读者此后数十万字的书稿从何而来，如何写成。于是读者此时便已知道主人公田庄将在四十一岁死去，死后她的朋友们——与她年龄相仿，皆为女性——想起2005年与她聊天时的一段闲话，决定为她作传，写成《田庄志》。这意味着魏微在虚构故事、塑造人物之前，首先虚构了叙述者。这些叙述者集体创作，却整合成同一个声音，这个声音不时在叙事当中跳出来，大段评述或抒情，难以自已。这样的叙述者和这样的声音，分明在编年体的故事之上，又构成了一层叙事空间，足以令编年体的时间叙事遭到扰乱而崩塌。事实上，上述编年体中时时杂入的诸多旁逸斜出的信息，无不肇因于此——掌控叙事的主人无法如客观时间那样冷漠，而总是有自己的心里话要说。

穷十年之功为亡者立传这样深情而矫情的事，在现实生活中发生的概率怕是极小，但魏微的解释足够富于说服力："本篇作为她活过的'旁证'，近年来，我们当作事业来做，比本职工作还卖力，虽说是为了纪念亡友，实则也是另有寄托，正如田庄所言，人生大同小异，以一知万，万众归一。我们确乎为了写自己，把一个人从虚无中唤醒，以'旁证'作自证：我们曾活过、正在活。"[2]故此，对于"《田庄志》编委会"的诸位而言，与其说是在为田庄立传，不如说也是在为自己立传，为她们共同经历的不无相似之处的人生做一纪念与思考，也为时代留下一个淡淡的印

---

[1] 参见阎晶明：《小人物与大时代的直接对话——读魏微〈烟霞里〉》，《收获》（长篇小说）2022年冬卷；王威廉：《用均匀的时间刻度丈量人生与时代——读魏微长篇小说〈烟霞里〉》，《南方文坛》2023年第3期；魏微、张鹏禹：《魏微：我所找的全来了，都在〈烟霞里〉》，"中国作家网"百家号2023年2月7日，https://baijiahao.baidu.com/s?id=1757182540467179538&wfr=spider&for=pc。

[2] 魏微：《烟霞里》，人民文学出版社2022年版，第499页。

痕。"时代的光照亮了每一个人,没有人能置身其外。……非但照亮了舞台,也照亮了观众席,也映射到了剧场外,那熙熙攘攘的大街上,人潮涌动。人人都是主角。"而她们,当然也是观众,是主角,是"每一个人"当中的某一个。因此,在阅读这部小说时,我们必须时时提醒自己,叙述者发出的那些声音,并非魏微的意见与情绪,而是田庄的这些生前好友所思所感——尽管以魏微的年纪和小说中的说明,她理应也是其中一分子。但这里的魏微已不但是现实中的作者魏微,更是和编委会其他人一起,成为小说中的虚构人物。由此我们意识到,某种程度上魏微的确发明了一种叙事方式,不依靠任何行动,更不依靠任何情节,仅仅凭借叙事的声音,就塑造了一批小说人物。因此,当我们感到小说对时代的书写过度时,的确不必担心田庄的故事遭到吞噬;当我们感到小说中议论或抒情文字冗长时,也不应怀疑小说家的控制力。那是叙述者在说话,更是小说人物在说话,是魏微在塑造她的人物。这些人物经常是体贴田庄的,所以忍不住要为她解释两句,但有时也会冷静地分析田庄,甚至与田庄意见相左。还有的时候,她们会代表一代人发言——或许也代表了田庄,或许不能代表,或许代表了一代人的总体意见,或许只能代表一部分人。小说由此真正获得了众声喧哗甚至游移不定的叙事效果,魏微精心设置的叙事空间被这些声音充塞、涨破、重组,形成无可计数的诸多空间。这些空间共同组成了一代人的形象,又在各自内部露出彼此相异的面目。

三、乡村与城市

那么,田庄和她的朋友们究竟是何面目?她们在她们一代的历史中特定的焦虑是什么?她们又是如何认识、如何选择、如何生、如何死的呢?

其实在《烟霞里》中,空间并非仅仅是作者无意间选择的小说精神或写作技巧,一些具体空间亦为魏微着意营造。从目录看,正式出版的《烟霞里》分为四卷,每卷标题除年份外,还标识了地点:李庄、清浦、江城、广州。恰好代表世俗层面中国行政地理的四个层级:乡村、县城、地级市、省会城市(一线城市)。

除江城的面目相对模糊,魏微对李庄、清浦和广州,都有可谓穷形尽相的描写：

> 县城位于江城、李庄间，三地连缀，正好呈一条直线。李庄处于末端。这确实是个鬼地方，丘陵地带，略有起伏，称之为小山村并不为过。它是方圆几百里地的一个例外，一马平川式的所在，只在这一带凸起几座小山包，村户高低错落，显出山意来。①

> 水利局位于解放路上。这是县城的主街道，这条街最不缺的就是局了，什么粮食局、农业局、林业局、人武部……挨个挨个排过去，这就到了县政府。县政府坐北朝南、高门阔户，里头庭院深深，还有好几幢楼呢，气派堪比江城的区政府。一样都有门岗，里头是传达室，外头有两个当兵的站岗。②

显然，这些文字所描摹的，绝非仅仅是空间的外在形貌，更透露出内部的社会结构，乃至于时代气息：

> 就不是春运，广州站也是人头攒动，每天十几万人在这里涌荡，奔向珠三角的各个角落。每隔几分钟就有列车进站，它们发自北京、上海、西安、武汉、成都、重庆、沈阳、兰州……中间停靠无数的小城小站，也就是说，它们很有可能把全中国的有志者、梦幻者全卷了，满载他们一路南下、南下。③

> 这才是最好的广州啊，各式兼容，不势利，不欺客，每个人都能找到自己的位子，先安顿下来，且把他乡作故乡，慢慢就真成故乡了。心里安定，相信自己能挣到钱，终有一天会搬离这里，住到更好的地方去。就是说，人人都有希望，自由、欢脱、奔放，

---

① 魏微：《烟霞里》，人民文学出版社2022年版，第128页。
② 魏微：《烟霞里》，人民文学出版社2022年版，第145页。
③ 魏微：《烟霞里》，人民文学出版社2022年版，第376页。

规矩还没立起来,野蛮生长,怎么样都行,真正是开放。①

在访谈中,魏微坦承对20世纪90年代广州的描摹,是创作这部小说的最大难度。循此考察她有关广州的书写,我们会发现,关于田庄、王浪夫妇的所有讲述,与其说是在塑造这两个人物,不如说是为了书写这座城市,书写这座城市在那一时代的精神面貌——当然,反过来,也就写出了田庄、王浪乃至于他们一代人的人格气质。个人与时代的关系,在此呈现出又一种互为映照的方式。

那么,何以有必要如此浓墨重彩地刻画这些城乡空间呢?诚然,这些空间是小说主人公田庄生活、工作的背景板,将这些背景板画得清晰一些,让人物在小说中的坐卧行走有明确地理坐标,实属理所当然。但若仅此而已,魏微的相关笔墨大可不必那样精细,那样不厌其烦。除此之外,更重要的或许在于,从李庄到广州的迁徙,大概不仅是田庄,也是编委会诸君包括作者魏微乃至他们一代人大致相近的人生轨迹。当然,不是他们一代中所有的人都有能力完成这样的迁徙,也不是所有人都有田庄那样的幸运,能够在广州这样的一线城市落脚并过上体面的中产生活。小说人物的典型性和代表性难免挂一漏万,而对于《烟霞里》这样并不刻意追求典型性的小说来说,似乎更理应挂一漏万。但若结合我们对于数十年来中国社会变化的惯常认识,则魏微对这一迁徙路线的建构,似乎反而回到了传统现实主义的典型性书写原则,并呈现出个人经验与宏大历史之间的隐喻关系:改革开放四十余年的历史,不正是中国城市化高速推进的历史?而四十余年来人们最普遍的个人诉求,不正是从乡村到县城再到地级市最终抵达一线城市的执念?

或许较之田庄,她的母亲孙月华执念更甚,更能让读者理解具体个人的"城市化"进程。她进城的渴望是那么强烈,落实起来又是那么目标明确、执行有力。从谈婚论嫁开始,这位沉沦乡村的旧日贵胄,就非常清楚自己的诉求与标准何在。田家明令孙月华"最动心的还是他现在的身份,县水利局的一名临时工,平时四乡八野走遍,测水文,做勘察,画

---

① 魏微:《烟霞里》,人民文学出版社2022年版,第382页。

图纸,建大坝,修路桥……不是挣工分的,而是拿工资的"①。至于"长得好","斯斯文文","有知识","有内涵",不过是前提条件满足后的意外之喜。"进城的念想,她一直有,模模糊糊的,不知从何入手,直到遇上父亲,突然像被闪电击中。也许,她是先有了这念想,才会遇上父亲。无论如何,从那以后,成为城里人一直是她的梦想,她愿意为此而奋斗,她常说:'吃得苦中苦,方为人上人。'"②孙月华的确为了她的进城梦想吃过不少苦。她苦口婆心地教育、鼓动原本心灰意冷无意返城的田家明和她同心同德,她含辛茹苦地在乡间做成了干练利落的榜样——她要稳住田家明的大后方,却是为了抛弃这个大后方。尽管最终她也不过是止步于暧昧的城市郊区,甚至晚年时又回到李庄住进衰败的厂房,但这命运不正跟她的同龄人高加林、孙少安一样吗?这大概正是我们何以对孙月华更感熟悉的原因:在路遥那两部经典名作里,我们早应深刻认识到彼时城市与乡村如鸿沟般的差距,认识到进城对于那一代中国农民意味着什么。但我们必须承认,即便《人生》《平凡的世界》珠玉在前,《烟霞里》对于城乡差异的书写仍有令人拍案击节处。借由特殊的历史因缘,魏微将田家明的小家庭和他的父母家分别放置在李庄与江城,于是我们得以在亲人之间的细微互动与情感纠葛中,更加深切地体会到城市与乡村从经济水平、处世方式到思想观念、生活习惯的差别。而如果说田家俊还乡时农民对城中新贵的无端敬畏多少还显得有些程式化,那么田家俊本人那种莫名愧疚、冷漠、逃避,却又不由自主以小恩小惠贿取口碑的复杂矛盾心态,则是此前相关作品中难得一见的细节。

然而,70后写作者魏微,毕竟和50后、60后作家不尽相同;而田庄有关农村与城市的认知,也和孙月华大相径庭。个中差异导致70后作家乡土书写的新变,也让田庄一代人对故乡怀有全然不同的情感。对于50后、60后作家而言,乡村是最主要的甚至唯一的书写对象。正因为此,至今我们仍有一种其实未必准确的定见:中国当代文学最为突出的成就在于农村题材。这是那几代作家最为矛盾之所在:他们是那么渴望走出农

---

① 魏微:《烟霞里》,人民文学出版社2022年版,第21页。
② 魏微:《烟霞里》,人民文学出版社2022年版,第22页。

村,却又烙刻着最深的乡土印记,无论出走多远,他们都无法割除与故乡的精神联系,因此必须在文字中一再回望。他们书写乡土,既不是因为自上而下的号召,也不是因为蔚然成风的时尚,毋宁说,正是他们挥之不去的心结和无法漂洗的底色造成了那样的文学时尚。70后作家则不然,他们和田庄一样,对乡土有记忆,但不深刻;有焦虑,但不严重。对田庄来说,"进城这件事,自始至终她都很平静,从记事起,她就知道这里非久居之地,离开是迟早的事儿"。"很多年后我们认为,称之为'异质感'或许更妥帖,她跟李庄不是自己人,虽然貌似自己人。"①她打小就穿梭在李庄与江城之间,后来又在清浦度过了几乎整个少女时代,后来她自认是县城女孩,实在良有以也。县城身处城与乡的中间位置,或许正是70后一代最贴切的空间标记,这大概也是70后作家那么热衷于书写县城的原因之一。无论在空间还是时间上,这代人都恰处在城市与乡村之间,他们的成长几乎与城市化进程同步。他们中接受良好教育的一批人,早早考出农村,进入城市;而在考场上落败的那些人,很多也陆续以不同方式重复同样轨迹,将故乡抛在身后。长久以来城乡之间人为设置的壁垒不早不晚恰好在他们面前打开了,城市愈发热闹,乡村随之躁动不安,然后一年一年变得空荡起来。

这就是田庄一代的尴尬之处:较之更晚的80后一代,他们见过农村最古旧质朴的往日模样;但较之50后、60后,他们又谈不上对乡土有多熟悉。摆荡于城乡之间的他们依然将农村视为故乡,但那与其说是因为深埋在血脉里的本能,不如说是出自想象的发明。他们必须要在回忆里反复确认他们的故乡。这就是为什么,田庄对故乡一词的深刻印象,是她在告别李庄的时候,经母亲传授而后天习得。而自始至终,田庄其实都无法将词汇意义上的"故乡"与它的现实所指"李庄"联系起来:"可是这一瞥,与其说她瞥的李庄,毋宁说她瞥的故乡。确切说,她瞥的是词汇里的故乡,是千百年来,经过千万人唠叨过的、被压得很重很重的那个故乡。"②不要忘记,孙月华是这样向田庄解释何为故乡的:"故乡就是用

---

① 魏微:《烟霞里》,人民文学出版社2022年版,第141页。
② 魏微:《烟霞里》,人民文学出版社2022年版,第142页。

来离开的。"①

《烟霞里》的书名究竟是什么意思，似乎暂时还没有，也可能不宜有什么定论。但小说里并非没有与之有关的描写，最早的一处就在田庄即将离开李庄/故乡的时候：

> 后来，每当田庄回望她的出生地，在几千里外的广州家里，在单位，在上下班的路上，不拘什么时候想到李庄，她都有一种雾蒙蒙的感觉，似是而非的，什么都看不清，都不确定，像水墨画里的写意，寥寥几笔，意思是有了，但是很抽象。②

这里的雾气朦胧当然不仅是一种视觉印象，更印证了田庄，或田庄一代人对具体的"李庄"与抽象的"故乡"之认同程度。但耐人寻味的是，魏微的指涉似乎还不限于此，她进而谈到了人生：

> 大体上，这也是田庄对于人生的印象，包括她的出生地、她的小县城、她的安息地；四十多年间她所认识的人、所经历的事……一切都是雾蒙蒙的，大抵记忆本身就是一团雾状物。③

这样的引申与联想当然是在提醒我们：田庄与她的同代人，岂止是身处乡村与城市的中间而已？70后一代恰逢中国社会跨越式发展的过渡时段，前不见古人，后不见来者，既无从仿效，亦不知该如何期待，期待什么，只有摸着石头过河。时间与空间两无着落又各有牵连，这怎么可能不对这代人的人生造成深刻影响？所见所识所经历的一切都是雾蒙蒙的田庄，必定惶惑，必定茫然，必定有一种不确定的无着感，又必定因此而可以有无数可能、无数期待——如果我们将上述描写视为小说的第一次点题，那么或许魏微想要在这一代人身上写出的主题，正在于此？

---

① 魏微：《烟霞里》，人民文学出版社2022年版，第130页。
② 魏微：《烟霞里》，人民文学出版社2022年版，第129页。
③ 魏微：《烟霞里》，人民文学出版社2022年版，第129页。

四、70后与1990年代

前已迷来路，后不知归宿，一切未定，一切混乱，一切生动，一切活色生香。这是由于旧的秩序被破坏，新的格局正建立；是由于时间主线断开，庞杂的信息骤然涌入，反而在纷纭对话当中萌发勃勃生机，增殖多元意义，引爆无尽可能。——这岂非与《烟霞里》的空间叙事共享了同样的旨趣？而回到小说文本不难发现，这样的旨趣正与魏微反复张扬的20世纪90年代精神暗暗相合：

> 这一年，是举国上下被激情、狂热、躁动点燃的一年。……
> …………
> 大家都有点慌，难免七想八想。哪怕像田庄这样的女学生，也常生出一种错愕感。那边连着大地震，山呼海啸，然而这里却尚安好；不是现世安好，而是略有些心不定，是疑虑、茫然，一瞬息里也有地久天长的那种安好。
> 常常她走在路上，像夹在某种缝隙里，又像来到十字路口，这种感觉很奇妙，具体说，它跟一些抽象的词汇有关系，比如时间、历史、荒野之类。只有经历过那个时代的人，才会明白这种感受，我们国家正处在十字路口，茫然不知所措，并且，一步都不能错，生死攸关。
> 某种角度讲，20世纪90年代是从这一年（1992年）始出发的；……它构成了我们这个波澜壮阔时代的背景，确切说，它就是波澜壮阔本身。
> …………
> 1992年，十亿人民……身上汗涔涔的，有一股蛮力，火烧火燎，那确乎是春夏之交的气息、七月的气息，鼻孔简直要流血。今天，我们把它称之为"活力"，人人都年轻了十几、二十岁，像回到了青春期。都有激情，都充满希望，大咧咧走在大街上，突然朝树桩来一个飞腿，或者跃起来去够空中的一片叶子。

就是那种自由感、解脱感、年轻旺盛感,想去创造,想去犯规,想张开四肢往虚空扑去,或者大喊大叫,朝虚空"啊"两声。①

彷徨在十字路口的民族和人们,恰因彷徨而得到解脱。7月因在春夏之交而迸射火烧火燎的活力。犯规与创造相伴相生,就像人类的青春期一样。——这段关于时代的书写,用以阐释《烟霞里》空间叙事造成的强大动力,似乎亦无不可。或许可以说,只有这样的时代精神,才能促使魏微选择这样的叙事方式;也唯有这样的叙事方式,才能真正传递这样的时代精神。

魏微自陈这部小说最难写的在于20世纪90年代,这其实很容易理解:20世纪90年代之前的历史,早不知被人写过多少遍,足以提供充沛的写作资源以供参考。但有关20世纪90年代,我们知道的、写出的,都太少了。可以说,对于20世纪90年代的成功书写,才是《烟霞里》最主要的文学价值,是魏微最重要的文学贡献。对此魏微显然心知肚明,否则也不会让20世纪90年代的精神肆无忌惮地溢出那个年代,在此前此后的时光里弥散蔓延。这或许也构成其写作困难的第二个原因:因为在意,所以格外想要写好;要求高,写起来就难。

何以70后小说家魏微对20世纪90年代如此情有独钟?这或许正是《烟霞里》致力于揭示与回答的论题。从魏微以"伪编年体"勾勒出的一代人成长轨迹不难看出,这代人世界观形成的关键时刻,正是20世纪90年代。在此之前,田庄还是"小丫",她有个性,有爱憎,有情绪,但还远谈不上有力量和有主张。尽管偶尔也能让孙月华惊慌失措,但总体而言,她不过是一个难免受制于人的孱弱偶人。事实上,在小说前半部分,有关孙月华甚至田家明的笔墨,未见得会比田庄更少。终于,田庄考入了大学。但江城离家太近了,离世界又有点远,所以大学时代的田庄仍是懵懂的,也只能懵懂。世界真正在她的眼底摊开地图,是在20世纪90年代,尤其1992年之后。这个"激情、狂热、躁动"的年代,连田庄都卷了进去:

---

① 魏微:《烟霞里》,人民文学出版社2022年版,第317—319页。

……她，她想去深圳！……啊，受不了啦！血液沸腾！

咦，她不是要做个旁观者么？她不是说过，她将不为任何激情所驱使，也不介入任何时潮，哪怕是改革开放的时潮？呵呵，她的话你也信？也就这么说说而已。她不是常为自己的激动感到害羞？呵呵，她一边害羞，一边激动，不行么？①

依然常常害羞的田庄还是那个低调乃至于自卑的普通人，但这并不影响她被1992年激动着，因为在那样一个野蛮生长而热情洋溢的年代，每个人都被鼓动起来。所以这样的情绪一定不只是重塑了田庄，也必然重塑了田庄的生前好友们，重塑了一代人。唯此才可以解释，《田庄志》的编写者们为什么要不厌其烦地书写1992年，书写20世纪90年代。更重要的是，她们几乎完全是以20世纪90年代的价值标准，去审视此前与此后的岁月。那种对固定历史逻辑的质疑、对开创全新局面的向往、对规矩日益森严的抵触、对不同价值观碰撞重组的渴求，甚至对个人生活的强调、对物质生活的沉迷，全都深深镌刻在她们的血液里，也洋溢在有关田庄的叙述当中。甚至将这部书"写得很繁茂、很热闹，各种跌跌绊绊、人来人往，各种伤心、摇摆、痛苦，末了一声叹息。每个人都不一样，但说到底，每个人又都大同小异"的期许，恐怕都来自20世纪90年代精神。

以此而言，这部致力于书写70后一代生老病死、喜怒哀乐的大书，相当程度上也是致力于书写20世纪90年代；而那种独特而富于创造性的叙事方式，亦植根于20世纪90年代。在此意义上，我愿意将空间的精神，一种混杂、重叠、丰富、多元的精神，指认为20世纪90年代精神。

（原发表于《中国文学批评》2024年第2期）

---

① 魏微：《烟霞里》，人民文学出版社2022年版，第320—321页。

空 间 与 叙 事

第三辑

城与乡

死亡或超越：关于乡土的终极书写
——论胡学文《有生》

一、极

在《有生》后记里，胡学文表示自己长期以来都想写一部家族百年的长篇小说，对此痴梦，断难割舍。他做到了。《有生》以皇皇五十六万余字篇幅，写出的其实何止是家族百年，那更是乡土百年。如不少论者早已指出的那样，《有生》堪称一部中国北方乡村的百科全书。①

为此，小说在一半左右的篇幅里安排乔大梅充任叙述者。乔大梅是20世纪的同龄人，她生于1900年。在她出生那天，她的父亲刚刚从一场小规模的饥民暴动中死里逃生。四年之后，这个乡村锢炉匠因官司失去了房屋和土地，携家带口游荡在村落之间，然后在1910年的中原大旱中不得不离开豫东老家，往单县投亲。途中，他的妻子亦即乔大梅的母亲死于难产，只剩下相依为命的父女二人。他们在单县只待了两年便北上京城，因为父亲奢望把乔大梅送进宫廷做锢匠。然而，这已经是1912年，清朝结束了。两人在已近京城的高碑店才得知历史和他们开了这样大一个玩笑，机缘巧合之下他们继续北上，在张家口附近的宋庄落下脚来。在这里，乔大梅将垦荒、定居、出嫁、接生，度过此后近乎无尽的岁月，

---

① 参见桫椤：《生命因为仁慈和坚韧而神圣——评胡学文长篇小说〈有生〉》，《中国当代文学研究》2021年第3期；李浩：《〈有生〉："体验"的复调和人性百科书》，《山西文学》2021年第11期。

而我们也将和她一起目睹父亲死于土匪之手,跟随她穿越在战乱、瘟疫、饥荒层出不穷的察哈尔特区为汉民、蒙古民,甚至日本侵略者接生,陪伴她经历百余年的岁月沧桑。

这是一部刻意将个人、家族、村庄嵌入百年中国历史的小说,显然,以这样的方式创作长篇小说不无风险。正如胡学文自己业已意识到的,"写家族的鸿篇巨制甚多,此等写作是冒险的"[①]。有此自觉却仍决意如此,当然不是因为颠顶,《有生》较之别作确有独特之处。它诚然也铺展开百余年的时间跨度,但并未像其他类似小说一样,让宏大历史明确而横暴地参与乡村生活。1900年理应出现的义和团拳民,被写成面目模糊的暴动饥民,而如五四运动、中共建党、军阀混战、民国统一、解放战争等,都似乎因为宋庄这片荒村过于偏远和闭塞,更像是遥远南方或城市里的一点回音。甚至抗日战争、新中国成立和十年浩劫,尽管必然对宋庄产生影响,胡学文亦努力不将这影响写得过分戏剧化,而使之润而无声地渗进宋庄的日常生活。有别于《红旗谱》以阶级斗争重构乡村结构,《白鹿原》用传统文化再造乡土伦理,亦有别于新历史小说以性、欲望、权力进行颠覆性书写,在《有生》当中,大历史甚至未曾呈现出它明确的逻辑轮廓。胡学文的野心似乎并不在于"百年",他没有重新建构历史叙述和历史逻辑的诉求,中国近代以来波澜壮阔的百年进程在他笔下仅仅是一个模糊的背景,就如几千年来一直笼罩着乡村的灰蓝天空一样。《有生》中的历史其实是高度抽象化的,因其抽象,所以混沌,宋庄反而被更加醒目地凸显出来。这大概才是胡学文的鹄的所在:他想要书写的不是具体哪个时代的村庄,而是村庄本身,是无论历史戏台上走马灯般上演过多少兴亡更替,都亘古不变地卧在历史天空下的乡土中国。这样一个宋庄不可避免地带有原型意味和寓言色彩,在此意义上,《有生》当然可以说是对乡土的一种终极书写。

但是寓言之清晰和当代长篇小说的复杂性之间多少存在着一些矛盾。或许正因为此,胡学文要那么精细地讲述乔大梅平淡而具有典型意义的生

[①] 胡学文:《有生》,江苏凤凰文艺出版社2021年版,第941页。

命历程,并张开笔下的"伞状结构":在乔大梅之外,《有生》选择如花、毛根、罗包、杨一凡和喜鹊等五人为核心人物,讲述与他们有关的故事,穿插在乔大梅的自叙当中。这五个人里,有嗜花成痴的农妇,有生不逢时的猎手,有勤恳厚道的手艺人和买卖人,有恪尽职守的基层干部,也有心比天高的外出务工人员;他们分别是外柔内刚的寡妇,是外冷内热的鳏夫,是情有可原的陈世美,是莫名失足的负心人,是命比纸薄的被侮辱与被损害者……他们虽都由乔大梅接生,却性格、禀赋各异,正因为此,倒是共同拼成了一幅斑驳丰富的乡村图景。何况还不止于他们:他们的父母、子女、爱人、情人、仇敌、兄弟、邻居,甚至他们的妯娌或大伯子、同事和陌路人……形形色色的人和他们站在一起,构成宋庄几乎所有的人际关系,织出一张完整的乡土社会结构网络。胡学文本人将乔大梅和另外五个核心人物的关系称为"伞柄和伞布"的关系[1],而更多论者则认为是"伞柄和伞骨"[2],其实各有道理。如花等五人诚然是伞骨,但由这五根伞骨绷起来的是紧致结实而五彩斑斓的伞布,共同成就了《有生》浑然一体的叙事框架。

  但即便如此,或许仍是不够,无论多么铺张的大网,总有百密一疏的地方;这五个人物,不管怎样具有代表性,总不可能囊括宋庄。胡学文因此采用了一种冒险的叙述手法。和很多在长篇小说里穿插短篇叙事的作品不同,《有生》中这五个核心人物,其实并没有任何一个人讲出了完整的故事。在小说结束时,他们最核心的疑惑、最焦虑的症结,统统没有得到

---

[1] "另外五个视角人物均是祖奶接生的,当然,祖奶和他们不是简单的接生和被接生的关系,他们如伞柄与伞布一样,是一个整体。"参见胡学文:《有生》,江苏凤凰文艺出版社2021年版,第942页。

[2] 参见申霞艳:《生如蚁而美如神:论〈有生〉》,《当代作家评论》2021年第3期;桫椤:《生命因为仁慈和坚韧而神圣——评胡学文长篇小说〈有生〉》,《中国当代文学研究》2021年第3期;王力平:《论〈有生〉的"超限"视角与"伞状"结构》,《小说评论》2021年第4期;谢有顺、李浩:《"有生"之痛及其纾解方式——读胡学文的〈有生〉》,《小说评论》2021年第4期;管飞:《〈有生〉的伞状结构》,《中国图书评论》2021年第4期。

解决：如花将如何与钱宝生活下去？她会真的原谅毛根吗？被毛根射死的那只乌鸦确是她的钱玉吗？毛根和宋慧会成为相好吗？毛小根的怪病要怎么解决？在墓旁造屋守护着亡妻的毛根会同意将这坟地转让出去吗？罗包和麦香有没有离成婚？麦香究竟要用什么极端手段向罗包和安敏复仇？杨一凡一直耿耿于怀的养蜂女到底是怎么回事？她到底死了没有？那个不断给他发神秘短信的人又是谁呢？喜鹊要牺牲身体与声誉给黄板的致命一击真能让他重新振作起来吗？若她得知当初玷污了自己的正是多年梦牵魂萦的乔石头，会作何感想？乔石头会不会死在喜鹊手里？如果乔石头当真死掉，那么他念兹在兹的伟业，那宋庄发展的美好蓝图，又该如何收场呢？……如果小说里只有一两根线头莫名断掉，那或是力不能逮的叙述瑕疵；但这样多的疑问层出不穷，则显然是作者有意为之。素以擅讲故事著称的胡学文为什么执意要在《有生》里留下大面积的叙事空缺？我想那理由和他将宋庄以外的大历史推远同出一辙：不是为了割裂故事，而恰是为了让故事无远弗届。一个有头有尾的故事是封闭的，无论如何丰富，终归有其边界。但如前所述，胡学文的目的根本不在于讲述具体的故事，而是塑造一个具有原型意义的村庄。在这样的村庄里，故事不过是供事件发生和人物活动的舞台，因此，故事的结局与核心都没那么重要。李浩将《有生》视为一种"体验"式写作，肯定它"充分尊重甚至迁就生活的多向和多意，让其中的每个主人公都成为自我行为和思想的主体，每个主体都只听从他的心灵之声而不是作家预想的、主题的意志"①。吴义勤亦认为，作者胡学文"并不为了表达自己的认知去支配人物，借助戏剧化手段去剪裁生活、设置情节"②。他们无异于暗示，胡学文拒绝刻意去讲述一个个完整的故事，甚至让这部小说所抵达的广度和深度超过了作者本人。于是，借由这样的叙事手段，胡学文真正让他的乡土书写成为一种终极书写，因为它无边无际，向着无限敞开。

---

① 李浩：《〈有生〉："体验"的复调和人性百科书》，《山西文学》2021年第11期。
② 吴义勤：《胡学文〈有生〉中的"经验"与"体验"》，《江苏师范大学学报（哲学社会科学版）》2022年第2期。

二、终

但是，何以如此呢？是什么让胡学文怀着这样蓬勃的野心，甚至不惜在叙事上屡屡犯险，违背常规？执意如此是否也因为某种情非得已的无奈？而如果历史漫漶了方向，故事失去了结尾，是否也有一种可能：是宋庄的历史已然终结，而故事的逻辑本就无从建立？众所周知的是，伴随现代性不断推进，尤其是城市化日益加速以来，乡土世界早已发生结构性的变化。乡村当然还在，而且变得更新、更好、更现代，但绝不会再是过去那样的乡村。那么，胡学文所熟悉的宋庄，那个中国北方的典型农村，是否还在？

事实上，尽管《有生》当中的大历史已足够模糊，但是从乔大梅到如花等人，面貌之差异、性情之变换仍相当明显。乔大梅的一生不可谓不坎坷，她三次嫁人，九次生育，反复面对中国历史的苦难时刻——也无一例外都是中国农民的艰难关头——但她始终表现出足够的坚韧与清醒。她的精神是健康而厚实的，情感是敏锐而爽利的，无论对大旺还是白礼成，甚至那个身份可疑的于宝山，乔大梅都表现出足够强大的爱的能力。可到了如花等人这一代，他们的精神似乎多少都带有一些病态。他们或是深爱而不能为世所容，或是麻木而堕入情欲的歧途，或是因怯懦犹疑而居无定所，或是因心中有愧而惶惶不安。即便是喜鹊这样强悍的女子，也终因过分强悍而近于疯狂。和乔大梅健旺的生命力形成鲜明对照的是，无论如花和钱玉钱宝、罗包和麦香，还是喜鹊和黄板，他们的生育都出现了危机。罗包非婚生子，破坏了乡村伦理，这个私生子也因此处于性命威胁之下；毛小根那不可餍足的食欲和在城市灯光下才能入睡的怪病，俨然是乡村对城市且爱且恨的隐喻；至于杨一凡，小说只谈其妻而未涉其子，似乎对于一个已经离开乡村的人而言，孩子是无所谓的。这所有的一切，都在向我们昭示着乡村的后继无人。而在这几位核心人物之外，宋庄还有一些虽然身处不同历史时期却彼此颇为相像的人物。譬如李富和钱庄，他们都是那种心思深沉又踏实肯干的典型农村能人。然而，尽管乔大梅的被污似乎总让人疑心和李富有些什么瓜葛，较之钱庄，李富还是要显得厚道多了。又譬如宋品这位基层干部，在过去大概可算是乡绅钱广万一般的人物，但即便是钱广万，都懂得对引渡生命的产婆乔大梅表现出几分尊重，宋品却敢于在近乎被奉为神明的祖奶身侧行苟且之事。古老的伦理在这个乡村掌舵人心里已然淡漠；而颇为讽刺的是，一旦走出宋庄他便威势全无，连一个修摩托车的小老板都敢对他吹胡子瞪眼。

如果将乔大梅视为乡村的象征，那么其实在小说开篇，胡学文便已承认了古老村庄行将消逝的命运。乔大梅出场时便已濒于死亡，此时已被尊为"祖奶"的她不过是一个躺在炕上不能说也不能动的植物人，常年陪伴她的除了一个三心二意的麦香，便只有那莫须有的蚂蚁。乔大梅对蚂蚁实在是太熟悉了。在离开老家虞城投奔单县的路上，母亲因难产而死在血泊之中。"一只蚂蚁不知从何方窜过来。走走嗅嗅，在被母亲的血染过的沙土前停住。又有一只，两只……很快变成一群。灼烫的沙土竟没把蚂蚁烫死。先是黑蚂蚁，接着是白蚂蚁，红蚂蚁，密密麻麻，浩浩荡荡。蚂群在母亲细瘦的胳膊、隆着的小腹及翻卷着血污的双腿间爬窜寻嗅。"① 这构成乔大梅关于死亡的最初记忆。七年之后，当乔大梅在下身的隐痛中醒来，看到她的父亲同样死在血泊之中，而让她格外"惊骇的并不是被血浸透又干结的血衣，也不是父亲苍白的脸，而是在他胸前奔窜的蚂蚁大军。红的黑的白的，每只都带着腾腾杀气"②。那不能不让她想到母亲，想到"蚁群是母亲派来的，要把父亲带到她身边"③。蚂蚁，数量众多、群居生活并劳作不休，在《有生》中，总是如影随形地和死亡联系在一起，实在耐人寻味。整部小说里，乔大梅都如死人般躺着，感觉到蚂蚁在她的身上乱窜。"蚂蚁在窜"，"蚂蚁在窜"，如此焦虑的无声呼喊不时打断乔大梅的回忆，打断她对周围世界的感知，就像是死亡始终笼罩着这部小说的叙述。而蚂蚁窜得最凶也让乔大梅最难以忍耐的时候，是在她的孙子乔石头向她倾诉那个他自鸣得意的计划——他要收走村民们的部分耕地，将整个垴包山承包下来，然后在半山腰建一座气派的祖奶宫。乔大梅在这

---

① 胡学文：《有生》，江苏凤凰文艺出版社2021年版，第28页。
② 胡学文：《有生》，江苏凤凰文艺出版社2021年版，第184页。
③ 胡学文：《有生》，江苏凤凰文艺出版社2021年版，第184页。

狂妄的蓝图里听到的不仅是她个人的死亡，而且是整个乡村的死亡，乡村赖以存活的耕地资源与谦逊品格，从此都将烟消云散。那意味着古老乡土的真正终结。

乡村生态的本质变化，必然造成乡土书写的困境。李敬泽在评价《有生》时，即指出胡学文写作的难度所在："如今，乡土世界面临着巨大变化的考验……到胡学文写作时，失去宏大叙事的支持。面对社会巨变，很多东西在瓦解的时代，面对乡土写作，有着巨大的难度。"① 这或许才是《有生》中的故事往往有头无尾，而胡学文亦不得不将20世纪以来的大历史从宋庄推远的真正原因。在这里，一切自足的故事都显得可疑，却又被一次又一次讲述；尽管未经更新的宏大叙事，已无法令人信服地将乡村装进特定逻辑，作家们还是一再尝试，以至于那些看似自圆其说的乡土往事愈发显得虚假。

产生于商业化消费城市的现代小说，舶来之后与乡土中国结合，居然孕育出一脉强大的乡土书写传统。但这传统从一开始就带有某种挽歌的气息，无论是质询还是怀旧，鲁迅、沈从文等现代小说家笔下的乡村，始终在现代性的威胁之下显得遥远而萧索。当代文学为工农兵服务的准则，让农村题材小说焕发出蓬勃生机，实则书写的是被现代化蓝图规划和改造的乡土。但在现实中尚未被完全驯服的乡土文明顽强地于规定性的叙述间隙不时闪现，在进入新时期之后再次召唤出书写古老文化的热情。尽管我们其实很难分辨那些被注入了传统甚至蛮荒气质的作品，究竟是在寻找文化之根，还是在想象文化之根，但不得不承认，它们的确蔚为大观，令人印象深刻。然而如今已是21世纪的第三个十年，那些人居住了千百年的乡村逐渐走空，只剩下老人与儿童；文学作品中的村落随之日益稀疏，代之以都市的灯红酒绿；尽管《平凡的世界》和《乡土中国》被指定为中学生必读书目，但缺少乡村经验的学生们总是表示难以理解。胡学文和比他稍晚的70后一代作家，大概是最后一批拥有丰富而深切乡村体验的书写者。

---

① 转引自马淑贞：《我们如何"叙述"农村？——以胡学文的小说创作为例》，《文艺理论与批评》2014年第4期。

他们背负着那么丰厚却又沉重的乡土书写资源，心里装着那么多乡村的故事、乡村的人物，以及对乡村无法割舍的情感，面对的却是一个义无反顾要抛下传统乡村向前飞奔的世界。这大概就是胡学文始终"怀揣痴梦"却"迟迟没有动笔"，决意改弦更张，有所创新，以一种无法完成的书写方式去勉力书写的根本原因。

面对这样的写作难度，面对这样一种写作者的命运和责任，胡学文显然并非被动接受，而是早有自觉。他非常清楚，"现代化的冲击，乡土文化萎缩，甚至崩塌、消失，痛惜哀叹或冷漠无视，乡土文化在告别曾经的辉煌"[1]。他所塑造的祖奶乔大梅既可算是乡村的象征，更应被视为乡村的代言人。躺在炕上的她并未失去感知能力，甚至耳朵和鼻子都变得更加灵敏，这让她细致而敏感地见证着乡村生活，但是，却什么也说不出来：

> 我已是半死之人，但我的耳朵依然好使。我能听见夏虫勾引配偶的唧啾，能听见冬日飞过天空的沙鸡扇动翅膀的鸣响，能听见村庄的呓语，亦能听见暗夜的叹息。是的，如今我这残老的身躯不能说不会动，双目无神，如风撕扯过的枯木，但我仍有感觉，我的耳朵和鼻子没有遗弃我。[2]

那当然是加倍的痛苦。在小说中多少次她想要叹息，想要嘶喊，却没人能够听到。事实上，大概也没人真的想听。尽管他们尊敬她，怀念她，却不过是想要对她诉说自己的心事。于是她只能将那么多的记忆和她灵敏感知到的一切混杂在一起，全都压进自己强劲的灵魂深处，以腹语的方式反复诉说。这可怜的乔大梅——或许这时我们应该管她叫祖奶了——不正是关于乡村书写最好的隐喻，也是对《有生》最好的隐喻？在这一意义上，《有生》更加堪称乡村书写的终极之作。

---

[1] 何晶：《胡学文：懂得生之艰辛、壮美，才有人之强韧》，《文学报》2021年3月4日。

[2] 胡学文：《有生》，江苏凤凰文艺出版社2021年版，第3页。

三、作

那么，无论是"极"还是"终"，这样一部大书的意义究竟何在？胡学文竭其所能想要为古老乡土留下一座怎样的纪念碑？那些无法结束的故事，又为乡村留存了怎样的记忆？而那脱离了具体历史的乡村本质，到底是什么？

要回答这些问题，或许需要将伞骨折叠，伞布收拢，回到伞柄的主轴上去。祖奶作为小说的灵魂人物，理应凝聚了胡学文对于乡土的最终理解。有关生与死，祖奶（"我"）和死神曾经有过这样一番对话：

> ……死神沉吟片刻，其实，生还是死，都由自己决定。
>
> 死神说，不是所有的死亡都这样，但许多时候是由自己决定的。比如你，好几次想要寻死，你站在死亡的边缘，我嗅见气息，匆匆赶来，但都落空了。
>
> ……我已经活够了，快点带我走吧。
> 死神说，决定权不在我。
> 我说，我现在就想死。我真是活够了。
> 死神说，你已经越过生死的界限了。①

如果说穿越在生死之间的死神，理应对死亡有更透彻的认识，那么在祂看来，祖奶早已超越了生死——濒死状态对她来说，不是结束，而是升华。事实上，在宋庄乃至于更遥远的空间范围里，乔大梅既已变成"祖奶"，便是神一般的存在。乡民们始终将她看作是菩萨的人间化身，永不会死。麦香每日以美食之味供养她，正与远古时代焚香敬神的仪式有异

---

① 胡学文：《有生》，江苏凤凰文艺出版社2021年版，第937—938页。

曲同工之妙。就此而言，乔石头想修祖奶宫，将她正式写入神谱里，并非无风起浪。

乔大梅何以活成了祖奶，又是倚靠什么与死亡对抗呢？她曾至少三次"站在死亡的边缘"，却让匆匆赶来的死神无功而返。第一次是在白杏"飞升"之后，乔大梅在炕上昏睡七八天，因为预感到有人要请她接生，终于决心醒转过来。第二次是乔大梅确认了白礼成带着白花一去不返之后，在小旅店里睡了两天两夜，险些被掌柜的用门板抬了出去，所幸隔壁孕妇临产的喊叫声把她唤醒。第三次是在李夏也惨遭不测之后，乔大梅万念俱灰，打算悬梁自尽，可就在绳索即将套住脖子的时候，院门外响起了脚步声，乔大梅毅然扯掉绳子去接生。每一次，乔大梅都是因为骨肉的离去而萌生死意；每一次，又都是因为接引新生命的责任感，她从鬼门关兜转回来。诚如乔大梅自己所说："若说我救了他的妻子和孩子，那么他们也救了我。"① 而就在她最后一次被即将出生的婴儿救回之后，她再次被人称颂为菩萨，并真正完成了她的觉悟："这样的话听得太多，我从未在意，但在那个早上，却如信念植入我的骨髓。我不能死，必须活下去，好好地活着。死去的亲人虽多，但我要接引更多的婴孩到世上。"② 可以说，在那一刻，连乔大梅自己也承认了自己菩萨/神的身份，同时领受了自己的神职，成为"祖奶"。

不少论者都将《有生》与余华的《活着》对比，探求二者的差别，一则观点为："如果说余华的《活着》讲述的是如何忍受、不死就好；《有生》则关乎生的抗争、活的光彩。"③ 如何抗争？对此，谢有顺和李浩说得更加明确："乔大梅反抗苦难、死亡的方式是不断地接生和生育。"④ 乔大梅和徐福贵最大的不同就在于后者为男而前者为女。女性可以生育，

---

① 胡学文：《有生》，江苏凤凰文艺出版社2021年版，第749页。
② 胡学文：《有生》，江苏凤凰文艺出版社2021年版，第834—835页。
③ 韩亮：《丰饶的对抗——胡学文〈有生〉读札》，《长江文艺》2022年第3期。
④ 谢有顺、李浩：《"有生"之痛及其纾解方式——读胡学文的〈有生〉》，《小说评论》2021年第4期。

使"有生之类"①生生不息地来到人间,而男性则既没有这样的天分,大概也缺乏这样的坚忍。在祖奶漫长的一生中,令人印象最为深刻的,竟并非她所经历的诸多苦难,而是面对苦难时的沉着与平静。即便在父亲惨死、己身遭污的时刻,她仍能很快恢复理性,"没了恐惧,没了仇恨,甚至也没了悲伤"②,认清自己现在的身价并做出人生选择。唯一能够让她不那么理性,而且也让读者随之激动的,是她对接生这件事的执着与激情。从一个锢炉匠转行做接生婆,这一转变的契机和决心,本就令人惊讶。而一次又一次,无论她在做什么事情,无论她的状态好还是不好,也无论她遭遇了怎样的惨剧,只要请她接生的人到了门外,她便立刻收拾出门,没有任何犹豫。那种迎接新生命的执拗甚至到了不惜赌上自己命运的程度,在得知李春的死讯之后,她以近乎迷狂的渴望,不假思索地投入了面目暧昧的于宝山怀抱:"我要生儿育女,那念头飘然而至。我不止要生一个,要生两个三个四个……我尚未衰老,子宫仍然润盈。我没考虑能不能养活,似乎已经丧失理智,只是想生。死神夺走了五个,我要生更多的孩子。自然需要男人帮我,于宝山可能不怎么合适,却是现成的人选。我几乎是迫不及待地跑到东院,拦住正要出门的于宝山,没有廉耻地说我要嫁给他。"③考虑到于宝山的土匪身份,则乔大梅人生的被毁,未尝不和他有着直接的关联,这意味着为了生育,为了让更多的生命来到宋庄,一切埋藏在历史里的仇恨与波折,似乎都可以不再顾及。乔大梅当然没有生出那么多孩子,她只和于宝山育有两男一女,他们和此前的六个兄姊一起,为祖奶凑足了九个子女——在中国文化里这是最大的数字了,某种意义上也可以等同于无限。不过祖奶真正无限的子孙,是由她接生的婴

---

① 据胡学文《〈有生〉之赐》(《文艺报》2020年8月28日),小说的题目"有生"取自严复《天演论》:"以天演为体,而其用有二:曰物竞,曰天择。此万物莫不然,而于有生之类为尤著。物竞者,物争自存也,以一物以与物物争,或存或亡,而其效则归于天择。天择者,物争焉而独存。"这一番"物竞"与"天择"的道理,"或存或亡",亦同样耐人寻味。

② 胡学文:《有生》,江苏凤凰文艺出版社2021年版,第185页。

③ 胡学文:《有生》,江苏凤凰文艺出版社2021年版,第839页。

儿们。乔石头统计,由祖奶引渡到这世上来的孩子,足有万名以上。

正是因为和生命具有这种不可割裂的联系,祖奶才被乡民们视为神,视为菩萨。在杨一凡与方鸿儒的谈话中,他们谈及当今世代不可逆转的日新月异和亘古不变的欲望,进而谈及欲望的调节器,谈及信仰。方鸿儒说:"信仰,特别是坚定的信仰是可以让灵魂安宁,但我说的调节器涵义更广。你说过,你是无神论者,对不对?我的妻弟信仰马克思,是彻底的唯物论者。没人能动摇他的信仰,他知道自己需要什么,这很好。但民间,我指的不仅是现在,是几千年来的民间,就大众百姓而言,更多的是泛信仰,在儒释道之外,有临时的急救式的实用信仰。病了就拜药神,饿了就拜灶神;砍树要拜树神,采药要拜山神;下海要拜海神,祈雨要拜龙王;盖房要拜土地,结义要拜关公……大大小小的神不计其数,层出不穷,没有也要造一个出来。我认识一个鞋匠,他不拜财神,刻了一个木头的鞋神,每天都要拜,他不只要发财,还要平安,这个鞋神其实是神的总汇。是不是信仰?是,又不完全是。沙粒进了眼,立马信风神,明天,可能几分钟后就信别的了。信没什么不好,只是实用性、功利性太强了。"① 既然如此,在传统的乡土世界面目全非而生育渐趋困难的时刻,乡民们将祖奶奉作神明,不正是理所当然吗?

如此说来,胡学文所谓的乡土本质,难道不过是生育而已吗?祖奶教出一个全国知名的妇产科专家钟玉兰,莫非是用以证明,那近于原始欲念的生育热望,正是乡村给它此后的岁月与文明形态最好的馈赠和最后的纪念?当然不止于此,祖奶穿越百年历史日益坚定的生育信仰,早被胡学文给予了足够的精神赋值,而的确可能成为一种超越性的存在。祖奶对生命的态度,从乔大梅拜师学艺的那天起就带有某种神圣性。当黄师傅决定收她为徒,为她立规矩,并一再强调"接生是积德,德没有亲疏,不分大小,不管什么人找你接生,哪怕是你的仇家,都不能推"的时候,接生这一职业就天然地包含着对众生平等的尊重。祖奶做到了,因此,她才能够那样从容地出入长官府邸与土匪山寨,甚至在日本侵略者的产房里仍能坦然工

---

① 胡学文:《有生》,江苏凤凰文艺出版社2021年版,第784页。

作。在生命的高度上，敌我的分野与历史的恩怨似乎全被抹平，而代之以一种更加阔大的情感。生命因此而升华为一种美、一种文化、一种信仰，为小说《有生》提供了最强有力的抒情底色。在此意义上，"有生"即是"有情"。这缘起于生命热度的"有情"将转化为诸种情感，甚至是畸形的情感，游荡在古老的村庄里，成为这个行将倾颓的世界最后的光彩。那五个作为伞骨，撑开乡土社会伞面的故事里，最核心的人物无一不是深情之人。恰恰因为过于深情，他们的故事才永远不可完结。在他们各自故事的结尾处，个人的深情全都转化为对土地的深情，阻挡着乔石头所象征的资本力量吞噬乡村的企图。在此，《有生》更为深刻和生动地阐释了数千年来农民对土地不可遏止的占有欲。那绝不只是因为在经济上，土地是他们最为重要的生产资料；更因为在情感上，土地负载了他们悠远岁月里所有的悲欢离合，是他们最后的也是唯一的情感寄托。土地便是乡村，是祖奶的真身，是一切生命起源和寂灭之所。只要寄托在土地上的这一缕深情依旧在守候和游荡，古老的乡村就不会真正消失不见，而将以最好的方式转世重生。

（原发表于《南方文坛》2023 年第 2 期）

作为"暗疾"的乡村

——鲁敏的"东坝系列"与 70 后写作症候之一种

一、乡村的暗疾

依照批评家的分析,鲁敏的创作可谓条块分明,线索清晰。在最初几年懵懂的探索之后,鲁敏下了几年功夫专注在乡土书写,一行字一行字地印制出了属于她自己的那枚文学"邮票",而后突然转身,迈入都市。从乡村到城市,其作品逐渐形成"东坝""暗疾""荷尔蒙"三个系列。这样的分类几乎在每次讨论鲁敏时都被提及,也在不同场合得到过作家本人默许,可以算是一种共识了。① 同样可被视为共识的另一个意见是:在写乡土的"东坝系列"中,"鲁敏刻意回避以前对人性之恶的揭示,转而采取温和的调子来写",是"明亮与宽容"②的,致力于"挖掘善良的人性本源"③。对此意见,鲁敏同样表示过一定程度的肯定,承认自己创作"东坝系列",并不取"苦难、贫困、愚昧、野蛮、悲剧"等乡土叙事主题,而只关注"审美"价值的部分,致力于将东坝写成"日月有情、人情敦厚之所"④。"东坝系列"给读者留下的此种印象是如此深刻,以

---

① 参见鲁敏:《路人甲或小说家》,译林出版社 2019 年版,第 278—280 页。

② 王德领:《在清冽与浑浊之间——鲁敏小说创作论》,《百家评论》2014 年第 2 期。

③ 沈滨:《为你打开一扇故乡的大门——解读鲁敏〈思无邪〉》,《哈尔滨学院学报》2011 年第 8 期。

④ 鲁敏:《路人甲或小说家》,译林出版社 2019 年版,第 113 页。

至于当鲁敏转向"荷尔蒙系列"的时候,有些批评家还颇感失落,遗憾于"写东坝的那个淳朴唯美的鲁敏怎么堕落如斯了"①。

但,果真如此吗?

写于 2006 年的《白衣》大概是"东坝系列"最早的一篇。此时的鲁敏对早期有关市井生活与伪中产者苦闷的创作产生了深刻的自我怀疑,决定回到岁月深处去寻找自己"寂寞辽远的故乡"②。和她一起回到东坝的,首先就是《白衣》里的陈冬生。这个高中毕业之后在人生的十字路口徘徊良久的年轻人,终于愿意接受命运安排,留在村里做一名赤脚医生。但故乡是用什么来迎接这个归来学子的呢?是死亡,是前任赤脚医生老崔的葬礼。鲁敏选择以死亡开始她有关东坝的讲述,已足够耐人寻味,但重要的还不在于死亡本身,而在于对死亡无动于衷。在那场葬礼上很难嗅到悲痛的气息,老崔婆娘那不甚体面的悲痛,反而让悲痛像是闹剧的一部分。而陈冬生就在这闹剧的看台上,和吊唁的人们站在一起,其所见与所想都过于冷静,甚至冷漠了。那种刻意保持了距离的冷漠视线里,丝毫没有桑梓情深的温度,相反,竟飘浮着丝丝缕缕的警惕与不安。

警惕与不安良有以也,东坝村对陈冬生的确不能算是友好。这个求学多年的年轻人重回故里,已然与这里格格不入,东坝其实始终以一种对待异己的态度拒绝着他,让他无法接近村庄的内心。在镇卫生院的培训班学习,倒是让他交到了两个朋友,可是在和他们聚会喝酒的时候,陈冬生显得多么单纯和生涩。退伍兵和院长亲戚的猥琐让陈冬生深感厌恶,他根本不熟悉这块土地上成年男人的话语方式,他和他们不是一类人。因此,后来院长亲戚对他的欺骗,不是顺理成章吗?除了这两个同行,堪称朋友的还有一个邹虎。邹虎倒是不曾欺骗,他的恶意更加粗蛮直接。邹虎表达友谊的唯一方式,不过是对着陈冬生喋喋不休地倾诉自己所遭受的情欲折磨之苦,并利用陈冬生接近自己所垂涎的欲望发泄对象。当邹虎以威胁的方式强行占有了英姿,被损害的不仅是陈冬生和英姿的感情,还有

---

① 鲁敏:《路人甲或小说家》,译林出版社 2019 年版,第 179 页。
② 鲁敏:《路人甲或小说家》,译林出版社 2019 年版,第 19 页。

东坝村美好的夜晚。至于那个将陈冬生留在东坝的村长，曾经代表一方乡土对陈冬生表达过诚挚的善意。他为陈冬生谋划前程，给予支持，并对陈冬生推心置腹，甚至袒露自己的隐疾。但正是通过这种种善意，他一步步算计着这个涉世未深的年轻人。当这个乡土世界的代言人暴露出其本来的面目，我们很难不怀疑：召唤陈冬生返乡的那份邀请，怕不是从一开始就别有用心？如此而言，东坝哪里是陈冬生温暖的故乡？它根本是一个险恶的圈套。

即便是那些美丽的姑娘吧，也无非是让陈冬生枉付深情——或许还不止于此。小莲当然是值得同情的，但无可否认的是，她的确应该算是村长的同谋，是东坝为陈冬生设下的甜蜜陷阱。梅云又何尝不是呢？的确，她不曾怀着某种无奈的阴谋刻意接近陈冬生，甚至不曾对陈冬生有过任何暗示和承诺，那些陈冬生念念不忘的暧昧动作和眼神，很可能只是他自己谵妄的想象。但是这个最早唤起陈冬生男女情欲的姑娘，就像是一系列不幸的导火索，预兆了陈冬生将在东坝遭遇什么，又将发生怎样的变化：他将不再清高，他将学会喝酒和抽烟，学会占女人便宜并在聚会的时候添油加醋地吹嘘，他将和退伍兵、院长亲戚、邹虎、村长成为一类人。在小说结束的时候，陈冬生和村长、邹虎共同端起了酒杯，他终于被他的故乡接受了，但是这样的成长对于陈冬生而言，真的是变得更好了吗？真的是"明亮与宽容"吗？

当然，还有英姿。这大概是东坝村里除母亲以外，唯一真心对陈冬生好的人了。为了陈冬生，她甚至愿意屈辱地接受邹虎，满足他变态的情欲。她是好看的，同时清冷自爱，而又不乏自毁式的奉献精神，确乎可以算是乡土世界美与善的代表。但不应忘记的是，英姿之所以将自己奉献出去，根本而言乃是因为对陈冬生不可遏止的情欲。无论以怎样的方式来粉饰这一情欲，将之命名为爱，使之富有诗意，甚至出于某种命中注定——英姿的狗见了陈冬生，何以就不叫了呢？——也不能否认，这种情欲是违背所谓公序良俗，甚至触犯国家法条的。英姿那个戍守海防的丈夫，凭什么就应当遭受这样的侮辱呢？难道英姿的情欲，和村长的情欲、邹虎的情欲、院长亲戚的情欲，不是同一种东西吗？如果当真问心无愧，又或是果然一往情深，在丈夫探亲时摆起的宴席上，英姿又何须表演得那么若无其事,那么正常呢?这个美丽女人冷静而克制的形象之下,隐藏着熊熊欲火,灼得她夜夜难寐。小说结尾的宴席上,那火焰当然仍未熄灭,这让那场为了告别的聚会始终处在一种紧张感当中。而陈冬生或许正是在期待某种意外破茧而出但却终于无果的时刻,领悟到了东坝的隐秘真相,然后突然成熟了。

英姿的美与善,像极了鲁敏赋予东坝的"日月有情、人情敦厚";同样,在英姿的身体里汩汩涌动的情欲,也埋藏在几乎所有关于东坝的故事里。《逝者的恩泽》中,古丽不远千里来东坝投奔已逝情人的发妻,本就是不伦情欲的结果,而她的到来,又唤醒和凝聚了东坝情欲的目光;《风月剪》里,宋师傅为女客们测量身体尺寸时的手指是怎样欲说还休,而深夜里对徒弟身体的抚摸又是何等欲罢不能;就连《思无邪》那样一个温暖的故事里,鲁敏也偏偏要让兰小珠胎暗结,塞进一个早产的死婴。较之美与善,不洁的情欲似乎更像是东坝的精神特质;与其说鲁敏在这里挖掘出了"善良的人性本源",不如说她揭示出的是更本质、更具生物性的东西。正如英姿患着那种药石难解的失眠症,情欲同样也是东坝的"暗疾"。

当然,将情欲暗指为某种与美和善相对立之物,或许有些迂阔了。自20世纪80年代开始,情欲不是越来越得到中国当代文学的肯定,并被作为人性之重要一端吗?四十余年来,对这一命题一再表现与持续开掘,不正是我们的文学得以前进的动力之一吗?仅仅从道德,何况还是很容易被指认为保守腐朽的道德层面去挞伐它,岂止迂阔,简直有逆历史潮流而动的嫌疑。道德总是变动不居因而复杂微妙的,就此讨论问题的确有其困难;问题是,无须与广阔的世界相连,即便聚焦在小说文本内部,我们依然能够在同一叙述系统诸多要素的互动中辨认出,情欲之于东坝,的确可以算是一种疾病。如果《白衣》里的村长和小莲不是自惭形秽,何苦要给陈冬生设下圈套?如果《风月剪》里的宋师傅不是清楚地明白,自己的情欲是病态的,不可能见容于东坝民风,又为什么要以那样决绝的方式来证"我"清白?就算宋师傅的龙阳之癖确实超出了一般伦理接纳的限度吧,《逝者的恩泽》里的古丽总该是一个合理的情欲对象吧,她是那么肆无忌惮地张扬着自己的魅力,似乎确是自觉地将情欲视为一种天赋之权。但如果真的胸襟坦荡，她又何必以自欺欺人的方式将张玉才推给青青呢？而张玉才在遭到古丽冷落后的心理活动或许更能够说明问题："从迷上古丽的第一天起，他就在等这个结果，只不过，这结果来得早了些、突然了些、从热络到分手，这里面的必然性，不是情感浓度的问题，不是忠贞与否的问题，而是这小镇的道德，是这小镇的风尚。"① 很显然，即便是刘玉才与古丽之间那种以小说文本之外的道德标准看来并无不妥的情欲，都是为东坝的日常人伦所不容的。

既不被容忍，又长期潜伏，一旦遇到合适条件，便勃然萌发，并能够引起东坝这一肌体的其他病变，这正是情欲这一暗疾的特性。其实对于东坝而言，古丽只是一个异乡人，但她的到来不仅能让东坝的男青年们躁动，令青春期的少女觉醒，甚至能让本应视她为寇仇的红嫂都重新发现了自我。红嫂留下了这个某种意义而言抢走自己男人的女人，善待她，容忍她，乃是因为"古丽是红嫂不可能的生活，是她下辈子的理想"②，而不可能的生活和下辈子的理想，从来都是此时此世无比渴求的。东坝的暗疾发作了，红嫂因而不同往日，至少她现在可以大胆地和古丽讨论一下自己丈夫生前的床上癖好。或许是因为女性的羞涩，或许是因为已经上了年纪，红嫂的"病变"不像《白衣》里的村长和邹虎那么严重，她还不至于变得粗鄙与混乱，但那的确也是一种可能的症状。

红嫂的病变和病变后的反应是那么"明亮与宽容"，她在对待古丽母子时所表现出的善，和她对于情欲的同情之理解不无关系，这很容易让人对情欲产生一种愉快乐观的情绪。那么我们是否可以据此判断，东坝的情欲真的擦亮了久被压抑的人性光辉呢？可是，我们该怎么理解《思无邪》？无论如何，我们很难将一个尽管聋哑但神志清楚的健康男子对一个痴傻女性的侵犯，视为一种美好人性的表达，更何况那还断送了两条人命。来宝受朦胧情欲驱动而犯下的血淋淋的罪行，是这篇小说的一根刺，插在来宝淳朴善良的人物形象和他对于兰小的善举之中，让东坝的"日月有情、人情敦厚"变得不那么纯粹，却更完整，更结实，更耐人寻味了。这一次，

---

① 鲁敏：《思无邪》，四川文艺出版社 2018 年版，第 149 页。
② 鲁敏：《思无邪》，四川文艺出版社 2018 年版，第 139 页。

鲁敏以复杂的辩证法，不仅让情欲这一暗疾激发出了善，还造成了美，酿出了诗意。

有趣之处恰在这里：不联系文本之外的世界而从一般道德的层面去理解东坝的情欲，不仅是读者自省的结果，而且是鲁敏的写作对读者提出的要求。"东坝系列"中，尽管情欲在每一篇小说中涌动，但是读者无法简单地以善和恶去加以指认。在《白衣》中，情欲似乎是恶的；在《逝者的恩泽》里，它又确乎某种程度上解放了红嫂；而在《思无邪》里，它妖邪而美丽，是一朵恶之花。很多时候，这一暗疾深植于东坝的土壤；可是在《颠倒的时光》里，它被"大棚"这一外来事物造成的狂喜点燃；而在《纸醉》和《第十一年》里，它又因为掺杂进了对东坝之外的远方的妄念，而变得不那么纯粹。在不同的故事里，鲁敏赋予情欲的寓意与属性各不相同，让人很难将之还原到现实生活当中去加以评判。但是无一例外地，鲁敏都将情欲作为一个活跃要素揳进叙述当中，令悠久沉闷的东坝的日子发生一些始料未及的变化。在此意义上，所谓暗疾，是指情欲异质于东坝肌体，并势必造成肌体的紊乱、调整、替换与再生。在此意义上，对鲁敏和她的"东坝系列"来说，情欲根本不是一个现实问题，也不是道德问题，而是叙述问题。因而，鲁敏所谓"日月有情、人情敦厚之所"，确应主要从审美价值的层面去加以理解。

二、叙述的暗疾

事实上，鲁敏早就承认，之所以回到东坝，就是因为厌倦了曾经那种"对景写生、数码快照般的写作"，就是为了反现实主义，"建造我一个人的乌托邦"。[①] 以现实逻辑与善恶标准去理解"东坝系列"，本就是缘木求鱼。对鲁敏而言，东坝当然还带着往昔的情感温度和残存的童年记忆，但在她的笔下，东坝更是一件由她亲手打造的艺术品。因而关于东坝，重要的或许并不是鲁敏讲述了什么，而在于她如何讲述。

有关鲁敏精妙的小说技艺，当然已经有足够多讨论，至于鲁敏叙述的

---

① 鲁敏：《路人甲或小说家》，译林出版社2019年版，第19页。

一个显而易见的特征，似乎只有傅小平在访谈中有所提及："在不少中短篇小说里的章节前，你会以阿拉伯数字标号，是以前职业带来的痕迹吗？这也或许多少透露出你写作的结构或框架意识。"以数字划分小说章节算不得什么特异之举，但在短篇小说里的确并不常见，何况鲁敏不是让标号独占一行，居中放置，而是直接搁在段落的前面，这样的形式让小说更像是一种未完成品，类似写作提纲或者计划书。鲁敏对此的解释非常简单："这是我在中短篇里常采用的一个方式，好像放东西一样，有一个秩序感。也会形成一种人为的中断，便于时空或氛围等的转换。"[1]她表示有关这一问题没啥值得多说，以至于这篇访谈在刊物上登载时，这一问题直接被删掉了。[2]但文学的一切内在要素最终不都是呈现在形式上？一种根深蒂固的叙述习惯一定有其耐人寻味之处。一个可供参考的事实是，2018年鲁敏在四川文艺出版社几乎同时出版了两部小说集，《惹尘埃》写都市，《思无邪》写东坝，《思无邪》里每篇小说都采用了这种阿拉伯数字标号的形式，而前者中却无一篇如此。鲁敏承认，这样的形式像是一个个放东西的小格子，造成一种秩序感。这恰恰印证了我们此前的判断：鲁敏是以一种高度理性的控制力，建构东坝这一艺术形象。不是说其中没有情感投入，但鲁敏对于故乡的"爱与哀愁"[3]，在小说中一定经过了精准的艺术处理。因为精准，所以有距离感，甚至有些冷漠，这大概也是鲁敏所追求的那种"隔"的美学趣味一个必然的结果。[4]

更值得注意的，是鲁敏所承认的第二点：这样的形式使得文本断裂具有了某种合理性，更便于时空或氛围的转换。时空囊括客观之物，氛围出于主观所想，则在此形式下，叙述中的一切主客观对象无不可以转换，也无不可以断裂。那些阿拉伯数字标号狡猾地暗示着读者，在一个新的数字之后理应开始新的话题，这样理直气壮的标识反而使叙事的频繁跳跃为人容忍。如果拿掉这些标号，读者将会立刻意识到，有关东坝的讲述其实是

---

[1] 鲁敏：《路人甲或小说家》，译林出版社2019年版，第273页。
[2] 参见鲁敏、傅小平：《"写作就是与陌生人说话"》，《上海文学》2018年第11期。
[3] 鲁敏：《时间望着我》，译林出版社2019年版，第95页。
[4] 参见鲁敏：《路人甲或小说家》，译林出版社2019年版，第3—5页。

由一个一个的碎片组成，东坝是由这些碎片拼接而成的一个万花筒。《盘尼西林》便是相当典型的一个例子："我"的独白、"我"在后来岁月中的经历、"我"在东坝的童年往事，通过数字标号相互穿插，频频跳转；而即便在东坝，"我"的视线也得以借由这些数字，自如穿梭在母亲与"盘尼西林姐姐"之间。"我"的东坝记忆正是由这些几乎无法构成情节的片段构成，独立来看，它们其实只是一次又一次的抒情。数字给予小说的是一种外在的秩序感，那种以结实的叙事结构起来的内在系统性在这里被有意地解构了，因而，《盘尼西林》里的东坝其实面目模糊，只是单薄地漂浮在那种诗意的抒情之中。数字标号的小说形式所造成的断裂与转换之所以会在《盘尼西林》这篇小说中格外活跃，或许不仅仅出于叙事技术的有意设计，还另有其不得不如此的原因：这篇小说在"东坝系列"中本就是相当独特的一篇，因而鲁敏甚至没有将之编入小说集《思无邪》里。盖《思无邪》里的东坝故事，都是"以20世纪80年代为背景"①，而《盘尼西林》的主要场景则在20世纪50年代。很显然，鲁敏对这一时代远没有那么熟悉，以至于小说中还出现了一点年代上的纰漏。②

《盘尼西林》里的东坝被讲述得那么语焉不详，从叙事层面或许还可以找到一个理由，即叙述者本就是穿越了漫长的岁月回溯往事，而有关"盘尼西林姐姐"的那些记忆，只是一个十岁孩子的所见所闻。这并不是鲁敏唯一通过孩子来观察和讲述东坝的创作：《第十一年》尽管采用了第三人称视角，但视线基本聚焦在小甜儿这个同样只有十岁的女童；《逝者的恩泽》里达吾提也为小说提供了重要的感官，从他父母交往的时间推算，他不会超过十岁；而《思无邪》里的来宝，尽管已经十七岁了，可是因为身体残疾而那么懵懂，和一个孩子又有什么区别呢？一个十岁甚至不满十岁的孩子，实在是再合适不过的叙事装置。他们已经能够记住一些

---

① 鲁敏：《思无邪》，四川文艺出版社2018年版，第392页。
② 据小说所写，新中国成立已经两年的时候，"我"虚十岁，则"我"出生在1942年或1943年。小说中又写，"我"在三十代迷恋上了电影几年，在"我"开列的电影名单里，有《大桥下面》，也有《少林寺》。后者于1982年在香港公映，那时候"我"至少已经四十岁；而前者上映更晚，在1984年。

事情了，但是又不甚明白，能够指望他们对于东坝看得多么清楚呢？《第十一年》里的小甜儿，本就是因家庭变故而投奔东坝的城里人，在东坝她能够活动的范围极为有限，她所能关注的，无非就是彭大娘院门之内的家长里短和儿女情长。在将近一年的东坝生活里，她或许无意中窥破了城与乡、男与女之间某种人世间的真面目，自以为结束了自己的童年，但这种管中窥豹的领悟是真实的，还是想象的呢？她甚至连东坝的村民都没有认全，又如何能够理解那由一代代东坝人编织成的、盘根错节的乡村网络？当然，选择小甜儿，意味着鲁敏所追求的本来就不是去深入地、完整地、系统地书写东坝，她要的正是那一点淡淡的惆怅和朦胧的诗意。只是，这样的选择是有意为之还是情非得已？倘若是那种有意为之的自觉，是否终究还是出于某种情非得已？

  小达吾提特异的感官能力，让东坝那种朦胧的诗意更加朦胧了。他一天天失去视力，换来灵敏的嗅觉作为补偿，他用鼻子来感知东坝的空间，判断东坝人的远近亲疏。鲁敏从未掩饰自己对感官的青睐："对于气味、温度、湿度、色泽、光线等，我总是有着狂热的迷恋。"① 鲁敏以为这些都是具体之物，随时随地包围着我们却没有人能够抵达它们的核心："一只木瓜的气味，灰尘在空气里的阴影，黑暗中眼睛的光泽，静水深流的明暗。"② 她说得没错，这些具体而抒情的细物的确动人心弦。但问题在于，矫枉过正地去关注这些因过分纤小微妙而常被忽略的东西，而放弃视觉，诚然能够见其幽微，不也难免失其宏大？视觉或许是人类最习以为常的认知方式，其所感也过于清晰，因而缺乏独特的诗意；可嗅觉所能带来的体验，是否也过于私密，过于缥缈了？嗅觉的确能够敏感到那些常遭忽略的角落与不被理解的内部，但因为失去整体观，它远比视觉更缺乏准确性。小达吾提只凭借味道能了解到什么呢？他甚至"看不见青青在他的后面掉眼泪，看不见古丽像桃子一样肿起来的眼"③，那么他又如何能理解东坝的内心世界？在《颠倒的时光》里，鲁敏同样迷恋嗅觉。双目明

---

① 鲁敏：《路人甲或小说家》，译林出版社2019年版，第85—86页。
② 鲁敏：《路人甲或小说家》，译林出版社2019年版，第86页。
③ 鲁敏：《思无邪》，四川文艺出版社2018年版，第151页。

亮的木丹执拗地依靠鼻子来安排自己的劳作,那些丰富而微妙的气味的确令这篇小说像是一曲传唱在风中的田园牧歌。可是与此同时,鲁敏花费了大量笔墨书写的劳动细节,却被气味掩盖了本应具备的意义——难道不是这些关于播种、耕耘和收获的细节,构成了东坝的根本吗?较之《逝者的恩泽》,《颠倒的时光》让我们得以更加深刻地认识到,长久被压抑的嗅觉,也可以何等粗暴地压抑视觉的功效。由此,这篇本应触及"当前农村中所面临的'新经验'"的作品,将社会整体结构变动中乡土社会产生的种种问题和与之相伴的躁动不安,仅仅化作木丹的一声长叹。

  木丹叹息的是什么呢?大概他实在不知道自己该如何面对"大棚"这一新鲜的外来事物。小甜儿惆怅的是什么呢?她一定对青小姨为走出东坝而贸然地委身于人深感惋惜。而小达吾提又为什么闭上眼睛呢?或许作为一个外乡人,只有这样,他才能够拒绝面对一个对他而言完全陌生的世界,在黑暗里找到一点安全感。这三个故事、三个人物的情感核心提醒我们,在鲁敏的"东坝系列"书写中,还有一项特征比嗅觉感知、幼童视角更为重要,而且或许能够帮助我们理解,何以鲁敏只能选择以断裂与跳跃的方式来展开叙述。这项特征,就是对东坝之外的世界隐约的不安。在有关东坝的所有小说里,总是会有至少一个外来的人或外来的事物,搅动这宁静的乡土世界,唤起埋藏在这里的情欲,然后变故得以发生。即便是《燕子笺》,这个封闭在乡村小学里的故事,最终问题的解决不也是依靠乡里?况且束校长这个乡村知识分子,与东坝是那么格格不入,本就是异质性的存在。鲁敏似乎必须通过这样异质于东坝的元素,才能够抵达东坝。或许也正因为此,她对于东坝的书写始终就像是小甜儿或《盘尼西林》里的"我"一样,无法真正深入东坝,也无法完整地理解东坝。这才是她"东坝系列"的叙述里,最重要的暗疾,甚至可能是其他种种暗疾的根源。

三、作为"暗疾"的乡村

  从鲁敏的散文里,不难发现她和现实中故乡的真实关系:"那时候的小学是五年制、六年制并存,我读了五年,刚十一岁,离开家了。自此,我就一直生活在别人的家里,然后是别人的城市、别人的家乡。好在我后来明白，其实在这个世上，我们都是寄居者。"①十一岁，比《盘尼西林》里的"我"、小甜儿和达吾提大不了多少。在那之后很长一段时间里，她过着寄人篱下的生活，在那样的生活里回望故乡，想必故乡多是美好。如此便不难理解，为什么鲁敏只能以那样断裂、模糊和诗化的方式去书写东坝，将东坝作为一件"日月有情、人情敦厚"的岁月遗物，一件寄寓着"明亮与宽容"的艺术品；而无法像诸多书写乡土的前辈作家一样正面强攻，掘开乡村土壤的深层，在纵向的传统与横向的结构里写出乡村生活的复杂面貌。

但这绝不是鲁敏小说创作的缺陷，充其量只能说，那是她个人的情感边界、职业的创作限度。任何一位作家都有其限度，但也正因为限度，才造就了各自的不同个性和独特风格。更何况，鲁敏的限度根本就不是她个人的问题，而是时代的问题。鲁敏对这一问题的认识相当自觉，她清楚地知道："事实上，我们这一代作家，真正在乡村生活的时间其实都非常短，有的甚至一出生就在县城、小城市，又由于后期的阅读，在古典欧美文学的基础上，深受大量当代译作及各种现代艺术的影响，这样，不管从个人经历还是审美训练上，我们都自觉不自觉地跳脱开了'乡土文学'这一重要传统的影响焦虑，自然而直接地踏上了城市小说的道路。"②70后一代成长时期，城乡结构逐渐松动，教育制度日益规范，通过升学等方式离开乡村故土，的确是不少70后作家共同的经验。而当他们进入城市学习和写作，20世纪80年代的文学观念更新已经基本完成，西方的文学资源成为他们不可忽视的给养。在此情况下，不仅仅是鲁敏，绝大多数她的同龄人恐怕都无法再和乡村保持那样血肉模糊的亲密联系了；而当他们要对故乡有所眷恋的时候，可资想象的至少已不仅是真实的记忆，还有某些早被视为常识的理念。因此，鲁敏执着地将情欲作为撬开东坝隐秘的工具，恐怕真不仅仅是个人经验使然。③

当然，当我们讨论文学的时候，一切总体性的评价都难免因粗暴而失

---

① 鲁敏：《时间望着我》，译林出版社2019年版，第3页。
② 鲁敏：《路人甲或小说家》，译林出版社2019年版，第20页。
③ 参见鲁敏：《以父之名》，《人民文学》2010年第3期。

效。一代写作者有可能因为共享同样的历史际遇而身患相类似的隐疾,但自疗的方式各不相同。徐则臣也曾像鲁敏一样,将他的那条花街作为磨炼叙事艺术的场所,而后以数年的时间,从《耶路撒冷》到《北上》,努力拓展故乡的疆界,使之与远方相连。梁鸿则反复回到梁庄,以一种有情的人类学考察方式,重新建立自己与大地之间的联系。当然,也有一些人,始终被困在似真亦幻的乡土世界,反而再也找不到面对世界发言的腔调。在这当中,鲁敏的策略可能是最为轻巧的:在招式用老之前,她便轻盈地一跳,另寻别的战场去了。① 我唯一隐隐感到忧虑的是,如此轻易地切除病灶,是否反而可能留有后患?毕竟在《暗疾》当中,父亲挥之不去的乡音、母亲自乡间带来的习惯,以及姨婆稍显粗直的乡村表达方式,依旧是小梅心理暗疾的根源所在。

而这同样不是鲁敏一个人的问题,而是一代人的问题。

(原发表于《小说评论》2021 年第 5 期)

---

① 在多次访谈里,鲁敏都曾谈及自己如何突然对"东坝系列"感到厌倦,转而书写城市。参见《路人甲或小说家》(译林出版社,2019)中《我曾无意中丢下一粒种子》《与小说跳一场危险的舞》《写作把我从虚妄的生活里解脱出来》等访谈文章。

空间与叙事

后 记

大概十年前,我非常荣幸地得到李敬泽老师的评论。[①] 在那篇文章里,敬泽老师赠我一个"丛空间"的绰号,又直言,"这不仅是指他的博士论文研究空间政治和空间意识形态,更是指空间分析对他来说既是理论路径,也是审美方式"。敬泽老师一眼看穿我的志趣所在("对空间的执迷,也未必全是学术训练的结果,这也是性情,是世界观。"),于我当然是极大的鼓舞,但我亦深知其中鞭策和期待的意思,正如那句"一切还在未定之天,治辰仍须努力"。就此而言,我该感到惭愧:敬泽老师文中提及的博士论文,十年过去了我仍未下决心付梓出版,总想改得更像样子一些,结果变成了"难产儿"。正是为了稍事减轻这样的惭愧,我将这些年写下的与"空间"有关的文字整理成这本小书,姑且算是一种交代吧。

本书第一辑谈的是地方性写作,涉及东北、西藏、上海、济南等地,当然属于"空间"的范畴。但若将"空间"视为与"时间"相对的认识范式、审美趣味、叙事方法,则这一辑中所提及的有关地方性的叙事以及我的论述,倒未必最具"空间性"。不同于对线性时间的笃信,"空间"作用于叙事,意味着犹疑、暧昧、复杂,意味着歧义迭出、众声喧哗及彼此对话,意味着更精密、更繁复的叙事技术与小说精神。长久以来,

---

[①] 参见李敬泽:《批评家之"我"与昆德拉与空间——关于丛治辰》,《南方文坛》2015 年第 5 期。

我始终在思考这样一种与"空间"有关的叙事学，这些思考更直接地落实、体现在本书的第二辑中。思考过程是漫长和曲折的，以至于对同一则材料可能会反复考量，而后来的观察未必不会修正此前的见解。譬如本书有关范稳的文章中，我几乎直录了七八年前讨论西藏书写脉络的一段文字，但两篇文章对具体作品的看法却不尽相同。至于第三辑，则是对百年来中国社会与中国文学重要的空间话题——城市与乡村的变迁消长——的关注与回应。很显然，上述思考都才刚刚展开，远未成熟。事实上，这本书根本就不是总结，而是一个开端。很多早已计划、正在酝酿的文章还没能来得及写出来、收进去，是我在整理书稿时最大的遗憾。但我只能劝自己释然：遗憾与残缺意味着完善的可能，或许将来还有机会增订本书，它将变得更加丰富而系统。我愿将我打算讨论的部分话题列在这里，作为对自己的提醒，也供朋友们督促或嘲笑。它们是：贾平凹的《废都》、陈彦的《星空与半棵树》、宁肯的《城与年》、葛亮的《燕食记》、张楚的《云落》；王朔、邱华栋、徐则臣、石一枫；中原、江南、岭南、西南、西北……太多了，我想我会一直致力于探索这本书可能打开的广阔世界。

  尽管如此惭愧和遗憾，但是能将自己阶段性的工作呈现出来，还是让我感到非常兴奋。我必须郑重感谢山东文艺出版社对学术的支持和对我本人的善意，感谢编辑老师们的诚恳、严谨与专业，也要感谢曾经发表过本书所收录文章的刊物及其编辑们。我更要感谢本套丛书的主编吴义勤老师和他的几位学生——房伟、王秀涛、崔庆蕾、宋嵩等——他们给过我很多热忱无私的帮助，让我时刻铭记。最后，还要感谢我的导师陈晓明教授和多年前就鼓励过我的李敬泽老师。如果没有陈老师的引导和确认，我对于空间的兴趣不会变得如此清晰；而敬泽老师的鞭策和期待，近十年以来时时催促我持续地去思考"空间"和以"空间"的方式思考——虽然从实绩上或许看不大出来。

  确实啊，"仍须努力"。